大
方
sight

我死去的挚友

[墨] 吉勒莫·阿里加 著

刘家亨 译

中信出版集团 · 北京

图书在版编目（CIP）数据

我死去的挚友 /（墨）吉勒莫·阿里加著；刘家亨
译 . -- 北京：中信出版社，2018.8
ISBN 978-7-5086-8972-2

I. ①我… II. ①吉… ②刘… III. ①长篇小说–墨
西哥–现代 IV. ① I731.45

中国版本图书馆 CIP 数据核字（2018）第 101915 号

我死去的挚友

著　者：[墨] 吉勒莫·阿里加
译　者：刘家亨
出版发行：中信出版集团股份有限公司
　　　　　（北京市朝阳区惠新东街甲 4 号富盛大厦 2 座　邮编　100029）
　　　　　（CITIC Publishing Group）
承 印 者：北京汇瑞嘉合文化发展有限公司

开　本：880mm×1230mm　1/32　　印　张：9.5　　字　数：174 千字
版　次：2018 年 8 月第 1 版　　印　次：2018 年 8 月第 1 次印刷
京权图字：01-2018-3401　　广告经营许可证：京朝工商广字第 8087 号
书　号：ISBN 978-7-5086-8972-2
定　价：45.00 元

谨献给海梅·阿尔胡瑞、胡利奥·德韦斯

以及欧塞维奥·鲁瓦尔卡瓦[1]

1 　　海梅·阿尔胡瑞（Jaime Aljure）为吉勒莫·阿里加的小说作品发行人；
胡利奥·德韦斯（Julio Derbez del Pino）为墨西哥籍作家、编辑及译者；欧塞
维奥·鲁瓦尔卡瓦（Eusebio Ruvalcaba, 1951—）为墨西哥籍小说家、诗人
及剧作家，是墨西哥当代文学代表人物之一，代表作品有《宫女乐师》（Músico
de cortesanas）、《你需要的是拥有一间图书馆》（Lo que tú necesitas es
tener una bicicleta）。

重大事件是不会让人进疯人院的。这人已做好准备面对死亡、谋杀、乱伦、窃盗、火灾、水灾。

不，生命中一连串的不顺遂才会让人进疯人院……挚爱之死不至于让人进疯人院，赶时间时鞋带断了才会。

—— 查尔斯 · 布考斯基 [1]

他双眼的光芒突然给了我启示，人类并不属于单一一个物种，而是许多物种，而且在物种与物种之间、在人属之中，有着不可逾越的距离。饶富生产力的世界无法被缩减为公因式。任何人和他面对面，自他眼中看入自己内心深处，必定头晕目眩。

—— 马丁 · 路易斯 · 古斯曼 [2]

我知道死亡是一头巨大的公牛，已准备好向我迎面冲撞而来。

—— 查尔斯 · 布考斯基

1　查尔斯·布考斯基（Charles Bukowski, 1920—1994），德裔美国诗人、小说家。布考斯基于二十四岁出版第一本著作。到了 20 世纪 80 年代，其作品逐渐受到重视，虽然不被文学殿堂所接受，但在欧洲却拥有广大的读者群，被誉为美国当代最伟大的写实作家之一，《时代周刊》更称其为"美国底层阶级的桂冠诗人"。布考斯基于 1994 年因白血病辞世，留下三十二部诗集、五部短篇小说及四部长篇小说。

2　马丁·路易斯·古斯曼（Martín Luis Guzmán, 1887—1976），墨西哥籍文学家、记者、知识分子及外交官，被视为墨西哥革命小说的先驱者之一。

　　格雷戈里奥最后一次出院的三个星期过后，某个周六傍晚我决定去拜访他。这可不是件容易的事，我盘算了好几个月，才终于下定决心去找他。我害怕这场重逢，仿佛将会遭人埋伏暗算般。那个傍晚，我在马路上徘徊了好几圈，就是不敢去敲他家的门。终于敲了门时，我整个人紧张万分，焦虑不安，而且，坦白说，还有些胆怯。

　　格雷戈里奥的妈妈替我开门。她亲切地问候我，随即邀请我进到屋内，丝毫不做耽搁，仿佛好久以前就等着我回来一般。她叫了格雷戈里奥。格雷戈里奥在楼梯边上现身，缓缓步下阶梯，然后停下脚步，倚靠在扶手上。他端详了我的脸庞几秒钟，带着微笑，朝我迎面走来，给我一个拥抱。格雷戈里奥的激烈反应令我感到尴尬，不知该以什么方式回应他的热情。我不知道他是不是真的已经原谅我了，或者更贴切一点来说，我们是不是已经原谅彼此了。

　　格雷戈里奥的妈妈寒暄几句便离开了，好让我俩独处。和从前的习惯一样，我们上楼到格雷戈里奥的卧室去，进到房内，格雷戈里奥将没有锁头的房门带上。他躺到床铺上，看起来轻松、镇定，毫无令我怀疑他其实是在演戏的迹象。看来，他终于恢复平静了。

我在老位子上坐下——格雷戈里奥摆在书桌前的导演椅，然后，以再明显不过且愚蠢至极的方式开始我们的对话。

"你感觉怎么样？"我问他。

格雷戈里奥坐直身子，挑了挑眉。

"你觉得我看起来怎么样？"

"很好。"

格雷戈里奥耸了耸肩。

"你都这么说了，那我很好。"

我们一聊就是好几个小时，单纯闲聊罢了。我们双方都需要重新评估状况。尤其是我，我不想再一次接近深渊的边缘。幸运的是，不知道是出于尊重，或甚至纯粹基于礼貌，格雷戈里奥并未问起塔尼娅的事情，虽然我很确信，每当我俩陷入沉默，心中都各自挂念着她。

入夜时分我向格雷戈里奥告辞。我们互相拥抱，久久不愿分开，约好很快再次见面，一起吃个饭，或是看场电影。我踏出屋外。一阵冷冽的寒风袭来，挟带着一股微弱的人车噪音。空气中闻起来有燃烧垃圾的味道。一盏路灯微微闪烁，有一阵没一阵地照亮人行道。我闭上双眼。我无法离开格雷戈里奥，他的友谊对我来说是不可或缺的，即便他威胁我、扬言要狠狠揍我一顿也一样。不，我没有办法抛下格雷戈里奥。

四天后，电话响起。我接起电话，听见一道沉默的呼吸声。我想八成是恶作剧，或是哪个没脑的小女生想要跟我哥哥通电话，又不好意思直接明讲。

我正打算挂上电话时，听见玛加丽塔虚弱的嗓音。

"喂……曼努埃尔？"她咕哝着说。

"嗯。"

"曼努埃尔……"她重复说了一次，接着一语不发。

"怎么了？"

"我哥哥……"玛加丽塔窸窸窣窣地说，然后又闭上嘴巴。我再次听见她紧张急促的呼吸声。

"玛加丽塔，发生什么事了？"她什么也没多说，便将电话挂了。

玛加丽塔尽力了，但她没能成功将消息传达给我。我在之后的几通电话中，才证实这个消息：格雷戈里奥朝自己的脑袋瓜开了一枪。他被人发现奄奄一息地倒卧在一摊血泊之中，左手还紧握着左轮手枪。用厚木板加上铁条封死的窗户、无锁头的门、耐心、关爱、镇定剂、电休克疗法[1]，还有被关在精神疗养院里的这几个月，以及痛苦。无尽的痛苦，全都帮不上什么忙。

格雷戈里奥是在他母亲膝上过世的。他的父亲难掩激动情绪，开车载着平躺在后座的格雷戈里奥，往医院的方向狂飙。他自杀用的枪，正是几年前我们在一间超市门口，从一名站岗的警察身上抢来的那一把。那是一把点38口径的左轮手枪，巴西出厂，枪身上头全生了锈。我们一直到决定抓条流浪狗来试枪以前，都还怀疑这手枪到底能不能够正常射击。我们才开第一枪，野狗就被轰得嘴鼻血肉横飞，倒在地上一命呜呼。从此之后，格雷戈里奥学会如何在不同的地点藏匿手枪，不论是住所，或时常造访之处，总是能躲避稽查，直到他过世的这天为止。

格雷戈里奥将手枪连同弹匣里头的六发达姆弹[2]包进一个塑料

1　电休克疗法（electro shock），又称电痉挛疗法，始于 20 世纪 30 年代，是经由电击脑部的方式来诱发痉挛，以治疗精神病患的物理治疗法，用于治疗忧郁症及精神分裂症。

2　达姆弹（bala expansiva），俗称"炸子""开花弹"，是一种不具备贯穿力但是具有极高浅层杀伤力的"扩张型"子弹，一般情况会造成严重撕裂伤，也会增加外科手术上的困难度，其残忍的杀伤特性常引发人道争议，故 1899 年的海牙公约中《禁用人身变形枪弹的声明》已规定目前各国军队都不得在国与国交战时使用这种弹头。"达姆弹"这一名称的由来为 19 世纪末英国于印度加尔各答的达姆兵工厂（Dum Dum）进行该子弹的研发。

袋里头，然后埋入一个盛开着红色天竺葵的花盆底下。在我们重建格雷戈里奥的自杀现场后，推测他一面假装整理庭院花木——医生建议他从事园艺，以加快复原的速度——一面自藏匿处取出左轮手枪。格雷戈里奥拿起手枪，将手枪藏到衬衫底下，急急忙忙地抛下手边的工作。一把手耙子，一把铲子，以及一袋有机肥料，都被他扔在原地。

格雷戈里奥心意已决，上楼到他的卧室，用书桌抵住房门，接着到浴室里头。他拉开左轮手枪的保险，看了镜中的自己一眼，然后将枪口顶着左眉，扣下扳机。

子弹以斜对角的方向穿过他的脑袋，所经之处将他的动脉、神经元、欲望、柔情、憎恨和骨头都炸个粉碎。格雷戈里奥应声倒地，摔落在瓷砖地板上，头颅上开了两个洞。他才正要满二十三岁。

格雷戈里奥兄弟姊妹中年纪最小的胞弟，华金，张罗了葬礼的大小事项。检察总署的要求和讯问，他也一并应付了。格雷戈里奥的母亲已筋疲力尽，连血迹斑斑的上衣都还没换下来，就在客厅的沙发上睡着了。他的父亲自我囚禁在儿子的房间内，寻找任何可以让他厘清这起事件的蛛丝马迹。玛加丽塔起初专注于通知亲朋好友格雷戈里奥的死讯，面对自己的软弱无能，也举白旗投降了。她逃到一个堂妹家，懒洋洋地窝在摇椅上，出神地盯着电视机，喝着健怡可口可乐。

我陪华金跑了一趟殡仪馆。我俩挑了个价格最便宜、样式最简约的棺木。他们家的经济状况负担不起更好的了。格雷戈里奥的医疗和精神治疗衍生出无数开销，已经把这个家给榨干了。

遗体于清晨三点钟送抵灵堂。幸运的是，格雷戈里奥的一位远房伯父是位小有名气的律师，搞定烦琐的司法文件，遗体才躲过解剖验尸的命运，于太平间内停放的时间也大幅缩短。

一名殡仪馆馆员要求我们认尸。我自告奋勇。华金已经承受得够多了，还要他去检查哥哥的尸体，肯定会撑不住的。

馆员领着我走过一段通往地下室的阶梯。途中我停下脚步，后悔自己居然挺身而出。我该如何再次面对格雷戈里奥？尤其是该如何面对已经死去的他？我头晕目眩，一手扶着头部，呼吸困难。难道草草带过他的特征还不够吗？还不足以让馆方人员知道这具尸体就是格雷戈里奥本人吗？馆员拉着我的手臂，引导我和他继续走下去。他为了鼓励我，告诉我只需匆匆一瞥，完成必要的程序即可。

我们进到一个四面无窗的房间，日光灯将房内照得通亮。格雷戈里奥，或是先前曾经是格雷戈里奥的东西，躺在一张金属桌上，一袭白袍盖到胸口的位置。死亡令他的面容苍白、淡无表情，他冷冰冰、饱含挑衅意味的表情不复存在。左眉上一块纱布遮掩住自杀留下的弹孔。一块紫色的血肿使他的前额全变了色。他的头发沾抹着鲜血，看上去就像是用发油将头发全往后梳一般。未刮除的络腮胡令他看起来疲惫、烦闷。我端详了格雷戈里奥几分钟，觉得死去的他比还活着的他更不让人心生畏惧，差异甚大。

"是他，没错吧？"馆员见我陷入自己的世界，犹豫不决地问了我一声。

我看向格雷戈里奥的尸体最后一眼。我该如何向他诀别？就单单这样跟他说声再见，然后就结束了？还是用力搂住他、在他身旁哭泣？我要如何向格雷戈里奥解释，他的死令我心痛，同时也把我给惹恼了，还令我蒙羞？我该如何将这一切传达给一具缄默的尸体、一具缄默得很智障的尸体？

"是的，他是格雷戈里奥·巴尔德斯。"我说，然后转身离开。

× × × × ×

来到灵堂吊唁的人就那么两三个。尽管格雷戈里奥的死讯很快地散播出去，却没有多少人胆敢前来表示哀悼。自杀丧命的尸体总是让人心里不安。

格雷戈里奥的亲戚们在瞻仰遗容的礼拜堂内来回踱步，四处徘徊。格雷戈里奥的母亲伤心欲绝，独自一人躲在角落打瞌睡。他的父亲话说到一半没说完，便岔开话题，接着陷入沉默，令人火大。

玛加丽塔语无伦次地瞎扯闲聊，华金则疲惫得全身浮肿，笨手笨脚地努力使自己保持清醒。

格雷戈里奥的父母对任何事都照单全收，逆来顺受。流言蜚语，偷摸的眼神交汇，做作的哀悼。他们一家人并非天主教徒，仍同意由一名神父来主持弥撒（殡仪馆会以捐款的名义，向他们收取服务费用）。他们甚至接受一位小报记者到场采访。这家伙厚颜无耻，成天只会四处打听别人的八卦。

送葬队伍于傍晚五点钟启程。仅有四辆汽车尾随灵车抵达墓地。多亏格雷戈里奥的律师伯父搞到的特许状，格雷戈里奥才得以顺利火化。我望着火葬场烟囱冒出的袅袅青烟，全身战栗不已。先前在小小的灵堂内，我仍可感受到格雷戈里奥就在身边，可以触碰到他，他仍保有人类的形体。这会儿，螺旋状烟雾确实宣告了他的死亡。

我没有等到他们把骨灰坛整理好送出来。我一面哭泣，一面从墓地的侧门溜走。我身无分文，没钱搭出租车或小巴士，决定步行返家。我穿过大街小巷，不去留意数不尽的流动摊贩、地铁出口熙熙攘攘的人潮、车水马龙的交通，以及车辆排出的废气浓烟——有时也弥漫蓝色忧郁。

我回到家。爸妈正等着我回来，路上的耽搁令他们很担心。我爸妈也去了灵堂一趟，但没多作停留便快速离开。现场的气氛绝望至极，要他们多忍受个五分钟都相当困难。

我们在一片静默之中吃着晚餐。用餐完毕时，妈妈牵起我一只手，吻了一下我的额头。我注意到她一双眼睛肿得大大的。

我上楼到房间去，一把抓起电话，拨给塔尼娅。她姐姐的口气非常不耐烦，告诉我塔尼娅已经睡了，问我要不要叫她起来。我回答不必，我会再打给她。

塔尼娅既无意愿参加守灵仪式，火化仪式也不愿意到场。对她而言，格雷戈里奥尚未死去。她早上是这样告诉我的。

"格雷戈里奥一定有什么阴谋。"她断言，"他是不会无缘无故就这样离开的。"

塔尼娅的声音听起来很焦虑且激动。我教训她一顿，骂她怎么会怕格雷戈里奥怕到像个小孩一般。

"别忘了，他可是毁灭万物的迈达斯国王[1]啊！"她冷冷地说。

"他曾经是。"我修正她的措辞。

"他永远都是。"塔尼娅一口咬定，格雷戈里奥在跟我见面之后没几天便走上绝路，绝非巧合，仿佛他是刻意选定二月二十二日这个日子一枪轰飞自己的脑袋的。

"这是他报复的手段，你还不明白吗？我们全身上下都涂抹了

1　迈达斯（Midas）是希腊神话中弗里吉亚（Frigia，位于现今土耳其中西部）的国王，以巨富著称，流传最广的是有关他"点石成金"的故事。

他的鲜血啊，他这狗娘养的王八蛋。"

我没能使塔尼娅冷静下来，更别提要说服她跟我去一趟灵堂，或是一同出席安葬仪式。我感觉她的态度既不公平，还很吝啬。任何一个往生者都不应该被人孤零零地冷落在一旁。我试着读一会儿书，但没办法专心，便将电灯关了，上床睡觉。我累得一塌糊涂，没三两下工夫便睡着了。半夜里我醒了过来，感觉有只蟑螂从格雷戈里奥的尸体嘴巴里冒了出来，跳到我身上往前臂里钻。我整个人从床上跳了起来，死命地搓揉全身上下，直到冷静下来为止。我又再一次梦见蟑螂了。这个梦，我已经做过不下数十次了。

我全身盗汗，走向窗边，打开窗户。一阵风捎来了夜晚的气息：警车的鸣笛声、狗吠声和远方传来的音乐。冰凉的空气使我精神振作。我在床垫边缘坐下，想起格雷戈里奥的尸体横卧在金属桌上的画面。格雷戈里奥一直以来都有杀人的念头，他渴望触碰死亡的边界。现在，他办到了。

我点亮床边的小台灯，自床头柜上拿起裱着塔尼娅照片的相框。塔尼娅身着学校制服，笑脸迎人地看着镜头，一头秀发披在肩上。照片一角写着"曼努埃尔，我爱你"，下方签了她的名和一个笔迹潦草的日期：二月二十二日。为什么爱她非得伤我如此之深？

我将相片摆回原处，然后打开电视机，期望无趣乏味的夜间节目可以哄我入睡。

× × × × ×

　　我在黎明时分起床，被失眠折磨得不成人形，下楼到厨房替自己倒杯牛奶。家中没有人醒来。我开始阅读前一天的报纸，但没读到什么感兴趣的内容。我穷极无聊，将报纸搁到桌上，勉强喝了牛奶。时间是早上六点钟，无事可干。

　　我决定洗个澡打发时间，一面褪去衣物，一面看了脚底的瓷砖一眼，不论颜色或质地都和格雷戈里奥家浴室的瓷砖相似。格雷戈里奥，有那么一瞬间我隐约看见他——仰面坠地，头壳炸裂。我可以清楚听见他的身体撞上毛巾架反弹所发出的砰然巨响、鲜血涌出时所发出的气泡声，以及他临死前嘶哑的喘气声。我打开莲蓬头开关，一头探入冰冷的水流中，直到颈子发疼，才猛然将头抽出来。数以百计的冰凉水珠顺着我的后背滑落而下。我冷得直打哆嗦，在地板上坐了下来，一手扯了一条毛巾，将自己包起来取暖，但仍发抖了好一段时间，久久停不下来。

　　我一丝不挂地走出浴室，头发还湿漉漉的，就直接斜躺在床上，阖起双眼，酣酣入眠。

四个钟头之后，我醒了过来，全身冻僵。我忘记关上窗户，外头的风在房间内四处流窜。我爬起身将窗户关好，头脑还昏昏沉沉的，没完全清醒过来。街道上传来邻近一所学校孩童们嬉笑打闹的声音，还可以听见一名妇人在隔壁屋顶平台上一边晾着衣服，一边哼着歌。我在房间地板上发现一张字条，是妈妈从门缝底下偷偷塞进来的。塔尼娅和玛加丽塔打电话来家里找我。

我试着先打电话联络塔尼娅，但她家里没人应答。我想起来今天是星期四，塔尼娅和她姐姐想必是在大学里吧。我看了手表一眼：十二点半。再过十五分钟，塔尼娅的纺织品设计课就下课了。她会跟姐妹们去玩玩骨牌，喝杯咖啡。我不爽塔尼娅还是照样过日子，仿佛划破星期二下午的那道枪击还不足以构成充分的理由，使她正常的生活戛然而止。

随后我拨了格雷戈里奥家的电话号码。（那还是他的家吗？一个死人的家是什么？）玛加丽塔接起电话。她向我解释说她的父母亲不在家，不过她母亲让她邀请我一同享用下午茶。

"喝下午茶干吗？"我问她。

"就聊聊天呀，我想是这样吧。"她惊慌失措地回答。我想都没想就拒绝她的邀约。

"我今晚没办法。"玛加丽塔坚持要我赴约，但我一再回绝。她有好几秒钟说不出话来。

"你可以现在马上过来一趟吗？"她紧张兮兮地问。

"做什么？"

玛加丽塔深深叹了一口气。

"我需要见你一面。"她小声说。

玛加丽塔的要求在我看来非常不合时宜。我和她曾有过一段短暂且不为人知、纯粹肉体的性关系，但很快地我们俩便腻了。我们约定此后不再提起这桩事，并发誓绝对不会让任何人知道。

"你才不需要见我。"我咄咄逼人地对她说。

"才不是为了你以为的那档事。"她生气地训了我，"是为了另一桩完全不同的事情。"

"啊？是喔？"

"你这个白痴。"玛加丽塔不再说话了。

"抱歉。"我对她说。

她沉默了好几秒钟，"啧"了一声，然后不疾不徐地说起话来。

"差不多是一个月……还是三个星期以前，我记不得了，格雷戈里奥要我替他保管一个盒子……一个小盒子……装巧克力的那种……"

她停了下来，咽了咽唾液，接着说下去。

"他要我好好收着，可是现在……"玛加丽塔的嗓音变得沙哑，但没有哭出来。

"我找不到，曼努埃尔。"她继续说，"我找不到那该死的狗屁盒子。"

"你最后放在哪里？回想看看。"

不，玛加丽塔想不起来。她甚至不记得自己是枪击之后最先进到浴室的人；不记得自己发现哥哥在洗手台旁血流如注；不记得自己拉了几段卫生纸，试着替他压住伤口止血；不记得自己帮忙将遗体架上灵车；也不记得自己整个人手足无措，杵在大马路正中央。不，玛加丽塔根本什么也回想不起来。

"帮我一起找找。"她苦苦哀求，"拜托。"

我和玛加丽塔约好傍晚七点，趁她父母到家前去找她。我向她保证，两个人同心协力，一定可以找到那个盒子的，要她不必操心。她叹了口气，说了再见后，就挂上话筒。再一次，我渴望亲吻她，爱抚她，和她做爱。

我从床铺上爬起来，头和颈子都疼痛不已，走向衣柜，盯着衣服看了好长一段时间，犹豫该穿什么才好，最后决定穿牛仔裤、运动鞋和黑色T恤。我已经有好一阵子不穿T恤了，Polo衫和短袖衬衫也不穿。我想要避免别人注意到我左手臂二头肌上满布的疤痕。这几道泛红、丑陋的印记，全是我用一颗浮岩刻出来的。我曾尝试去除手臂上头的刺青——四月的某个晚上，我和格雷戈里奥在埃尔丘普跳蚤市场[1]附近的一个贫民区一起刺了这个刺青。

1　埃尔丘普跳蚤市场（Tianguis Cultural del Chopo，亦简称为"El Chopo"）为墨西哥市知名市集，每逢周六上午十一点半至下午五点钟开张，吸引近两百名以上的摊商设摊，并以反文化主题的商品闻名，每周六来自墨西哥全国的游客高达万人。

这是格雷戈里奥的主意，我俩在左手臂上刺了一头美洲水牛的轮廓。格雷戈里奥甚至要求要用同一组针头刺青，让墨水掺杂两人的血液，刻画在彼此身上。

起初我并不是很在意这个水牛刺青，但几个月过后，水牛图腾逐渐变成了一个难以忍受的象征。最后，我连看着自己二头肌的部位都会抓狂发怒。格雷戈里奥在他偏执的狂乱游戏中策划了许多圈套，我又再次跌入其中。

水牛刺青意味着我们俩之间盲目的歃血盟约。但是我还跟格雷戈里奥谈什么忠诚？这段时光，我可是每天都和塔尼娅上床。这小子一年到头的大部分时间都囚禁在精神病院里，我是要对他宣誓什么忠诚？忠诚个什么鬼？妈的！

然而，即使格雷戈里奥也清楚知道所谓忠诚全是虚有其表，但他还是每分每秒都要求我对他忠诚。他通过欺骗、勒索和威胁等各种手段，要求我对他忠诚。

格雷戈里奥偷偷摸摸地慢慢向我逼近。渐渐地，他控制着我日常生活中每一个举动。即便格雷戈里奥身处远方，他的存在感仍令我俯首称臣、走投无路。刺青的用意在于让他纠缠的手段更上一层楼，自我身体由内而外地骚扰我，待我意识到这点时，已太迟了。

也因此，我用浮岩割破自己手臂上的刺青后，在厨房里取了一把刀，活生生地刮下自己的肉。我试着将肌肉组织全削下来，不把残留的墨水清除掉绝不善罢甘休，我死命地割，刀刀深得见骨，也不在乎自己的二头肌成了棋盘方格状。那天下午，整只手臂全肿了起来，血肉模糊到必须跑一趟诊所。值班医师替我缝了三道伤口，其中一道得缝上八针。诊所为我打了破伤风血清和高剂量的盘尼西林。伤口花了一些时间才痊愈。结痂剥落后，手臂上好像有一道爪痕，表皮边缘油亮、有光泽。即使我把手臂割得稀巴烂，也未能达成我的目的。至今在我的皮肤上，仍可看见青色水牛模糊的轮廓线条。

从此之后，我尽量不露出疤痕。并不是因为自负的缘故，而是因为人们只要见到别人身上的疤痕，老是会疯狂追究这疤是打哪来的，而我早已没那个闲情逸致，一天到晚解释这道伤疤的由来。

那个星期四我穿了一件黑色T恤，不是为了挑战人们好奇的目光，而是要记住，不论千方百计，一个人的过去是无法彻底根除的，反而会像陈年的烧伤一样，令人一次又一次灼痛难受，与其死命顽强抵抗它，不如与它和平共存。

我下楼到厨房，遇见玛尔塔——家里请来帮忙熨衣服的女佣。玛尔塔告诉我，妈妈开老哥的车去市场了，把她的车子留给我，以防不时之需。我出门，一心想着要到大学去找塔尼娅，我已经整整三天没见到她了。半路上我发现身上穿的衣服一点也不保暖，也根本无法遮掩我的疤痕。

下午两点钟，我来到学校。这个时间的校园里没有什么人。我上楼寻找塔尼娅的教室——B-112教室。我从门上的小窗往里头窥探一眼，没看到她。我做了个手势，请她一个朋友出来教室外面，并向她问起塔尼娅的消息，她回答说打从前一天开始，塔尼娅就没出现在课堂上了。

我用公共电话打到塔尼娅家里，但又再次毫无响应。我心烦意乱，在大学校园空荡荡的走廊上四处游荡，心中不断盘算着该上哪去才能找到她。塔尼娅每次心情低落，或想要一个人独处时，总是喜欢到动物园去看美洲豹；也习惯跑到机场，在咖啡厅找个紧邻大片落地窗、面对跑道的座位坐下，就这样看着飞机永无止境地起起降降。她从未向我解释为什么她需要平复心情时，老是会去这两个地方。

我有预感可以在动物园找到塔尼娅，便开车上改革大道，往动物园的方向去。下午三点钟的交通有些拥堵。一名女士驾驶载满小女孩的厢型车，与一名出租车司机发生了轻微擦撞，害得拥堵更加严重。他们挡住两条车道。妇人不断挥舞巴掌，几乎要从出租车司机的脸上掠过，而司机则笑眯眯地观察她的一举一动。厢型车上的小女孩穿着修女学校的咖啡色制服，焦虑地窥探眼前上演的这一幕。塔尼娅在美洲豹身上的斑点里到底可以解读出什么？

我开了五十分钟的车才抵达动物园。更糟的还在后头，我将车子停在距离动物园二十条街以外的地方。我走过一条穿越查普尔特佩克森林公园[1]的小路，往动物园的方向移动。一阵风吹来，卷起满地的落叶和垃圾。我后悔没有穿件毛衣或夹克保暖御寒。

我来到动物园的入口处，一群又一群的中学生整齐列队离场。其中有个孩子双手插在裤子口袋里走路，头低低地看着地上，不像其他同学在推挤打闹。他令我想起格雷戈里奥。格雷戈里奥在这个年纪时，也像他一样。

我直接走到美洲豹区，但没找到塔尼娅。

我留下来看了一会儿美洲豹。公豹体形硕大，在一棵树下打盹。体形较小的母豹窝在岩石间抵御寒风。它们一度有好几分钟动也不动，直到公豹伸个懒腰，头扬得高高的，懒洋洋地走向母豹，然后闻了闻母豹身上的味道，温驯地对它咕哝低吼几声，最后躺在它身边。就这样，没其他的好戏了。

我感到意兴阑珊且意志消沉，决定动身离开。风开始越刮越强，灰尘和垃圾被吹得直打转。人们加快脚步离开动物园。一名男

1　　查普尔特佩克森林公园（el bosque de Chapultepec）位于墨西哥市西部，树木苍翠，风景秀丽。1944 年墨西哥政府将此地开辟为公园，占地三千平方米，包含三个人工湖、植物园、动物园、人类学博物馆、自然博物馆，及现代艺术博物馆等设施。

子绊到我的脚，连脚步都没停下来，含糊地说了句"不好意思"。风越刮越冷，我双臂抱胸，抵御寒气。

匆忙离开途中，我眼角余光瞄到右边远方有一头动物在它的笼子里急躁地来回踱步。我靠过去一瞧，是一只大郊狼，金橙中带点赭色的毛发相当浓密。它绕着假想的圈子，四处来回走动，精力充沛、朝气十足，和美洲豹无精打采的懒惰模样形成强烈的对比。天色暗了下来，开始落下如豆大的雨点。脱队的游客连忙快跑，躲避即将来袭的暴雨。突然间，一阵强风将附近一棵树的树枝吹断了，发出嘎吱嘎吱的声响，令郊狼停下动作。它转向大树，仿佛是在确认这不测风云是打哪儿来的。接着它转过头来，黄澄澄的眼睛和我四目相接，直盯着我瞧。

几秒钟过后，郊狼又开始绕着圈子四处走动。我的视线仍停留在它身上，我慢慢远离它。我深信，在这道栅栏后方，生命在郊狼最纯粹的本质中悸动着。

××××

离开动物园时正下着倾盆大雨。我全身淋得湿透，上车时运动鞋和袜子全沾满了泥巴，浑身颤抖不止，双手失去了知觉，驱车前往玛加丽塔家。

我迟到了半个小时。雨势已减弱许多，只剩毛毛细雨。我下了车，身子仍不断淌着水，按了好几下门铃，却等不到玛加丽塔来应门。我朝她房间的窗户掷了几颗石子，和我们从前幽会时一样，那会儿我也是用这个方式告知她我到了。房内一盏台灯亮起，一道人影映射到窗上。玛加丽塔探出头，做了一个手势，要我先等她一会儿。

她打开门，整个人像要垮了似的。

"抱歉，"她邀我进门后说，"我连自己是几点睡着的都搞不清楚。"

我在门口的脚踏垫上将运动鞋鞋底清干净，留下一摊脏乱的泥巴。玛加丽塔微笑。

"别担心。"她说。

玛加丽塔靠了过来，给我一个吻当作打招呼。当她亲吻我时，一滴水珠自我的脸颊滑落，浸湿了她的双唇。她后退两步，将我从头到脚检视一番。

"你淋成落汤鸡了，会生病的。"

她什么也没说，留我独自站在玄关，自己爬楼梯上楼，带了一条毛巾和一套衣服回来。她伸长手臂，将毛巾和衣服递给我，但我想到这衣服可能是格雷戈里奥的，便不敢接过来。

"这几件衣服是华金的。"玛加丽塔见我有所迟疑，连忙澄清。

我接过毛巾和衣服，走向客房的浴室。玛加丽塔将我拦下。

"你可以在这里更衣。"她说，"我爸妈说他们八点半才会到家。华金和他们在一块儿。"

我搞不清楚状况，不知道该怎么做才是。就在这个地方、在这条地毯上，我们曾经做过爱。我们摸黑性交，在家具之间蜿蜒爬行，连话都没有说，几乎不想触碰到彼此。我们是在某个晚上做的——那晚，她的父母接到一通紧急电话，必须临时赶往精神病院。格雷戈里奥精神病发作，用玻璃碎片割断自己右脚的两根趾头，然后将脚趾头全塞进嘴里，并扬言威胁要是任何医师或病患胆敢靠近一步，他就吞了脚趾头，然后再把身体其他部位也截下来。

玛加丽塔看着我的双眼，开口说了句"曼努埃尔，我……"，但话没说完。她郁郁寡欢地挤出一抹微笑，温柔地抚摸我左手臂上的疤痕。

"会痛吗？"她像个孩子般天真地问。

"不会，疤痕不会痛。"我撒了谎，那道疤痕的痛楚是永远也止不住的。

玛加丽塔再次微笑，此刻她看起来更加憔悴。她要我把毛巾给她，让我转过身背对她，替我擦起头发。玛加丽塔的每一个动作都轻柔无比。我的颈子感受到她的鼻息。

"你闻起来有常春藤的味道。"她说。

"什么？"

"对啊，常春藤的味道。"她重复说了一次，"和我们家花园墙上的常春藤一样，浇完水后就是这个味道。"

她没来由地讲起常春藤、蜗牛爬过枝叶后留下的银白色丝线、小蜥蜴跑到树叶间躲藏起来发出的声音、每天下午老是会翻墙而过的那只猫咪，以及华金小时候玩球踢破的海芋盆栽。

玛加丽塔一直说、一直说，口中所谈的世界仿佛全集中在花园里头。这是一个没有痛苦、没有愤怒、没有午晌半晌枪击命案的世界。我转过身，与她正面相对，接着紧抓住她的手腕，将她一把拉到我身上。玛加丽塔任凭湿毛巾掉落到地上，紧抿双唇，微笑。

"你冻坏了，该死的，希望你可别得肺炎。"她说。

我吻了她的手指关节，然后松开她，捡起地板上的毛巾，走向客房的浴室。她伸长手臂试着拦住我，但好像又后悔了，机械式地将手臂缩了回去。

我进到浴室，关上门，拴好门闩。我总是这么做，一想到有人可能会侵犯我的隐私，我就受不了。我打开热水龙头开关，将整个洗手池放满水，接着将双手伸入水中，就这样浸在里头，直到麻木感退去，可以活动自如为止。

电话铃声响起。响了八声之久，玛加丽塔终于接起来。我听见她说话的音量越来越小。我竖起耳朵仔细听，但她窃窃私语，声音小到几乎听不见，便不再理睬她。

　　我脱光衣服，用热水沾湿毛巾，不断擦拭着身体，直至开始感受到一股暖意才停下。我擦了擦布满雾气水珠的镜面，端详着自己的脸庞，愈看愈觉得这张脸完全不是我自己的脸，完完全全不是。

　　我一头栽入洗手池的水里头，尽可能地憋住气，然后慢慢将气吐出。气泡咕噜咕噜地涌出，使我放松不少。我好想就这样在水中倒头大睡，将额头抵着洗手池的水槽底，闭上双眼，我的头在温热的水中左摇右摆地轻柔晃动着。我就这样待了两三分钟，直到听见门外传来遥远的金属撞击声。我将洗手池的塞子拉开，也不把头抬起来，就这样等着水顺着排水孔流逝。当洗手池的水流尽后，我可以清楚地听见玛加丽塔的声音，问我要不要来杯咖啡。

　　"不用了，谢谢你。"我回答她。

　　我听见她离开门边朝向厨房走去，接着抬起视线，再一次看着镜中的自己。我的脸依旧看起来不像是自己的。我离开浴室，看见玛加丽塔正坐在客厅一张沙发上（玛加丽塔的母亲在儿子自杀后，在同一张沙发上昏睡了好几个钟头）。客厅昏暗不明，唯有一道光自楼梯间映射进来。

　　"我替你准备了一杯柠檬茶。"她说，指着玻璃茶几上一只热气腾腾的茶杯。

　　我拿起茶，小口小口地啜饮。茶有些甜。我坐到玛加丽塔身旁，她牵起我的手，紧紧握住。

　　"我感觉自己正向下坠落，如果不紧紧抓住个什么东西的话，就会摔个粉身碎骨。"她说。

玛加丽塔松开我的手，盯着壁炉发呆。她的手臂几乎不与我的手臂接触，我却可以感受到她温热的肌肤，以及汗毛轻拂掠过的细微之感。如果之前的某个时候曾试着去爱她，值得吗？因为即便我已经干了玛加丽塔十几二十次，即便舔遍她全身上下，即便已亲吻到她无法喘息，她就是没办法离我近一些，没办法近到像是我们现在手臂互相磨蹭的距离。

玛加丽塔突然站起来。

"你的衣服放在哪里？"她焦虑地问。

"在浴室里。"

"等我一会儿，我马上回来，我去把衣服丢到烘衣机里头。"玛加丽塔离开，手脚利落且一副贤惠的样子，仿佛烘干衣服是刻不容缓的任务。我跟进洗衣间，发现她盘腿坐在地板上，出神地看着衣服在烘衣机内旋转。她要我把灯关了。

"你怎么了？"我问她。

"没事。"

烘衣机的嗡嗡声在漆黑之中回荡得更加剧烈。一股气流自未关紧的小气窗渗入，悬挂在房内一角的床单全被吹得飘了起来。一盏路灯闪烁的光芒照映在一个盛满水的小盆子上。

某个东西，大概是裤头上的纽扣，开始在烘衣机的玻璃小窗上反复撞击，发出单调的噼啪声，令人抓狂。玛加丽塔爬起身来，转了个开关，让烘衣机停止运转。她取出衣服，全包成一捆，然后重新启动烘衣机。

"再五分钟就烘好了。"她说，并陷入沉思好一阵子。她看了我一眼，深深地吸了一口气。

"我从来没告诉过你。"她咕哝着说，"但是我之前有一个半月的时间都没来月经，我当时确信自己怀孕了。"

"怀了谁的孩子？"我傻傻地问。

"还会是谁的？操你妈的！"她将下巴抵在胸前，紧咬着双唇，头低低地盯着地板，继续说下去。

"我不知道该怎么办才好，我不敢去买那种市售的验孕棒。"她叹了口气，不发一语，抬起头来，拨了拨头发，继续说。

"我吓坏了，根本不知道接下来会发生什么事情，不知道谁可以帮我。我不知道该怎么告诉你这件事，你知道吗？曼努埃尔，因为我很怕你……你相信吗？"

玛加丽塔再次闭上嘴，看起来若有所思，视线在房内四处游移，脸上挂着越来越哀伤的微笑。

"那些日子，我就跑来躲在这里。不管什么理由，我总会启动烘衣机或洗衣机，听着它们哗啦啦哗啦啦的声音。你大概会觉得我有些神经吧，但听着它们的声音，我感觉没那么孤单……我躲在这个房间里很久很久，好几个小时，双手放在肚皮上，试着猜想在我体内是不是有什么动静。"

玛加丽塔又咕哝着说了一次"在我体内",接着便安静下来。她的眼神放空,回忆一个从未在她肚子内居住过的生物。烘衣机停止运转,玛加丽塔要我打开电灯。她打开烘衣机的盖子,摸了几下衣服。

"烘好了。"她带着肯定的口气说。她取出一团衣服,贴在自己的脸颊上。

"烘完以后热乎乎的,你看。"她说,然后把衣服贴到我的脸上,"你感觉到了吗?"

玛加丽塔的双眼炯炯有神。我靠向她,温柔地在她的双唇上亲了一下。被我这么一吻,她轻轻地顶了下我的胸膛,微微一笑,这次已不见稍早前的满面愁容了。

"趁衣服还温温的,你赶紧换一换吧。"她说,然后用力地掐了一下我的手臂,走出房间。

我看着玛加丽塔离开,才意识到自己从来没看过她哭泣。

× × × × ×

我们在厨房、客厅和书房寻找格雷戈里奥的盒子,但一无所获。我们甚至还检查了食物储藏柜、客房衣柜、他父亲书桌的抽屉、浴室内的药橱和楼梯下的储藏隔间。什么也没有。

玛加丽塔提议到楼上找找。我们上楼，经过格雷戈里奥的房门时，我感到一阵晕眩。才不过两天前，格雷戈里奥全身滴着血，穿过这道门，将走廊木头地板、阶梯、玄关、汽车座椅、他母亲的衣服和他父亲的双手都溅满了鲜血。

我无法忍受可能会撞见他溅落的鲜血，就连一滴我也承受不住。（有人清干净了吗？有人用清水和肥皂擦拭干净了吗？）我想闪人，想尽快逃离这栋被鲜血玷污的屋子，离开这对想邀请我共进晚餐的夫妇，离开这对无力阻止自己儿子一枪将头壳轰碎的夫妇，离开那个郁郁寡欢微笑看着我的玛加丽塔、那个我不知道自己是不是终有一天能够爱上的她。我渴望自格雷戈里奥和他的鲜血逃开。

"你怎么了？"我原本以为玛加丽塔看见我靠在墙上，会这么问我，或对我苍白无力的脸色挖苦一番。但她只是牵起我的手，拉着我走向她父母亲的卧室。

"我想我知道盒子会在哪里了。"她含糊地说。

我们进入卧室，她果断地走向衣帽间，在衣架上仔细翻找、拉开了好几个抽屉，然后摇摇头。

"也不在这里，该死！"

玛加丽塔烦闷了起来。我们去了她的卧室，她整个人一头栽进衣柜中，翻箱倒柜一番，上衣、鞋子、裙子全被翻得乱七八糟。她把抽屉全拉出来，一个接着一个地倒出里头的东西。地板上满处的笔记本、化妆品和内衣。然后，她弯下身，在床底摸了摸。

"算了吧。"我对她说。

她转过头来看着我，一副愤愤不平的模样。

"我做不到，我就是做不到，你还不懂吗？"她心烦意乱地责备我。

她继续将衣服乱扔。我问她晓不晓得盒子里装的是什么。

"不知道。"她回答。

我们无意间发现了盒子的下落。玛加丽塔鲁莽搜索中，打破一只香水瓶，香水全泻到梳妆台旁的一叠书本上。盒子就夹在这叠书中，像一卷百科全书的摆放方式。玛加丽塔跪下身子，抓着盒子的边缘将它取出来。她检查了一番盒子，拿起一条毛衣将喷溅在上头的香水清干净。房间内充斥着一股强烈刺鼻的玫瑰芬芳。

"我从来没料到会在那儿找到它呢！"她说，脸上挂着浅浅的微笑。

她把盒子递给我。接过来时，一块小小的玻璃碎片扎进我的左手拇指。我用同一只手的食指指甲用力挤了挤，将碎片取出。碎片弹飞出去，一滴鲜血滴落到盒盖上，并在瓦楞纸板上晕开，仿佛替上面的樱桃插图添加了另一颗樱桃。第四颗小樱桃，加倍艳红，栩栩如生。

　　玛加丽塔站起身打开窗子，让房间透透气。一阵风吹进房内，窗帘被吹得剧烈摇晃。外头正下着雨。

　　"你不觉得这个味道很讨厌吗？"

　　我点点头。她小心翼翼地拾起书本，免得割伤自己，然后将书本沿着窗台边一字排开，摆放整齐。

　　"会淋湿的。"我提醒她。

　　玛加丽塔将一只手搁在书本上，就这样撑着好几秒钟。

　　"我觉得不会吧，雨下到另一头去了。"

　　她转过身，仔细地看着地板，捡起一条绣花手帕，走向梳妆台，弯下身清理香水瓶碎片。她将最大片的碎片捡到手帕上。我想要帮忙，却被她支开到一旁。

　　"你别管了，待会儿又被玻璃碎片刺伤。"

　　"你也会啊。"

　　"没错，但瓶子是我打破的。"

　　我闪到一旁。她站起身，在垃圾桶里抖了抖手帕，然后将手帕扔回地板上。

　　"明天我用吸尘器把剩下的部分清理干净。"玛加丽塔说。

　　她走向门边，关上电灯。

　　"我们离开这里吧，这气味搞得我头好晕。"

　　我追上她的脚步，搭住她的肩膀并拦下她。她转身看我。走廊上黑漆漆的一片。

"你那个时候要是真的怀孕了，会怎么办？"

"不知道，我不知道……"她抬起头来，直直盯着我。

"你呢？"她质问我。

"我会打开洗衣机、烘衣机、瓦斯炉、微波炉、烤吐司机、电视机……"

她微微笑，摸着我的脸颊。

"你今天没有刮胡子，对吧？"

我牵起玛加丽塔的手，亲了一下。

"我喜欢你胡子刺刺的。"她温柔地说。

她将手收回去，叹了口气，目光慢慢移开。

"我会堕胎吧。"玛加丽塔若有所思地喃喃自语，一个转身便消失在楼梯黑暗的空隙中。

我们坐在客厅里。盒子被我用双手捧着，仿佛比实际上更加巨大、更加沉重。我们试图摆脱许多东西，这盒子正是其中之一。玛加丽塔要我打开它，她害怕自己动手。有一次，格雷戈里奥请她保管一个类似的盒子，玛加丽塔将盒子收在衣橱内，才没几天的工夫便臭气熏天。她掀开盒盖，发现里头装了几条破布，布里包着动物的肠子，肠子里头还有十来只蟑螂正快速逃窜、躲藏。

结果，这些内脏是邻居养的一只猫的。格雷戈里奥用石头将猫咪砸得粉身碎骨，将它的半截身体埋在花园灌木丛下。至于那些蟑蜈，格雷戈里奥信誓旦旦地宣称，是在睡觉时从嘴巴里冒出来的，还说它们是他的亲生骨肉，找不到其他更好的方式来维持它们的生命了。

我用一把折刀，割断盒子上紧密封死的胶带。玛加丽塔疑心病很重，向后闪开。我有些局促不安，打开盒子，里头什么惊喜也没有，只有好几张纸——信件、字条、做了笔记的餐巾纸，以及处方笺，全都好好地收在四捆包裹里，并分别用几条彩色缎带捆了起来，一旁还附了一个信封。信封里头装着几张相片。玛加丽塔早已经躲到厨房里去了，我把她叫回来。她疑神疑鬼地靠近。

"里面有什么？"

我拿出其中一个包裹给她看。

"这个。信啊、照片什么的。"

"我不要看。"

不论如何坚持，玛加丽塔就是不愿意瞧一眼。她要我把信和照片全带回家，回去后再好好检查。

"如果没有什么糟糕的东西。"她说，"你再把盒子还给我。反之，你就把它们全烧了。"

商量过后，我同意将盒子放到我车上，以免被玛加丽塔的父母发现。玛加丽塔猜测里头肯定有什么东西会伤透她爸妈的心。看来，格雷戈里奥无论是生前抑或死后，没有任何一个行为是不伤人的。

我撑着伞，走到屋外马路上。外头正下着滂沱大雨，大量的雨水沿着水沟流过，几个大水洼将整条马路都淹没了。我还得请玛加丽塔替我拿两个塑料袋系在运动鞋上，才不会弄湿双脚。

我一跃闪过水沟，不小心绊到脚，试着站稳脚步恢复平衡时，盒子自我双手滑出去，摔落在湿漉漉的柏油路上。我迅速捡起盒子，在我的裤子上不断来回磨蹭擦干，然后用力紧紧抓牢它，一路闪过好几个水坑，来到我停在对街人行道的汽车边。我掏出钥匙，匆匆忙忙地打开车门，将盒子扔到后座上。我竭尽所能，把雨伞也塞了进去，并将车门关上。

我整个人懒洋洋地躺在驾驶座上。雨水打在车顶上隆隆作响，自挡风玻璃上流泻而过。我擦拭布满雾气而模糊的车窗，望向格雷戈里奥的家。到处都在滴水。水，和更多的水。我在倾盆大雨中发现玛加丽塔模糊的身影在门边探头探脑。我看见她做了个手势，似乎有什么事想告诉我。我摇下车窗，试着看清楚些，但雨实在太大了，我只能重新摇起车窗。

我点亮车内的小灯，将盒子打开。盒子底部全湿成一片了，但没有任何一张纸被水沾湿。我看着用彩色缎带缠得好好的四捆包裹。格雷戈里奥会将盒子交给玛加丽塔，肯定有诈。他这么做一定别有居心，一定留下了什么信息。我自问，这场游戏值得我奉陪到底吗？我一度很想将每一张信纸、每一张相片都撕成碎片，再扔到

水流之中，让它们顺着水流流入下水道。这一刻，我有机会与格雷
戈里奥就此了断，让他真正死去。

我将包裹摆回原本的位置，盖好盒子，切掉小灯。我紧握雨
伞，下车狂奔越过马路。玛加丽塔替我开门，我穿过门檐落下的雨
滴，进到屋内，再次成了落汤鸡，且全身冰冷。

我问玛加丽塔，她做的手势，是想跟我说些什么。

"没事。"她回答。

× × × × ×

玛加丽塔的父母直到近晚上十点才回家，推托因为这场雨造成
交通大乱，害他们那么晚才回来。他们去拜访了几位亲戚，并用一
笔借来的钱结清了丧葬费用。华金打了声招呼，便上楼回到卧室，
窝在里头不下楼。即便如此，玛加丽塔的母亲仍旧在餐桌上摆了六
人份的餐具，其中一组摆在上席的右手边——格雷戈里奥的老位置。

晚餐还未上桌。她的母亲直向我赔不是，接着在几个盘子里分
光了两只烤鸡和一袋没封好的洋芋片。烤鸡是凉的，洋芋片也受潮
变软，风味尽失。

我们在餐桌上就座，气氛庄严，悄然无声。她的父亲说很高兴可以与我共聚一堂，说他总视我为这个家的一分子，此时此刻，有我陪伴在他身旁真是太好了。

用餐时间我们一句话也没说。我替自己夹了一只鸡腿，只吃了一半便搁到一旁。玛加丽塔的母亲一时疏忽，忘记问我要不要喝些什么。虽然我口渴得要死，但还是不敢打搅她。她聚精会神，手中一支叉子在半空中画圈，上头叉着一块肉，迟迟不送入口中。

晚餐尾声，玛加丽塔的父亲开了一瓶智利红酒，斟在水杯里头。举杯敬酒才敬到一半，他便双眼紧闭，自顾自地喝起来。没有人跟着他一起干杯。

玛加丽塔端来咖啡。我虽然不喜欢咖啡，但还是决定喝一杯。我想暖和暖和身子，让自己稍微清醒些。咖啡竟成了这顿晚餐最棒的佳肴。

几近午夜时，电话铃声大响。玛加丽塔的母亲吓了一大跳，起身到厨房去接听电话。回到餐桌上时，她的脸色看起来万般苦恼。

"是塔尼娅的妈妈打来的。她说塔尼娅早上七点去学校后，便没了消息。她妈妈问我们家有没有人知道塔尼娅上哪儿去了。"

在场的人都表示不知情，顿时营造出一股更加沉重、更加令人不自在的静默。塔尼娅是格雷戈里奥生前唯一爱过的女人，现在则是我爱的女人。

玛加丽塔开了个小玩笑，打破紧绷的氛围。她父亲笑得相当夸张，还趁机替自己斟了第五杯红酒，之后再次默不作声，阖着眼饮酒。

塔尼娅妈妈的来电令我坐立难安。两年前，有次塔尼娅曾销声匿迹了一个星期。她失踪的第二天，家里便通报警方。第一时间，大家认为她是被绑架了，之后才开始推敲会不会是出了什么意外丢了性命，甚至猜测她会不会被谋杀了。时至今日，我还是会回忆起那几个傍晚，大伙儿惶惶不安，跑遍停尸间、医院和法警的牢房，四处寻找塔尼娅的下落。

塔尼娅又不知道是从哪里冒出来，全身上下脏兮兮，面容憔悴消瘦地回家了。至于自己的偏差行径，对我或是对她妈妈，塔尼娅一律只字未提。整起事件成了一个她不愿揭露的谜团。想必塔尼娅多少有些内疚，因为从此之后，她总是尽量通知家人自己要去哪里、跟谁一起，还有该怎么与她联络。只有偶然几次，当她的心情跌到谷底时，才会跑到动物园或机场，每次仅仅待上三四个钟头。

我心神不宁，跟他们借了电话。我走到厨房，拨通家里电话。我的哥哥路易斯昏昏欲睡地接起电话。

"怎么了啦？"他不耐烦地问。

"都没有人打电话找我吗？"

"我不知道。现在都几点钟了，你他妈的问这个做什么？"

"我有急事。"

"明天我再跟你说。"

"拜托。"

"你等一下。"他满肚子火，咕哝说着。

路易斯任凭话筒摔到地上，接着我听见他的脚步声逐渐远离。玛加丽塔走进厨房，站到我身旁，牵起我的手，紧紧握住。我听见她母亲走了过来，便松开她的手。

几分钟过后，路易斯重新接起话筒。

"妈妈说塔尼娅下午五点钟打过电话来找你。"

"还有呢?"

"没了，就这样。"

"妈没跟你说塔尼娅人在哪里吗?"

路易斯以不耐烦的口气断然说"没有"，便挂断了电话。我的太阳穴一阵颤动，有种不祥的预兆。我步出厨房，准备离开。我向玛加丽塔一家人告辞，谢谢他们招待我共进晚餐。玛加丽塔的母亲走到我身边，给我一个虚弱无力的拥抱，好像喝醉酒一样，头抵在我的胸膛，反复说了好几次"谢谢你来家里，谢谢你来"。我感觉到她衣服布料底下的身躯骨瘦如柴，骨架突出。一具逐渐风干的肉体。

玛加丽塔的母亲松开我，并在我的脸颊上亲了一下。

"孩子，路上小心。"她喃喃自语地说，然后再给我一个吻，

"也希望塔尼娅一切平安。"

玛加丽塔的父亲以一记强而有力的握手向我道别。他注意到我身上没有任何遮风保暖的衣服，便跑到书房拿了一件夹克。夹克非常高档，剪裁很棒，里层填满了鹅毛。这件夹克正是我所需要的，碍于礼节，我先是拒绝他的好意，但他坚持要我穿上，并替我从后背披上。我向他保证一定会尽快拿回来还他。

玛加丽塔陪我走到车旁。雨已经停了。外头可以听见潺潺流水声，往下水道孔的方向流去。家家户户的外墙笼罩在大雾之中，显得模糊不清。我打开车门，玛加丽塔站在我身后，嘴巴依旧紧闭，什么也不说。我回过身向她说再见。"之后见啰。"我对她说，然后轻轻地亲了她一下，几乎连嘴唇都没碰到。我转身准备上车，却被玛加丽塔一把拉住手臂。

"怎么了？"我问她。

玛加丽塔凝视着我，不回答我的问题，"啧"了一声。我察觉到她忧心忡忡的模样，我用一个与其说是男女情爱、不如说是兄妹情谊的姿态，搭着她的肩膀，将她拉向自己。

"告诉我，你到底怎么了？"

玛加丽塔的视线没有从我脸上移开，她一手摸着自己的额头，拨开一缕落在脸庞上的头发。

"刚刚你在浴室更衣时，电话响了。"她说，接着停顿了好长一段时间，看着一只灰色的猫越过马路，然后目光才回到我身上。

"是塔尼娅打来的。"

我推开她，将她拉到一旁。

"你为什么没告诉我？"

她的视线又回到猫咪身上。猫咪现在躲到一棵树底下了。她对猫咪发出"呔"的一声，吓唬它。猫咪自藏身处走出来，专注地打量着我俩，急走了几步，蹬个两下就攀上围墙，消失得无影无踪。

"你为什么没告诉我？"我又重复问她一次。

玛加丽塔耸耸肩，目光仍盯着猫咪消失的位置不放。

"我不知道。"

玛加丽塔的态度开始惹毛我了。我站到她的正前方，她换了个姿势，开始观察往下水道而去的水流。

"你在玩什么把戏？"我严厉斥责她。

"才没有呢。"她不耐烦地回答。

我很难理解玛加丽塔这番托词是什么意思。她绝对不是因为吃醋才这么搞的，这点我非常确信。如果说之前有谁替我和塔尼娅的这段关系做掩护，让我们继续走下去，那就是她了。

"所以呢？"我质问她。

玛加丽塔没有回答我的话，陷入苦思。我受够她一再保持缄默了，一屁股坐进驾驶座并发动引擎，车门开着没关。

"我真的不知道你在玩什么把戏。"

玛加丽塔弯下腰，将脸凑到和我的脸平行的位置。

"曼努埃尔，搞鬼的人不是我，是塔尼娅才对。"

我将引擎熄火。

"你这话是什么意思？"

"是她要我什么也不要告诉你的。"

"为什么？"

"我唯一能够告诉你的，就是她人安然无恙，你安心回家吧。"

玛加丽塔语毕，转身朝家走回去。我火速下车追上她。

"玛加丽塔，你是怎么了？"

似乎有什么事情令玛加丽塔心烦意乱。她举起双手，好像要试着解释得更清楚，结果什么话也说不出来。

"没事，我没有怎么样。"她含糊地说。

"你为什么像现在这副模样？"

起风了。玛加丽塔双臂交叉抱着自己，抵抗寒气。

"空气真是冻死人了。"她低声碎念。

她抬起头来，想测测风是打哪个方向刮来的，却被风吹得披头散发。她粗野地将头发从脸上拨开。

"我可以问你一个问题吗？"她突然说。

我点点头。

"你向塔尼娅说过任何关于我们之间的事吗？"

她的问题令我很意外。我们的约定相当明白，永远也不得将我们私底下的关系公之于世。

"我从没向任何人提过，更别说是告诉她了。你为什么这样问？"

"不为什么。"玛加丽塔回答，很明显看得出来她原本要说一句截然不同的话。

她深深地吸了一口气。吐气时，口中呼出的气成了一朵小云。

"我看我还是先走一步好了。"她不悦地说，"我快冻僵了。"

玛加丽塔给了我一个吻，并快速走开。

我发动车子，先让车子热一会儿。我感到很困惑，且精疲力尽。我挂挡正要离开时，玛加丽塔敲了敲车窗。

"怎么了？"我一边问她，一边摇下车窗。

玛加丽塔两只手倚在车门上，弯腰向前靠过来，正脸面对着我。

"塔尼娅跟我说她会在803。"她小声地说。

我俩你看我、我看你地相互凝视了一阵子。玛加丽塔突然粗鲁地将双手从车门上抽走，头也不回地断然离开。

× × × × ×

我驾驶车子，努力抵抗睡意。已过了凌晨一点钟，而我连续两个晚上都没睡好了。我渴望阖上双眼，闭上两个星期、一个月、一整年都不要睁开。我渴望遗忘自己是谁，渴望忘记自己在这个雨水满溢的城市开车寻找心爱的女人到底是在干什么。

可以确定的是，玛加丽塔并不知道803是什么意思。803不是密码，而是一个确切存在的地点的确切存在的号码，是一家汽车旅馆¹里头的一间客房。803号房是我们的私密空间，所谓的我们，说来令我心痛不已，不只包括塔尼娅在内，格雷戈里奥·巴尔德斯也是其中之一。

我进到汽车旅馆内，将车子停在接待处门口。只有两间车库的帘子是拉上的。803号房的车库没有停任何车。

每间客房都有两扇门，一扇通往车库，另一扇通往中庭。我反复敲了好几下中庭的房门，但没有人开门。一位我不认识的员工——一个身材高大魁梧、有着一头卷发的少年——问我需要什么。

"进房间。"我回答他。

"有人入住了。"他以不带感情的语调说。

1　汽车旅馆（Motel de paso）多位于高速公路交岔口附近，或是公路离城镇较偏远处，供过路旅客投宿过夜，或提供短暂住房服务。"汽车旅馆"一词在墨西哥通常给人"廉价简陋""风评不佳"的印象，龙蛇混杂，尤其成为男女鱼水之欢的场所，甚至实为妓院。

"这我晓得。"

另外一位我也不认识的皮肤黝黑的矮肥男子加入了卷发少年的行列。

"年轻人，禁止打扰房客。"他怒气冲冲地说。

"我没有想要打扰任何人的意思，只是想要进房间而已。"

"这可不成。"

"您为什么不把钥匙借我呢？这不就成了吗？"我的话在黑皮肤男子耳中听来颇具挑衅意味。他扳着自己的指关节，发出"喀啦喀啦"的声音，命令道：

"你现在给我滚，婊子养的臭小子。"

他拉开夹克，左轮手枪的枪柄在腰际闪着寒光。要是换作别的场合，可给了我一个借口，好扑上去海扁他一顿，但现在我最不乐见的事就是捅娄子。我累过头了。

"潘乔几点下班？"我质问他。

我的问题一时之间令他俩乱了阵脚。

"您认识他吗？"少年问。

"嗯，我也认识卡马里尼亚先生。"

拥枪自重的男子一听见汽车旅馆老板的名字，原本挑衅的态度立刻软化，并将夹克拉链重新拉好。

"我是付钱租这个房间的人。"我澄清道，虽然事实上付钱的人是塔尼娅。

他们两人频频道歉，说自己是新来的。我向他们打听塔尼娅的下落，他们解释说她一个半小时前才离开这里。

"那位小姐什么也没和我们说，就直接离开了。"黑皮肤的男子肯定地说。其中一间车库的帘子微微拉开一道小缝。一名官僚嘴脸的干瘪男子现身，狐疑地看了我们一眼，进到一部年久失修的道奇达特里，随行的女人在座位上，头压得低低的，不想被我们认出来。汽车向前开动，两名员工立刻移开视线，而我还看着这对爱侣从我们面前开了过去，压根儿忘了汽车旅馆界最基本的游戏规则，不论任何一家都一样，就是绝对不要直接盯着别人的脸瞧。

少年拿来钥匙，转开门锁，将门推开。

"要是您还有其他需要服务的地方，请知会我们一声。"他说，同时瞥了我一眼。

我进到房内，打开电灯。这房间还是老样子，床铺、床头柜、台灯、镜子、壁画、梳妆台，全都一如往昔。

塔尼娅进过房间。床罩皱巴巴的，一个枕头叠在另一个枕头上，一本欧塞维奥·鲁瓦尔卡瓦的《宫女乐师》摊开摆在床头柜上。

我坐在床上。床罩隐约可见塔尼娅身形的轮廓。我用手指触摸床罩，找寻她的体温，但床罩早已冷却。我在枕头堆中用力嗅着，但几乎未能闻到她的气味。我拿起书本。塔尼娅用蓝色记号笔在翻开的书页上画了一句句子："人未化性，乃若百兽"，并在旁侧的空白处以她独一无二的笔迹注记着："而于此前，则为恶鬼。"

我离开房间去接待处。整间汽车旅馆空荡荡的，我是唯一的房客，即便如此，比利亚尔瓦汽车旅馆的霓虹灯招牌仍旧一闪一闪地照着客房。可以清楚听见霓虹灯发出电气吱吱作响的声音，好似夜里的一只蝉。

卷发少年懒洋洋地坐在一张扶手椅上打着瞌睡。他一听见我走进来，赶紧睁开眼睛，用呆滞的眼神看着我，接着突然一跳，站起身来。

"抱歉，老板，我真的好困，撑不住就睡着了。"他说。

我向他借电话，渴望知道塔尼娅是不是已经到家了。我拨通电话，她母亲惊恐地接起电话。我猜想塔尼娅到现在都还在外面，便挂断电话。我问卷发少年这附近有没有什么比萨店有外送服务。他回答我说有好几间，但全都是晚上十一点就打烊了。我在接待处房内一角发现一篮家庭号的可口可乐。我拜托少年卖一瓶给我。

"不。"他回答，"我怎么能够卖您，您可是客人呀。"

他打开一瓶可乐，捡起掉落到地上的瓶盖。

"有时候瓶盖有奖喔。"他一边解释，一边检查瓶盖。

卷发少年将可乐递给我，拒绝收下我的小费。

我到车上去拿盒子。趁塔尼娅回来以前的这段时间——要是她真会回来的话——我可以好好检查检查。我把可乐瓶放在福特蜂鸟的车顶上，在我裤子口袋里寻找钥匙，同一时间，我看了一眼被蓝色霓虹灯照得发亮的盒子，很明显地看出它移动了几厘米。我糊涂了，自车边闪开，咽了口唾液，戒慎恐惧地靠过去，在车窗边探头。盒子依旧在原来的位置上，我整个人倚靠在引擎盖上，像傻蛋似地笑个不停。

我打消检视盒子的念头，心里还是有些害怕，走回房间的途中，碰到黑皮肤的男子正在停车场巡逻。我拜托他把左轮手枪借我瞧瞧。他从腰带上取下手枪，交给我之前，先将枪里的六发子弹取出来。

"抱歉，老兄。"他说，假装很谨慎的模样，"世事难料。"

他把手枪交给我。这是一把点22口径的史密斯威森左轮手枪[1]，非常精美，才刚镀漆防锈。我表示想买下这把手枪。

"没办法，您猜怎么着，我会被老板骂死的。"

1　史密斯威森（Smith & Wesson）为美国最大的手枪军械制造商，创立于1855年，以制造左轮手枪闻名，也生产步枪、轻机枪、霰弹枪等枪支产品。

"我出一千块跟您买，如何？我保证明天就带钱过来给您。"

我出的价令黑皮肤男子很心动。

"那我要怎么和老板说？"

"就跟他说在小巴士上被偷了。"

"行不通的，他每天一到汽车旅馆，就要我把手枪交给他，还上锁收起来。"

"朋友，好好考虑一下吧。"

"当然。"

黑皮肤男子退下，继续巡逻，我则在心中盘算该如何将他的手枪弄到手。

我进到房间，脱下夹克，喝了可乐，将空瓶搁在地毯上。我盯着镜中的自己，一条细细的血管在右边太阳穴上微微地颤抖着，眼睑四周的黑眼圈全浮现上来，头发乱七八糟，胡须也都长出来了。青色水牛的阴影再次自内心深处恐吓着我。

我在床上躺了下来。在这张床上，二月二十二日下午，我和塔尼娅第一次做爱。我们草草完事，由于罪恶感萌生和缺乏经验，双方都不知所措。塔尼娅当时还是处女，而我，如果不把两次短暂的一夜情也算在内的话，也还算是个处男。

我们脱去衣物，彼此交缠。她的头发钩在我的皮带扣上，上衣全被扯破，我衬衫上的两颗纽扣也被扯掉了。我们既想要快速进行，同时又想要慢慢来，不知道该摆什么姿势才好，两人叠在一起，和交配中的乌龟一个样。

我们试了好几种不同的姿势，所有的姿势都令塔尼娅抱怨连连。"你弄痛我了。"她不停地说。经过多次尝试之后，我终于插入她的体内。她发出轻柔的呻吟声，看着我的眼神也和以往不同。

"你在我里面呢。"塔尼娅小声地说，"很深。"接着她亲吻我的嘴。做完爱以后，我们俩一动也不动，就这样紧紧相拥了好长一段时间。我在床单底下感受到她湿润的肌肤，乳房压在我的胸膛上，秀发从我的脸庞上拂过。我很惊讶自己居然和她，完完全全赤裸的她，像这样在一起。我从来没有和彻底一丝不挂的女人共处一室。两次性经验的对象都是醉得不省人事的少女。她们衣衫不整，半裸着身子，糊里糊涂地做爱，全程连三分钟都不到。第一次是在狐朋狗友们的众目睽睽之下，在一辆小货卡的后车厢板上搞的。他们从一扇车窗里偷窥，看得可爽了。第二次则是在一间已经坍塌的废弃大宅的走廊上，同一时间，隔壁的交谊厅里正在举行我堂妹皮拉尔的毕业典礼。

我和塔尼娅互相爱抚，直到睡着为止。我在午觉半梦半醒之间数度醒来看看她，再搂着她赤裸的胴体，回到梦乡。

一个钟头之后我们醒来。

"你打呼呢。"我对她说。

她没说什么，就发出"啧"的一声。

"静悄悄的。"我补充说，"你的打呼声静悄悄的……把我哄入眠了。"

塔尼娅眯着眼睛微笑，在我额头上吻了一下。她还没完全睡醒，爬起身坐在床铺边缘，拿起包包，在里头翻找，直到找到一条救生圈糖[1]。她拆开两颗糖果的包装纸，一颗红的，一颗绿的，握紧拳头，藏在两只手里。

"你要哪一只手?"她问。

我选了右手，她给我看，是红色的糖果。

"你挑中樱桃口味的。"

塔尼娅将糖果放到我的舌头上，我趁机舔了她的指腹一口。她将绿色的糖果送入自己口中，在嘴里品尝一番，接着吻了我。我们在彼此的唾液之中将糖果交换来、交换去。她移开嘴巴，重新尝了一次糖果的滋味，然后抬起脸，仿佛在品酒一般。

"我搞错了。"她笑眯眯地说，"你挑中的应该是柠檬口味的才对。"

塔尼娅转过身背对我，将包包关好，放到床头柜上。

1　救生圈糖（Salvavidas）为一种水果糖，色彩缤纷，因中洞的外形貌似救生圈而得名。

她肩膀上细细的体毛在午后阳光照映下金光闪闪的。我伸长了手，温柔地抚摸她的颈背。塔尼娅回过头来，用脖子夹住我的手指。

"我们待会做什么呢？"她问。

我坐在塔尼娅身后，环抱她的腰部。附近一架收音机传来一首流行歌曲的旋律。

"我不知道。"我回答。

"我多么希望今天这个下午永远不会结束！"她哀伤地轻声说道。

翌日，我们将恢复往常的身份。塔尼娅会变回格雷戈里奥的女朋友，而我则是格雷戈里奥最好的朋友。

塔尼娅站起身，裸着身子，毫不羞赧地走到房间正中央。她停下脚步，双手抱胸，摆了像是在等出租车的姿势。

"你不过来吗？"她问。

"来哪里？"

"来跟我一起洗澡呀。"她肯定地回答。

塔尼娅的话令我慌了手脚。她说得一副好像我们俩之间有什么约定，或是有什么双方长时间以来熟悉的习惯一般。她仿佛猜出了我的心慌意乱。

"电影都是这样演的吧？不是吗？"她说。

她伸出手来帮我起床，使劲地拉了我一把。被她这么一拉，棉被全滑落到地板上。包覆床垫的床单上出现两道浅浅的血迹。塔尼娅靠过去，好奇地检查着。

"我以前听说第一次会很痛，但其实才没那么痛呢。"她说。

"你在说什么？"我装傻问她。

"你不知道吗？"塔尼娅曾经多次强调自己是处女，而我则拒绝相信她。格雷戈里奥太厉害了，没搞过她才奇怪呢。但说真的，我一点也不在意她是不是处女。

"我已经跟你说过了，我才他妈的不管呢。"我如此断言。

"你才不管呢，但我很在意。"她冷冷地说。

塔尼娅用双臂绕住我的脖子，背对着路向后退，领着我进去浴室。

我们在淋浴间又做了一次爱。我们在瓷砖地板上打滚，让热水打在彼此的背上，丝毫不担心没有使用保险套，一点也不害怕怀孕，一点也不惧怕我们自己本身，以及任何之后可能会发生的事情。

我爱抚塔尼娅全身上下的每一寸肌肤，想要让她充满我体内，想要用我的手指占有她，就怕万一这个下午所发生的一切永远不会再有下一次。

天黑了。我们讲好她先离开汽车旅馆，我等到听见她出了房门，才踏出浴室。我们认为，这么做应该多少可以减轻心中的内疚吧。我们这段见不得人的关系已经维持了六个月之久。我们放学后见面（格雷戈里奥已经被高中退学了，我们也因此省事许多），然后开她的车躲到市区南边遥远的新兴住宅区。时至今日，那儿还有许多荒地有待开垦，许多房屋兴建到一半尚未竣工。我们在那里亲吻，没吻上半个钟头是停不下来的，接着立刻各自回到家里。

我们出轨的次数变得越来越频繁，直到我们一致认定上床是无法避免的了——在二月二十二日这天发生了。

塔尼娅步出淋浴间，用一条毛巾包住身子，什么话也没说便离开浴室了。我闷闷不乐地待在水柱底下，等待她动身离开，心中想象着她在房间内一丝不挂、安安静静的画面。

我打开肥皂盒上的小窗，让水蒸气透出，隐约看到天空无比清澈，依稀有几朵静止不动的云。收音机里一首愚蠢的洗脑歌曲结束后，主持人用怪里怪气的腔调报时——晚间八点零七分。又一首歌之后，我听见塔尼娅的车经过停车场。

我将莲蓬头的水关上，全身湿答答地走进房间。我看了看周遭，所有的东西都还在原地，唯独没留下塔尼娅的任何东西。她用来擦身体的毛巾扔在床头柜上，湿漉漉的脚印子在地毯上渐渐散去，一把梳子被遗忘在镜子旁，而我们在几个小时前做爱的床铺则凌乱不堪。

我坐在床垫上。塔尼娅在床单紧邻血渍的位置，用黑色签字笔留下了一句："我比你想的还爱你。"

我用牙齿将床单扯个稀巴烂，取走这块沾染塔尼娅血迹的破布。

× × × × ×

凌晨三点钟，我决定离开803号房。我疲惫不堪，渴望回家睡觉。没有任何迹象显示塔尼娅会回来比利亚尔瓦汽车旅馆房间，想必她已经回家了吧。

我套上夹克，在一张纸条上留言："塔尼娅，如果你回来的话，拜托你留下来，不要走。"然后我将留言放在书本旁边。一道雷声轰隆响起，窗户玻璃全震了起来。我探头伸出窗外，好几道闪电在黑暗的云层间闪烁。

我打开房门。黑皮肤的男子罩着一件灰色的雨衣，在停车场巡逻。他自远方用手电筒向我打了一个信号，然后拖着缓慢的步伐走过来。

"怎么了呢？年轻人，您要走了啊？"

"嗯。"

男子抬起双眼，聚精会神地望着苍穹。

"看来暴雨即将来袭，您还是留在房间里头比较好吧。"

"我得走了，老兄。"

他用握着手电筒的那只手搔了搔头。

"要是那姑娘过来的话，我怎么跟她说？"

"你什么也不要跟她说。"

一辆汽车出现在入口处。黑皮肤男子打着手电筒替他们引路，领着他们到810号房去。事实上，比利亚尔瓦汽车旅馆一共只有十三间客房。房号前面的数字8只不过是老板异想天开的鬼点子罢了。

刚好就在我上车的同一时间，暴雨大作。我打开大灯，在光束中可以看见黑皮肤男子正向一位胖嘟嘟的男子收取九十比索的住宿费。

我在狂风暴雨中驾驶着车子。大雨造成市区许多区域停电和淹水。即使已经把雨刷调到最高速，视线能见度依旧是零。某些路段的积水水位已高过人行道，根本不可能前进。

我在距离我家几条街以外的地方，被一辆闪着警示灯的救护车超车。救护车在一辆翻得四脚朝天的大众甲壳虫汽车旁停下来。我放慢速度，摇下车窗，慢慢地驶离车祸现场。几名好奇的旁观民众挨着寒冷和雨水，围绕着一具覆盖大衣的尸体。一名少女满脸是血，茫然地望着呈大字形摊在地面的尸体。没有任何人把注意力放在她身上，就连医护人员也一样。

我停下车，问其中一个男人有没有我帮得上忙的地方。他满怀敌意地瞪了我一眼，然后摇摇头。我坚持帮忙，但他的注意力已不在我身上。

为了避开四散在柏油路上的玻璃碎片，我将车子调头，开过一条闪烁着救护车红灯的黑暗街道，离开事故现场。

我一将车子停进车库，整个人就振作了起来。雨水、街道和夜晚全滞留在外头的世界。我拿着格雷戈里奥的盒子，走向厨房，吃了两根香蕉、一串葡萄、一把巧克力，还灌了整整一升的牛奶。

我三步并作两步，冲上楼梯。爸爸正在我的房门前等我回来。

"你还好吗？"他问。

我点点头。他温柔地拍拍我的肩膀。

"晚安，好好休息吧。"

我看着爸爸穿过走廊。正如格雷戈里奥一贯的说法，这个双腿消瘦、顶上微秃的驼背男子不可能会是叛徒。他从来也不是，即使在这件事最艰难时，也不曾背叛我。

爸爸在走廊中途停下脚步，转身面向我。

"很晚了，快去睡觉吧。"他命令我的语调宽容，和小时候叫我上床睡觉如出一辙。

"要去睡了。"我回答。

　　他举起手向我道晚安，继续朝着他的卧室前进。不会的，他不会是叛徒的。

　　我把盒子摆在一张椅子上，脱下运动鞋的同时，注意力一直被盒子吸引，因此决定还是把它收到衣柜里头比较妥当。

　　我脱光衣服，套上蓝色法兰绒睡衣。这件睡衣磨损得相当严重，上头缝了许多补丁。睡衣从前属于我爸。有一回，老爸想扔掉它，被我抢救回来。我不想让它在垃圾桶中结束生命，或被当作破抹布拿来擦拭窗户。这件睡衣与我父亲之间有太多的牵绊。

　　我整个人栽进床单堆里头。床单才刚换过，还因为洗衣液的关系而硬邦邦的。我喜欢这样的床单，曾经好几次要求妈妈洗完床单别加柔软剂，洗毛巾、衬衫和内衣也一样。我喜欢纤维轻轻磨蹭皮肤的感觉，尤其是当我躺下，双脚滑向床铺里的时候，着实放松许多。

　　然而，这个夜晚我睡得相当不安稳。我三番两次地从睡梦中醒来，感觉有一头狂怒的巨兽在我身边呼气。我一直听见它的鼻息、它炙热的喘气声，然后一再从床上起身、睁开双眼。它狂怒的气息在黑暗中消逝。房间内什么也没有，猛兽在我体内呼吸着。我知道这不过就是一场被格雷戈里奥的精神病所传染的恶梦，只是一个廉价的幻觉，或至少我自己是希望如此认定的。

　　几年前，有次格雷戈里奥在清晨五点从精神病院打电话给我。

那时他尚未被关进管制区。电话中的他嗓音低沉，要我赶紧过去见他一面。

我躲过警卫，来到格雷戈里奥的房间，看见他站在床边，望着窗外的黎明。我漫不经心地和格雷戈里奥打招呼，但他并未回应我的问候，也没有转身看我，自顾自地说起话来，用力强调每一个字眼。

"暗夜水牛梦见我们了。"他说。

水牛和他晦涩难解的语调好似格雷戈里奥最后的妄想。我拿这点开了个玩笑：

"它们叫作美洲野牛，不是水牛[1]。"

我笑了。格雷戈里奥的态度太严肃，做作过头了，尤其是还穿着这身荒谬的蓝色病袍。

"王八蛋，你在开玩笑是吗？"他问，斜眼瞪着我。

"不。"我回答，再一次笑了出来。

格雷戈里奥转过身来，猛然揪住我的衬衫领口，面对面瞪着我。我不再笑了。这是头一遭，格雷戈里奥的眼神令我感到恐惧。

"暗夜水牛会梦见你。"他说，"它会在你身旁狂奔，你会听见它的蹄步声和呼吸声，你会闻见它汗水的气味，它会靠近你，近到

1　美洲野牛（bisonte）常被以水牛（búfalo）误称。

你几乎可以碰触到它。水牛一旦决定攻击你，等你醒来人就在乱葬岗了，到时候你就笑不出来了，狗娘养的。"

格雷戈里奥这一番警告并不像是凭空捏造的。

"然后呢？"我讥讽地问他。

他一把将我拉过去，与他贴得更近了。

"暗夜水牛现在就在我体内，它已经五十、一百个星期都梦见我了，我不知道要怎么把它弄出来。曼努埃尔，我不知道该怎么办。"

"你只是做恶梦而已。"

"不对。"他断然地回答，"水牛是我迈向死亡的起点。"

格雷戈里奥松开手指头，但仍抓着我不放。我们好一段时间不发一语，视线盯着彼此的双眼。一名护士小姐带了药进来，一看见我就发火，大声嚷嚷说访客时间只开放到九点钟为止。

"你就只有这些话要告诉我吗？"我问格雷戈里奥。

他松开我的衬衫，抿抿嘴唇。

"对，就这样。"

护士小姐开始啰唆了。

"年轻人，我已经跟您解释过了，就是……"

我从护士身旁走过，根本连理都不理她，她便闭嘴了。我朝门口走过去，踏出门槛之前，格雷戈里奥叫住我：

"曼努埃尔……"

我回头看他。

"别说我没有警告过你。"

虽然我好几个月都惧怕着格雷戈里奥的威胁，但随时间流逝，我最终将暗夜水牛认定为他的诸多妄想之一。我没有梦见水牛，既然如此，它也没有梦见我。

但这个无法入眠的凌晨，我强烈感受到有一头巨兽在我体内呼吸着，令我惊愕不已。倘若并非如此，那发出这怒气冲冲的喘气声的又是什么鬼东西？

我点亮房间的灯，检查缝隙和窗户，排除气流窜入房内的可能。我焦虑不安，不断来回踱步，试着使自己镇定下来。

我梦见蟑螂时也发生了一样的事情。感觉它们爬遍了我每一条血管、蛀蚀我的肉体，每次只要我一醒来，便消失得无影无踪。没有，什么也没有，为什么要为一头气喘吁吁的动物感到操心？不，根本没有什么水牛，以后也不会有。以后也不会有格雷戈里奥这个人。他已经死了，火化成一缕青烟和骨灰了，天知道他会在哪座纳骨塔里腐朽。这全是一场粗制滥造的恶梦。

×××××

早上八点钟，哥哥路易斯来到我房里，摇了我好几下。

"醒醒、快醒醒啊……"

他的声音在我耳中听来遥远且模糊。

"怎么了？"我好不容易沉甸甸地吐出几个字。

"有人打电话找你。"

"谁？"他把话筒放在枕头边，然后离开房间。是塔尼娅的母亲打来的，她哭哭啼啼地向我解释说她的女儿到现在还没到家，怀疑她是不是又搞失踪，然后一拖又是好几天。我答应她会帮忙一起找寻塔尼娅的下落。

我试着再小睡片刻，但睡不着。塔尼娅留下的空缺令我无法入眠。我深爱着她，深深地爱着她，但却难以参透她的心思。我决定回到803号房，除了803号房，我想不出还可以在哪儿找到她。

我紧闭双眼，靠在墙壁上冲澡，整个人因为睡眠不足和疲劳而愣愣瞌瞌的。我无力选择穿搭，套上昨天穿过的同一件衬衫，一把抓了手边所有的钱。那天早上我无车可开，打算叫一辆出租车。搭乘大众交通工具在城内四处移动还是令我浑身不自在。

我在快要九点半时到达比利亚尔瓦汽车旅馆。雨后天空已微微放晴，穿过云层隐约可以看见一轮有气无力的太阳。卡马里尼亚先生已经在他的办公室里干活了。他看见我经过，向我点头打招呼，我也点头回应。潘乔正在其中一间车库里拖洗地板瓷砖。他远远地就认出我，并向我走了过来。

"曼努埃尔！近来可好呀！"

"你好呀。"

"要我替你开门吗？还是你有钥匙？"

"替我开吧。"

打从那个二月二十二日以后，我和塔尼娅造访比利亚尔瓦汽车旅馆的频率越来越密集。一个星期幽会三次、四次，甚至五次。我们总是开塔尼娅的车来，总是由她付房钱，因为她付得起。如果来了比利亚尔瓦汽车旅馆，却碰上803号房已有人入住，我们就直接离开。我们第一次做爱是在803号房，之后除了这里，我们不打算在其他房间上床。

一天下午，卡马里尼亚先生中途拦截我们。他说前前后后看到我们造访比利亚尔瓦汽车旅馆已经好几回了，然后特别指出我们对803号房情有独钟。我们一时间感到困窘，不知该做何回应，心想我们不过就是一对短暂的过客，几乎来无影去无踪。卡马里尼亚先生向我们提出一份交易，原本一天九十比索的住房费，一个月只要两千比索，就让我们包下803号房，随我们爱来几次，就来几次。租下803号房是塔尼娅的决定，要能够掏出这笔费用，我岂止是差得远而已。她接受了这份交易。从此之后我们拥有了这间客房，并把它改造成我们的房间，我们来这里已不仅是做爱而已，还在此读书休息，或单纯与世隔绝。

　　潘乔解开门锁，推开房门。

　　"塔尼娅没有来吗？"我问。

　　"没有，我没有看见她，至少从我来了以后到现在这段时间里都没有。"

　　四处都没见到黑皮肤男子和卷发少年的踪影。

　　"那几个小伙子已经交班闪人了啊？"

　　"那几个新来的吗？七点就走了。"

　　"他们有留话给你，要你转告我吗？"

　　"没有呢。"房间和我离开时一样凌乱。床还没铺，浴室也还没收拾干净。一列蚂蚁沿着墙边爬过，全聚到一只我先前放在地毯上的可口可乐瓶罐四周。蚂蚁小小的，将瓶口染成一片黑。小时候我总爱扮演上帝的角色玩弄蚂蚁，随机杀死几只，再把存活下来的挑选出来，让这些少数的幸存者安然脱身，免遭被我手指头碾爆的命运。这就是我当时对神性的理解。

　　我拾起空瓶，将它摆到房间外头的盆栽旁，放全部蚂蚁一条生路。

　　我躺在床上。塔尼娅会跑去哪里呢？我说不上来，而事情到了这地步，还将动物园或机场视为她可能的去处，也太荒唐了。现在唯一能做的是等待她用一贯偷偷摸摸的风格再次现身，让大家措手不及。

我脱光衣服——这是在803号房内和塔尼娅相处的方式——双手放在颈背，进入梦乡，呼呼大睡。我真的睡着了，没有猛兽在我身旁呼吸，没有蠼螋，没有找我的电话。

我醒了过来，不知道现在几点钟。我推测应该不早了，因为阳光自右手边的百叶窗渗入房内。睡着的时候我一定是觉得很冷，因为醒来时我整个人卷在被单里头。

一个女人——大概是服务生吧——自走道穿过，嘴里哼着一首歌，听不出来是什么旋律。这调子听起来年代久远，悦耳动听，和下流龌龊的汽车旅馆客房搭不上边。

我套上T恤和裤子，打着赤脚走到停车场边缘。外头刮起强风，云朵快速地聚拢在一起。我看见潘乔在807号房的入口，将脏床单和脏毛巾绑成一捆。我吹了一个口哨叫他。

"你总算想要清扫房间了呀？"他一边走过来一边问。

"不是，我想要请你帮个忙。"

"悉听尊便。"

"你可以到接待处替我打电话，叫大份的火腿比萨和三罐汽水吗？"

"'波罗先生'的潜艇汉堡好吃多了，就在这儿的转角而已。"他建议。

"不。"我反驳道,"我从昨晚开始就超想吃比萨。"

潘乔摇摇头,无法认同我的选择。我递给他一张一百比索的钞票付钱,接着将自己锁回房内。傍晚剩余的时间,至少接下来的两个小时我不打算出门,不去找寻塔尼娅的下落,不打电话,不为她操心。

我再次脱光衣服,随手翻阅鲁瓦尔卡瓦的书。塔尼娅在几句句子下方画了线,但她挑选的准则在我看来全是毫无逻辑可循,这些句子和句子之间一点关联也没有。尤其是她用红色签字笔在第八十六页标出的文字,特别引起我的注意:"官员们下班后会在中途买好面包回家。"她在页面顶端用大大的惊叹号注记着:"小心!小心!小心!"

这几句句子对塔尼娅来说,到底代表什么天杀的意思?她和官僚,以及他们的日常琐事又有什么关联?我有预感,这段文字含有解开塔尼娅大闹失踪的关键。嫉妒心,陈年笨拙的嫉妒心,又再一次回到我身上。

嫉妒心。自己一个人,抑或是和塔尼娅一起,我造访比利亚尔瓦汽车旅馆的次数是如此频繁,对工作人员来说,我成了一张熟悉的面孔。潘乔是他们之中最年轻的少年,与我年纪相仿。他七早八早就来上班,入夜时才下班,什么活儿都干。清扫房间、向房客收取费用、清洗床单、清点毛巾(房客一离开,他就必须马上进入房内,确认他们没有把毛巾偷走),还有在接待处招呼房客。他勤快能干，我对他最有好感。

　　起初我们打招呼的手势不甚热络，正经八百的。潘乔从不正眼看我，好似遵从汽车旅馆界的潜规则一样。等到我向他自我介绍、询问他的名字以后，他的态度才稍稍有所转变。虽然我们之间的关系变得亲近许多，但潘乔始终一副谨言慎行的模样。你永远不知道会在汽车旅馆碰到什么样的客人。

　　随着时光流逝，我俩建立起小小的友谊。他每工作四小时，就可以放风五到十分钟，我们偶尔会趁这个空当聊聊天。

　　有次傍晚我独自来到客房，注意到潘乔比平时含蓄许多。他闪躲着我，一直将我的话题画上句点。他一连好几天都这副德性，每当我问他为什么不太对劲时，他总是简洁地回答"没事"，直到某天下午，他才终于决定向我透露自己为什么会有此番举止。

　　"曼努埃尔，我可以跟你说件事吗？但你得发誓听了以后不会发火才行。"潘乔没有把握地问我。

　　"好的，老兄。"

　　"说真的，向我发誓你不会，因为要是出了什么事的话，我会因为说人闲话而被炒鱿鱼的。"

　　"我跟你发誓我不会发火。"

　　潘乔深吸一口气。

　　"事情是这样的……"他说，然后唐突地中断句子。

　　他又喘了一口气。

"不，我不应该告诉你的。"

"得了吧，老兄，场子都冷掉了。"

潘乔甩甩头，我做了个手势唆使他继续说下去。他与我眼神交会，吞了吞唾液，出其不意地一口气向我全招了：

"那么，是这样的，上个星期你的女朋友和之前陪同她的那个家伙，一起来了两次。"

"之前？什么之前？"

"和你一起来之前。"

我吓呆了，不愿相信他说的话。潘乔接着说下去。他们来比利亚尔瓦汽车旅馆八到十次，每次都入住803号房。至于他对和塔尼娅同行的人所做的描述，在在都与格雷戈里奥的特征相吻合。

谜底揭晓，将我重重地击垮了。突然间，我和塔尼娅的恋情蒙上一层假象。她大玩双面把戏，葫芦里卖的是什么药？又在策划什么阴谋？为什么先前在我面前老是坚持维护她愚蠢的处女神话？

我怒气冲冲地离开汽车旅馆。"难怪这个臭婊子会付房钱！"我放声咆哮，"原来如此！操他妈的！"

我在城内走了好几个小时的路，胡乱行走，怒气冲天。塔尼娅这个臭婊子到底在打什么如意算盘？

隔天，上课前几分钟，我扯开嗓门和塔尼娅当面对质。她起初只是听我说话，然后胆怯地试着替自己辩护，每当她试着阐明自己的动机为何，我便用粗话辱骂她，让她闭嘴。

塔尼娅最后气得火冒三丈，为这场争执画下句点。她以斩钉截铁且目中无人的口气表示，格雷戈里奥毕竟是她的男朋友，她对我可没有什么承诺，她爱怎么样就怎么样。我们在推挤和辱骂之中结束了我们的恋情？我们的奸情？性爱的旋转木马？

我深陷嫉妒心作祟的妄想症之中，承受我们爱情的衰败、不安全感与诸多疑问。三年后的今天，这半段提及官僚下班去买面包的文字，值得我打翻醋坛子吗？不，不值得，尤其是在用尽全力试图修补我们之间的关系后。

我放下鲁瓦尔卡瓦的书，睡着了。过了一会儿——一段我觉得非常短暂的时光——有人敲门。在半梦半醒之间，我拿起一条毛巾裹住身体，透过猫眼向门外窥视。潘乔怕打翻比萨，像耍着杂技似的。我打开门，他将我点的餐，连同收据和找回的零钱一起交给我。他拒绝收下我的小费，所以我送给他一瓶汽水和一片比萨。

我狼吞虎咽地啃完比萨，仍有想再来上三份的欲望。我口干舌燥，一口气将两罐汽水全灌下肚，接着喝起水龙头的水，一直喝到肚皮要撑破了才停住。

被潘乔打断的短暂午觉时光中我做了个梦。我回想不起梦境里的任何片段，但一抹哀伤遗留在心头。除了格雷戈里奥和塔尼娅留下的空虚感以外，我自己本身的空缺也令我感到相当难过。我曾经幻想自己将会变成什么模样，但现在我已经变成与想象中截然不同的路人甲了。

我裸着身子，走向面对停车场的窗户旁，慎重地拉开窗帘。傍晚时分多了一股褐色的色调。沙尘暴将纸屑全卷到屋子上空，看起来随时都有可能会下一场雨。

一辆黑色奢华的汽车穿过停车场，停进810号房的车库。连同这间在内，一共十一间客房有人入住，几乎要客满了。每逢周五傍晚总是此番光景，特别是每个月月中和月底领薪水的日子，成双成对的男女来到比利亚尔瓦"隐居"，消磨周末时光。这儿的房客包括了学生、工人、保镖、女仆、娇媚的女人、银行职员、官僚（他们是买面包前还是买完面包之后才上汽车旅馆的？）、疑神疑鬼的少男少女、出租车司机、警察。即便客源包罗万象，比利亚尔瓦汽车旅馆还是自诩为一间正派经营的汽车旅馆。妓女、同性恋爱侣、年纪未满十五岁的年轻人，以及玩三人行的人都不得其门而入。"三人行，必出乱子"，这句话正是卡马里尼亚先生的座右铭之一。

虽然比利亚尔瓦汽车旅馆破破烂烂，价格又低廉，这儿的客房倒打理得干干净净，且家具的状态良好。床垫老旧归老旧，但仍相当坚固。床头板固定稳当，不会因为日常的摇动而咯吱作响。梳妆台的凳子和椅子坐起来也不会摇摇晃晃，镜子镜面并无剥落，地毯一直以来都经常清洗并用吸尘器吸过。床单使用过后立即更换，房客不必害怕睡到黏糊糊的污渍。床罩上没有被香烟烧得这边一个洞、那边一个洞的。这间汽车旅馆，和我之前跟玛加丽塔，或跟其他女人一起去过的汽车旅馆都不一样。"所有的爱情，不论有多肮脏，"卡马里尼亚先生坚称，"都值得一个干净的场所。"

比利亚尔瓦也不是一间有着黑暗过往，或名声败坏的汽车旅馆，除了一起事件：一名五十来岁的妇人，与一位年轻服务生交往，这小子背着她和别的女人暗通款曲，妇人因而拿刀将他的腿劈成两截。除此之外，这儿就没发生过什么流血事件了，从来没有发生过谋杀、自杀或是枪战。

格雷戈里奥第一次带塔尼娅来比利亚尔瓦汽车旅馆，其实是跑错地方了。一名中尉和同袍的妻子有一腿，两人在一间汽车旅馆内自杀殉情，格雷戈里奥误以为是这儿。这起案件在一份格雷戈里奥颇喜欢的小报头几版上有大篇幅的报道。

他在报上读到比利亚尔瓦汽车旅馆位于波塔雷斯郊区，出事的客房房号结尾是3。他跑去找，目的是要在中尉和情人用鲜血宣示爱情的同一个地点，和塔尼娅一起成就他们之间的爱。但他大错特错，比利亚尔瓦与实际案发的汽车旅馆相隔了二十条街之远。

因此，格雷戈里奥没有如愿找到自杀命案的客房，他的爱也无法得以成全。塔尼娅在他身边有多赤裸，在我身边就有多赤裸。格雷戈里奥爱抚她、亲吻她、饮用她。格雷戈里奥跟我用同一张床和塔尼娅睡觉。他和塔尼娅一起睡觉，一起洗澡，但终究没能进入到她体内。第一次没有，第二次没有，就连第五次也没有。他是我们这群朋友之中第一个打炮的，他干过的女人何其多，当时却没办法和自己最深爱的女人做爱。

　　然后，我想象他们两个人的画面。格雷戈里奥一丝不挂，汗流浃背，窝在房间的一角，一副丧家之犬的模样，而塔尼娅待在他身旁，同样也衣不蔽体，亲吻他的额头试图安慰他。而格雷戈里奥在那儿，垂头丧气的，确信成千上万只蠼螋每分每秒、日复一日都在吞噬他。这些蠼螋也会聚集到格雷戈里奥的那个玩意儿里头，等着和他的精液一起喷向塔尼娅，攻入她的体内，再将她吞噬殆尽，如同吞噬他自己一样。而塔尼娅则不断地说服格雷戈里奥，这一切是不会发生的。我想象他俩在803号房的角落，光着身子哭泣的光景。

×××××

　　我恰好在日落时分的"零时刻"[1]步出比利亚尔瓦汽车旅馆。

　　1　　零时刻（Hora Cero）意指曙光乍现或是日落西下的时段。这时天色朦胧，如果不看时间无法分辨是黎明还是黄昏，故有"零时刻"一称。

"这是开车上高速公路最危险的时刻噢。"老爸开车载我们四处跑时总是这么说，"在这个时刻，你的眼睛看得到，却不知道自己眼前所见的到底是什么。"

我算了算身上剩余的铜板，还不够叫一辆出租车。我走到街角，一群穷苦的妇女、工人、水泥匠和夜间部的初中生正在等公交车。这群人紧凑在一起，默不作声。零时刻这个点，他们的脸孔看起来全都一个样。

天空下起毛毛细雨，我们一行人紧贴墙面，希望不要淋湿身子，但终究白忙一场。一阵暴雨突然降下，一阵狂风袭来，将雨水全打在我们身上。

大部分人狂奔到对街，躲到邻近一间玉米夹饼店[1]避雨。我留在街角，身旁站了一名瘦骨嶙峋的矮个子老妇。她身上仅穿着一件破旧的蓝色毛衣，在雨水的拍打下等待公交车。

不论我如何试图用双手遮挡，雨水还是从我的领口流进去，后背湿成一片。为什么二月下雨如此频繁？电视上的气象学家举证说明，把这个现象归因于地表过度暖化。这点对我身旁的老妇而言好像不痛不痒，她只是沉着地望着公交车应该进站的方向。

---

1   玉米夹饼店（taquería），顾名思义是专卖墨西哥国民美食玉米夹饼（taco）的店，可以是路边摊、餐车，甚至是餐厅。

一辆蓝色汽车在我们身边停下。驾驶鸣了声喇叭，我朝车内瞥了一眼，认不出开车的人是谁，便不去留意他。驾驶员又按了一次喇叭，赖着不走。我靠向车边，认出卡马里尼亚先生光溜溜的头顶。他打了个手势，要我上车。

我飞奔跳入车内，一坐下就把椅垫弄湿了。我觉得很不好意思，连忙向他赔不是。

"没事的，老兄。"卡马里尼亚先生回答说，"用不了多久就干了。"

他发动引擎。我透过玻璃窗观察老妇，她全身上下滴着水，仍旧无动于衷，等候她的公交车。

"你要去哪里？"卡马里尼亚先生问。

"我要去毕亚维顿新兴住宅区。"

"那在哪条路上啊？"

"很远，要开过整条老鹰大道，到山上去。您呢？要去哪儿？"

"带你回家。"他冷冷地说。

我试着向卡马里尼亚先生抗议，但被他阻止了。"你是我最棒的客人之一，小子，我还能怎么办呢？"

卡马里尼亚先生开了一阵子的车，什么话也不说。他似乎不为混乱的路况和缓慢的车速而感到心烦，有时会随着收音机播放的歌曲节奏在方向盘上打节拍。他的前臂又粗又壮，双手很多肉，上头还有粗大鼓起的血管。他的手指头扁平，看起来反而比较像修车技工的手指，而不像汽车旅馆老板的手指。

卡马里尼亚先生逆向转进一条大道，闪过大排长龙的车阵，在不知名的巷弄间蛇行前进。他抄了一段不错的捷径，超前了好几条街才重新回到车阵中。他对我使了一个稚气的骄傲眼神。

"我对这个城市已经比老家还要熟了。"卡马里尼亚先生的老家在西班牙加利西亚的比利亚尔瓦[1]，靠海的地方。他在三十五年前，年仅十八岁时来到墨西哥，之所以会开汽车旅馆，是以人类的四大基本需求为前提："食、衣、住、性"。卡马里尼亚每次提起此事，都会发出像马一样的笑声。他好几次邀我到他的办公室闲聊。虽然他的话不多，但很喜欢聊天。

我们抵达起义者大道[2]时，我注意到一辆从我们旁边呼啸而过的公交车，正驶往我家的方向。我打算下车，改搭公交车。

"不，小子，我载你回家。"

"您已经载我到离家不远的地方了，我不想再麻烦您绕路。"

1　加利西亚（Galicia）为西班牙西北部的自治区，临大西洋，与葡萄牙接壤。首府圣地亚哥康波斯特拉（Santiago de Compostela）为天主教朝圣之路（Camino de Santiago）的终点站。

2　起义者大道（Avenida de los Insurgentes）是墨西哥市最长的一条大道，全长 28.8 公里，南北纵贯全市。大道是为了纪念 1810 年到 1821 年间墨西哥独立战争时期，墨西哥为脱离西班牙殖民统治独立而战的起义者。

卡马里尼亚先生拉长身子，一手抓住门把，将我开到一半的车门甩回来。

我们继续上路。卡马里尼亚先生关掉收音机，开始聊他的一大嗜好——足球。在墨西哥足球队中，他是内卡哈俱乐部（Necaxa）的死忠球迷；西班牙的话，他则支持希洪竞技（Real Sporting de Gi-jón）。他有每支队伍和每位球员的统计资料、战术阵形，以及甲级联赛中每一支队伍的先发阵容。他生动地叙述着自己从未看过的比赛细节。他的宾馆客房内上演的风流韵事所构筑出的世界，与他的足球世界完完全全地分隔开来。

我们在一个红绿灯处停下。他出其不意地问我是不是和塔尼娅吵架了。我回答没有。

"因为下午你女朋友开她的车来我公司。"卡马里尼亚先生老将汽车旅馆称为公司，从来不叫作宾馆，"她把车子停在房间门口，在那儿待了一会儿，然后就掉头离开了。因为你一整个下午都独自窝在房间里，我才想说……"

我突然感觉不适，腹部有股压迫感。塔尼娅避着我，她又再一次和我避不见面。

卡马里尼亚先生注意到我的情绪状态，用他一只大手捏了我的腿。

"别担心，女人就是这样。所以我这辈子唯一交往过的女人，就是我老婆，我有她就够了，绰绰有余。"

　　塔尼娅给人的印象是这个女人永远都在逃，没停止下来过。逃跑似乎是她唯一永恒不变的宿业。许多人将她这个特征和背叛混为一谈，包括我。但她不是这样的人。塔尼娅的内心深处仍保有一颗忠诚之心，这也是迫使她和格雷戈里奥一同回到803号房的原因。塔尼娅把自己的肉体，应该说她把得到自己肉体的机会献给格雷戈里奥，试着借此功过相抵。她并没有将爱交给格雷戈里奥，因为她爱的人是我。但她强烈地喜欢格雷戈里奥，格雷戈里奥一步步跌入精神失常的深渊，也一直令她心痛。

　　我费尽千辛万苦，全身遍体鳞伤，才终于和塔尼娅复合。即使头四个月我们不在彼此身边，但从未如此相爱，同时也不断羞辱对方、彼此伤害。我们回到先前的关系，心结却尚未解开。我们一直为一些芝麻绿豆大的琐事互相攻讦，常常闹得不可开交，好几天不和对方见面。也因此她避着我，而她不在身旁的空缺会造成我胃部强烈的压迫感。

　　我们互相伤害到双方都疲倦了，彼此之间的关系才趋近正常。她继续当格雷戈里奥几乎一年半多的女朋友，深情且全心全意地爱着他。通常，她在离开汽车旅馆后会到医院去探望格雷戈里奥，身上还充斥着我俩高潮的汗水。

　　我一度心想，我们是不是欺瞒着格雷戈里奥。不，从来也没有。打从一开始，格雷戈里奥的直觉就告诉他，我和塔尼娅之间并不单纯。他用迂回狡猾的手法骚扰我们，破坏力十足。他暗中作梗，恣意破坏我和塔尼娅的关系，唤起我们的罪恶感，挑动我们的嫉妒心，在一旁煽风点火，巴不得见到我们大打出手。他在我们最料想不到的时候，把我们干得溃不成军，我和塔尼娅仍顽强抵抗。我不知道是因为我们太过天真，还是因为我们如此真心相爱。

卡马里尼亚先生眼见他口中关于塔尼娅的事情让我有此反应，也替我担忧。路途的后半段，他努力试着安慰我。

他称赞玛加丽塔的父亲借给我的夹克。

"你不知道我多想要找一件这种夹克。"他一面称赞，一面用他修车技工的手指摸着外套的防水布料质地，"穿起来一定很暖和。"

接着卡马里尼亚先生开起玩笑。他的玩笑话都言简意赅，又饶富趣味。他列举一长串房客遗忘在汽车旅馆房间内的东西，成功逗得我哈哈大笑：圣母像的护身牌[1]、金链子、钥匙圈、公文包、书本、小婴儿的奶瓶、女用手提包、电动按摩棒，甚至还有一台笔记本电脑。这些还不包括未拆封的保险套、阴道润滑剂的软管包装、香精油的空瓶子、被扯烂的内衣，以及牙刷。

1　墨西哥信奉的是瓜达卢佩圣母（Virgen de Guadalupe）。

卡马里尼亚先生说鲜少有房客会为了失物特地回比利亚尔瓦汽车旅馆一趟，尤其如果忘的是贵重物品，或失主来自中产阶级或是"好人家"。这些人来到汽车旅馆，容许不正眼瞧人的工作人员替他们作掩护，在车库帘子后方谨慎地遮遮掩掩。但如果碰上一位坐在柜台后方、心防很重的先生询问有什么可以效劳的地方时，那就另当别论了。简单来说，他们才不愿意冒这个险。

"这些房客啊。"卡马里尼亚先生对我说，"他们缺少了个什么东西，比方说摔角选手的面具。"

一个小时之后，卡马里尼亚先生在家门口放我下车。下车前他拍了拍我的肩膀，和我爸爸平时一样。

"加油啊，小子，我们身边可能少了个女人，但爱是永远不会枯竭的。你懂我的意思吗？"

"不懂。"

"老兄，我想告诉你的是，女人犹如过江之鲫，多得是。"

我微笑并下车。卡马里尼亚先生回转调头，从我身旁开过去，挥舞着手说再见。我狂奔追上他，敲敲他的车窗。他紧急刹车。

"怎么了？"他讶异地问。

我指着身上的夹克。

"您喜欢吗？"

"嗯，这夹克很好看。"

我将夹克脱下，塞进车窗。

"你这是在做什么？"他质问我。

"这件夹克送您。"

卡马里尼亚先生脸红得跟西班牙国旗上的大红色一样。

"不准你这么做。"他说，差点就要把夹克给扔出车外。

"我也不允许您这么做。"我答复他，接着将夹克卷成一团，抛到后座最底端的角落。

"我不是要跟你讨礼物才载你回家的。"他争辩着，"我又不是你的相好。"

我靠在车门框上。

"天气可不会每天都这么冷飕飕的。"我对他说，"但夹克可少不了。"

"你这话是什么意思？"

"我是说，夹克我多得是。"

卡马里尼亚先生微笑，在我的头上用力拍了一掌。

"谢谢。"他没多说什么，沿着马路开车离去。

我会再想法子搞到一件一模一样的外套，或是胡诌个理由搪塞玛加丽塔的父亲。

我在家里没遇见半个人。爸爸妈妈出门和朋友吃晚餐去了，路易斯在库埃纳瓦卡过周末。妈妈在厨房里留了一盘鸡肉三明治给我当下午茶点心。我舒舒服服地坐在厨房的小餐桌边，拿起我的电话留言本。我称之为"我的"，因为家中每个人都分配到一本自己专用的本子。这些本子上记载着家里的每一通来电，详细到令人抓狂的地步，包括是谁打来的电话、几点钟打来的、打来做什么。我们一家子都被迫在本子上写下来电细节。这个怪癖是妈妈从前当财政部部长的私人秘书时养成的。

塔尼娅的母亲打了八通电话过来。上午三通、中午两通、下午两通，最后一通是晚上七点三十六分打来的。这八通电话全留给我一样的信息："你有塔尼娅的消息吗？"我瞥了一眼时钟，八点四十五分。从这几通来电间隔的时间估算，她的母亲差不多晚上十点半会再来一次电话。

本子上也记录着傍晚五点十五分，一通蕾韦卡的来电。蕾韦卡是我的大学同学，偶尔我会跟她上床。她打来问我为什么逃课。晚上六点零五分有一通玛加丽塔的来电，要我回电。另外还有一通来电，令我很讶异，是马西亚斯医师打来的。马西亚斯医师完成了由他命名的"格雷戈里奥康复治疗程序"。毋庸置疑，其疗效大为成功。（在他身为精神病医师权威的背后，靠的是多少件自杀命案替他背书啊？）医师打来两次，留下私人诊所和呼叫机的号码，大概是打来为我提供看诊服务的。

我啃了其中一个三明治一大口，但又把它搁到一旁。三明治里铺了一层洋葱圈。我妈妈到现在还搞不清楚哪个儿子喜欢洋葱，哪个儿子不喜欢。

我替自己弄了一碗综合谷片，坐下来看电视。在有线电视频道间一台转过一台，没半个节目是我感兴趣的。我关掉电视机，回到房间，试着读本小说，但无法专心。

我拨了蕾韦卡的电话号码。蕾韦卡有一个呆瓜男友，但其实她爱的人是我。她的外貌姣好，深深地吸引着我。她接起电话，一听出是我的声音，马上说："小姐，你打错号码了。"然后挂断电话。她的呆瓜男友待在她身边时，她都会来这招。我觉得心里不是滋味，今晚还真适合上戏院看场电影，然后和她大搞车震。

我试着打电话给玛加丽塔，一共打了五通，但每一通都忙线中。接着我打了通电话给塔尼娅的母亲，才响第一声，她就接了起来，声音听起来伤心透顶。塔尼娅的母亲不是什么坏人，可能有些轻浮，但待人和蔼可亲，彬彬有礼。塔尼娅的父亲从前是一名劳工律师，靠着收买公会头头打赢许多官司，还协同反罢工的劳工破坏了好几场罢工行动，继而小有名气。不过，他待我还不错。

塔尼娅的父母亲相信塔尼娅一定会回来。他们的心中没有一丝怀疑，但等待正将他们的气力一点一滴地消耗殆尽。"再过一天这种日子，曼努埃尔，我真的活不下去了。"她的母亲一边啜泣，一边对我说。我差点忍不住脱口告诉她，再过一天这种日子，我就杀了她的女儿。我不打算用玩笑话的口吻告诉她这句话。不，我真的打算这么做。杀了塔尼娅，她消失离去所留下的空缺感才不会要了我的命。

×××××

我无法忍受独自一人待在家中。外头的雨已停歇，我决定出门走走。我在附近一座公园徘徊，绕了一圈又一圈，直到自己觉得腻了为止。我身上没有钱可以上戏院，或到咖啡店喝点东西。我走到公园中央的篮球场。我以前在那儿和人下注赌一对一斗牛赛，赢了一些钱，不多，就几张钞票而已，一场比赛二三十比索，也够用了。今天是星期五，倘若不是雨天，肯定可以找到对手。结果，我反而遇上一群喝啤酒买醉的青少年。他们将同伙中一人的车子停在露天看台旁，然后全爬到车顶上，四个车门大开，把卡式录音机的音量放到最大声。他们之中喝得最多的家伙，随着单调的饶舌乐跌跌撞撞起舞。

这帮人不是小混混，而是中产阶级家庭的富二代。他们所搞的破坏之中，比较有创意的就数在球场地板上把酒瓶砸个稀巴烂，还有在篮球架后头吐得满地。我认出其中三四个人，朝他们走过去，搞不好他们可以借我钱。

"嘿！迈克尔·乔丹！近来可好呀？"一个大家都称他"汤米小子"的少年向我打招呼。之前我和他赌球，赢过他几场。

"最近还好吗？"我回答他。

汤米小子拿了一瓶啤酒请我喝。

"我不喝酒。"我对他说。

"你不会没有不良嗜好吧?"他们其中一人插嘴。

"有啊,其他的。"我回答,"更厉害的不良嗜好。"

另外一人,一个被大家昵称为"小马哥"的家伙摊开掌心,给我看一卷大麻烟。

"这个不良嗜好你总行了吧?还是对你来说太猛了?"小马哥用讥讽的语调问。他自认是这个小帮派的头头。

"不,这我也不碰。小屁孩的不良嗜好,我可没有。"我回答他。

其他人拿我的玩笑话瞎起哄,嘲笑他。我在露天看台上找了一个没被淋湿的位置,在汤米小子身旁坐下。

"你们最近有什么新鲜事?"我问他们。

"没什么,就这样,饮酒作乐。"他们之中身材最矮胖、绰号"暴牙仔"的家伙回答我。

录音带放完了,酒醉独舞的少男大吵大闹,要他们重新播放饶舌乐。眼见没人理睬他,他便自己摇摇晃晃地走向车子,整个人飞扑到前座,操作汽车音响的开关。饶舌乐又再次隆隆作响,酒醉少年从车上跳开,望着月亮原地打转,再次起舞。

"你呢?在这里做什么?"汤米小子问我。

"我来看看有没有谁可以和我挑一场篮球。"

暴牙仔指向淹成一片汪洋的球场。

"我看打水球还差不多……"

他们之中几个人假装哈哈大笑，小马哥笑得最假。

"之前常跟你一起来的那个好兄弟呢?"一个被大伙儿起了绰号"花美男"的金发少年问我。

"你在说谁?"

"就一个高高的，身上刺了跟你一样刺青的那一个。"他解释。

"死了。"我面不改色地说。

全部的人又再次哄堂大笑，仿佛我说了一件非常滑稽的事情。我自己也笑了。

"是真的。"我一面说，一面笑个不停，然后将食指摆到眉毛的位置上，"星期二他朝这里轰了一枪。"

有些人笑了，有些人笑不出来。他们不知道我说的是玩笑话，还是正经的。

"你不是唬我们的吧?"汤米小子问。

"当然不是。"

所有的人，除了正与明月共舞的那个醉汉，全都震惊地看着我。

"我那个好兄弟的不良嗜好还真有他的，没错吧!"我补上一句，看了小马哥一眼。

我的笑话这会儿让他们笑不出来了。我一脸要笑不笑的样子，其余的人全都闭上了嘴。录音带又播完了，酒醉少年也再次鬼吼鬼叫个不停。我没有注意到还有一位身材高大、长相丑陋的胖子在场。他让酒醉少年闭上嘴。

"够了，陀螺，该死。"他说，"我已经他妈的受够你了。"

他走到车边，将钥匙拔掉收起来。

"音乐结束了。"他做出判决。

酒醉少年一动也不动，目光呆滞无神地瞪着胖子，双臂左右张开，活像个稻草人似的。他低声发了句牢骚，然后跑到露天看台的一端躺了下来。

这一帮人渐渐作鸟兽散。小马哥双手插在外套口袋里，离开球场，开始和暴牙仔聊天。

胖子和花美男来到我和汤米小子身边坐了下来，开了几瓶啤酒，慢条斯理地喝着。他们开始聊汽车厂牌、型号、汽缸容量，以及其他一连串没营养的话题。胖子一副自满的模样，走向他的车子，打开引擎盖，向我们展示引擎内装。他骄傲地指着冷凝管、火花塞和轮毂盖。我趁这个机会向汤米小子借五十比索。他在口袋里翻了翻，掏出一枚十比索的铜板。

"我身上就只有这么多钱。"他解释。

我也向花美男借钱。他背对着我，打开皮夹，抽出一张二十比索的钞票。

"明天我可以借你更多钱。"他说。

"我现在就需要用钱。"我解释道，"我要坐出租车，还要看电影。"

"你想上戏院看电影?"胖子问。

我点点头。

"你们呢?"他接着问了其他人。

他们也点点头。胖子走到车上,在副驾驶座的车厢内拨了拨,一脸满意地直起身子,手上拿着两张一百比索的钞票。

"你们这群兔崽子,我请客啦!"

我们四人全上了车。我坐到副驾驶座的位置。胖子将油门踩到底,我们直接从球场穿越过去,其他人则连忙闪避到一旁去。胖子想从路面最泥泞不堪的地方直接切过去。车子打滑,朝树丛冲去,但我们完全没撞上。我们出了公园,开上邻近一条马路,一路来到老鹰大道。

胖子单手开车。他不遵守交通规则,遇到减速带不但不停下来,反而高速从右侧超车而过。后座的两个人好像已经习惯他的开车风格,无动于衷。

我远远注意到一辆警车。警车没打开警示灯,在大道上四处巡逻着。我劝胖子让我来开车,警察可能会拦下我们,而他满嘴酒气的。胖子靠边停车,直到他终于把方向盘让我接手,我才大大松了一口气。

我们来到一栋集合了十间电影院、唱片行和餐厅的大楼。十一点三十分场次的电影琳琅满目,我建议大家看近期刚上映、由布西·科尔特斯执导的《黑蝴蝶》。其他人一心想看廉价动作片。都怪我身上没半毛钱，只得乖乖顺他们的意。

我们买好票时，离正片的放映时间还有二十分钟，便跑到圣彭餐厅去看杂志打发时间，胖子和汤米小子一下子就觉得无趣了，决定到附近一间酒行买三瓶小瓶朗姆酒。

"在戏院里面小口小口喝这个，滋味可棒极了。"胖子声称。

我和花美男两人独自待着。他有着一头金发，长相俊秀，看起来是个善良的人，也和他其余的好兄弟们一样无害。我向他要了原本要借我的二十比索，想买一本狩猎杂志。他转向左边，遮遮掩掩的不想让我瞧见，在皮夹上小心翼翼地开了一道小缝，但还是被我看见里头装了不止一百比索。

花美男递给我一张二十比索的钞票，正要将皮夹收回去时，我又多向他借了二十比索。

"我身上就只有那么多钱。"他转了个腔调说话，听来事实并非如此。

"你别唬弄我，我刚看见你身上还有钱。"

他羞愧地看了我一眼，仿佛我是老师，逮到他考试作弊一般。

"那是我妈妈给我，要拿来买学校课本的钱。"他吞吞吐吐地说。

"别担心。"我一副自信满满的模样，"我最迟星期天还你。"

花美男再次鬼鬼祟祟地微微打开皮夹，给我另外一张二十比索的钞票。

"谢谢。"我对他说，将钞票塞入长裤口袋里。

他这个爱说谎的吝啬鬼，我才不会还他钱呢。

胖子坚持要大家坐到最前排的座位上去。对于这项提议我抵死不从，但无论如何，最后我们还是坐在前面几排。

他们三人打从场内熄灯前就放肆地喝起朗姆酒。胖子甚至还在衣服底下藏了一瓶一升的龙舌兰。他们打算把这里当作足球场，喝个烂醉。

电影才开演二十分钟我就看不下去了。我没有心情看枪战、飞踢、空手道师父和醉得不省人事的小屁孩。我在汤米小子耳边小声告诉他我要上厕所，去去就回。我离开电影院，回到圣彭餐厅去。

我在饮料店点了一杯巧克力奶昔。一个家伙走到我桌边，盯着我的脸打量了几秒钟。

"曼努埃尔？"他问。

原来是里卡多·加林多，我和格雷戈里奥初中及高中的同班同学。

"你不认得我了吗？"他问。

我当然认得他。初中时代，格雷戈里奥还只是一个害羞腼腆的小瘦皮猴，被里卡多霸凌了整整三年。

"认得出来啊，你是里卡多。"我回答。

他微微笑，接着面色凝重。

"我听说格雷戈里奥的事了，还真无法相信。"

"发生什么事？"我问。

"你不知道吗？"

我摇摇头。里卡多手撑着椅背，俯身靠向我。

"他自杀了。"他在我耳边说。

我假装大吃一惊。

"还真惨，你说是不是？"他一脸自责地说。

这件事应该不会令里卡多如此伤心才是。有次早上，一如往常，里卡多在生物实验课上大开格雷戈里奥的玩笑。那些日子格雷戈里奥开始变了个人。他面带微笑，一把拿起上课用来解剖兔子的手术刀，站到里卡多身旁，将刀锋紧紧抵住他的喉咙，在全班众目睽睽之下，逼着里卡多在课桌椅间倒退行走，将他压到墙壁上，在他的下颌划了一刀，把老师和其他同学都吓死了。一条小小的血痕冒了出来，格雷戈里奥才放下手中的手术刀。"再一次，王八蛋，只要再一次。"他警告，"我就挖出你的眼珠子。"他转身重新坐下来。隔天，格雷戈里奥就被学校处罚——逐出校园一个星期。

"他是什么时候自杀的？"我问。

里卡多耸耸肩。远方有一名少女向他做了一个不耐烦的手势，他也比手画脚回对方"再等我一下下"。

"你还和塔尼娅交往吗？"

我点点头。里卡多不发一语，不知道该说什么才是。

"你来看电影呀？"他过了几秒钟后问道。

"嗯。"我回答。

"看了哪部?"

"《黑蝴蝶》。"

"怎么样?"

"拍得很棒,我推荐你看。"

里卡多和我道别,说他有多高兴见到我,语气夸张,然后从餐桌间蹦蹦跳跳离开,回到等候他的那位少女身边。

我搭乘停车场的电梯下楼。上车后才发现身上已经没有多余的钱付停车费。但幸运的是,因为在圣彭餐厅消费的缘故,我可以免费停车两个小时。

整座城市宛若空城,以星期五来说还真不寻常。夜猫子大概都被这场雨赶走了吧。

胖子的车还蛮能飙的。他的车是一辆空气动力车身的杂牌红色跑车,电视广告里头的那种。胖子有一回吹嘘,说他的车子起步不用十秒钟就可以冲到时速一百公里。这倒是真的,我根本没踩什么油门,就轻轻松松把其他车辆甩在后头了。这辆车还真可惜,马力如此强大,却配了个不怎么样的主人。

起义者大道上渺无人烟,正适合飙个时速两百公里,把路面柏油都刮起来。我决定慢慢开。我一向不喜欢飙速,格雷戈里奥也不喜欢,我们还在念高中时就不喜欢。那些年,我们常假借有重大的急事，向班上女同学的母亲借车，一借就是两三天。

我们俩都认为飙快车，等于是把生命全赌在运气上。其他驾驶员一个粗心大意、马路上一颗石子、路边突然冲出的野狗，都有可能害我们丢了小命。我们（可能是唯一）的朋友雷内有次就是这样，开车被一辆货柜车以时速一百八十公里的速度从车顶削过，最后身首异处。货柜车司机心不在焉，一边开车，一边剥橙子，变换车道时，雷内正好超了他的车。雷内没能及时刹车。他的大众高尔夫车顶不见了——连雷内自己都不见了——整辆车嵌在九十米外的一栋公寓大厦的大门上。雷内没有赶着去什么地方，他只是开快车而已。

×　×　×　×　×

我拿不定主意，一路开过好几条街，不知道去哪儿才好。我不想回家，也不想独自一人在城内兜圈子，更不想回头去接胖子和他的朋友们。他们在停车场找车应该挺有乐子的吧。

我渴望暂停一会儿，渴望停下脚步和人说说话，单纯地说说话，就这样，别无所求。

我开往蕾韦卡家。她的男朋友可能已经离开了，我应该有机会和她碰个面，虽然很难。蕾韦卡的父母管她很严，还设了门禁。她家的气氛幽闭恐怖，或许也因为如此，我和她之间的恋情才一直吸引着我，我感觉自己好像正在违反什么约束似的。

我和蕾韦卡没做过几次爱，顶多就二十次吧。每次都在不寻常的地方：她爸妈的卧室、屋顶平台、她家厨房、一间人迹罕至的戏院走道上、空教室里头。因为蕾韦卡拒绝去汽车旅馆。"那是妓女去的地方。"她总是这么说。

蕾韦卡是一个温柔的女人，虽然猜得出她心里在想什么，但她的个性算是非常冲动的。她非常爱我，我一度也以为自己爱上她了。如果我们曾经能够平心静气地坦诚相见，而不是耐不住性子地互相爱抚，不是冒着裤子褪到膝上，被人当场撞见的危险，不是像两条野狗交媾在一起，等着被人泼一桶冷水，那事情可能会有不一样的结果。如果她的父母亲不是神经病，不是保守得如此不可理喻，那一切就不同了。特别是，要是我并未如此深爱着塔尼娅·拉莫斯的话，事情就完全不同了。

我在蕾韦卡家门前停车。她男朋友的车还停在门口。我看了卡式录音机上的时钟一眼，十二点十七分。蕾韦卡的男朋友已经超过她父母可容忍的时间一个小时又四十五分钟了。不用多久，她爸马上就会把她男友撵出门外。

我在卡式录音机里塞了一卷录音带，想听听音乐，以挨过等待的时间，但胖子的音乐品味还真糟糕，我宁可关掉不听。我等了十分钟，她的男友一直没出来，所以我决定到街角的公共电话，打通电话给蕾韦卡。

"喂，您好。"她接起电话。

"请问是?"我问。

蕾韦卡紧张起来，说话开始结结巴巴的。我们讲好，我打电话到她家时，会找一位凭空捏造的费尔南多·马丁内斯。如果她方便说电话，就继续讲下去，反之，她会回答"小姐，你打错号码了"，然后挂断电话。她的嘴巴开始吐出"打错号……"的时候，我打断了她的话。

"不要挂电话。"我命令她。

蕾韦卡不吭一声。

"不要挂我电话。"

"我们这里是 572-50-92。"她支支吾吾地说。

话筒的另一端可以听见她男朋友说话的声音，问她是谁打来的。

"你想我吗?"我问她。

"是的，小姐。"

"我现在想见你。"

"没办法，小姐，我很乐意帮你的忙，但我不觉得这行得通。"蕾韦卡捂住话筒，但我还是听见她告诉男友是一位小姐打来的，对方伤心欲绝，正在想办法查出光明医院的电话号码是多少。

"怎么了？"她慌张地问。

"你现在可以说话了吗？"

"快点，安东尼奥去厨房找电话簿了。"

"我需要见你。"

"明天。"

"不，现在，马上。"

"你疯了。"蕾韦卡再一次将手盖到话筒上，给她男友下一些指示，告诉他电话簿放在哪里。

"他现在又走开了。"她悄悄地说。

"太好了。"

"你为什么没到大学去？"

"我没办法去。"

"你星期三放我鸽子，我们原本要一起去吃午餐的，你记得吗？你连打个电话来道歉都没有。"

"我没办法打。"

背景传来她男友的说话声，蕾韦卡换了个口气说话。

"听着，小姐，医院的电话号码是……"

我打断她的话。

"你为什么不叫你男朋友闪到一边吃屎？"

她继续用不带感情的腔调说着。

"你手边没有东西可以抄一下吗？"

"我在你家街角，你出来送他离开时，把门开着，我再溜进去。"

"不，小姐，我觉得这是不可能的。"

"你男友的车子后面停了一辆红色的车，我会在那儿等你。"

"不行，我没办法等你去找铅笔。"

"你当然可以。"

"好、好，听着，你抄一下，电话号码是5、4……"

"我需要和你谈谈。"

"……3、4……"

"格雷戈里奥自杀了。"

蕾韦卡陷入沉默。我听见她张着嘴呼吸的声音。

"……8、1……，可以的话，我很乐意再看看有什么可以帮到你的地方。"她说，然后挂断电话。

五分钟过后，她男友罩着一件雨衣现身。蕾韦卡在他身后，打着一把黑色的雨伞。天空开始飘雨。她男友走向他的车子，从我面前经过时，我钻到座位底下。蕾韦卡追上他，给了他一个吻。她的父亲从一扇窗子里吼她动作快一点。她男友的车子上路离开，蕾韦卡用指关节敲了两下我的车子引擎盖。等到她男友的车拐进一条街，我才坐直起来。

我下了车，小心不发出任何声音地关上车门。蕾韦卡待在人行道上等我。她父亲又一次大声叫骂。

"快滚进来！"

"来了！"她回答。

我压低身子，向前走了三步，倚靠在轮胎挡泥板一旁。老头子从窗户监视女儿的一举一动。

"你慢吞吞的是在搞什么？"他又大吼着问。

"我一只耳环掉了，我在找。"蕾韦卡站在门边，转身面对她家，小心翼翼用手做了个动作，示意我进来。我进门后她又做了个手势，要我躲到摆放在花园边的大花盆后面。我听见她父亲的声音，命令她将门锁上。

蕾韦卡假装将门锁转上好几圈。

"我马上回来。"她悄悄地说。

楼上的灯熄了，只剩花园旁一间客房里的一盏台灯还点着。

大门和屋子中间有一片宽敞的草地，种了树篱、栀子花和蔷薇。要到正门口还得通过一条十五米长的宽敞石子路。晚上十二点过后，她爸爸肯定在底下埋了地雷。时间又过了几分钟。我的腿全麻了，试着变换姿势时，一手伸到大花盆的土里，沾得脏兮兮的。花园被三盏强力的聚光灯照得灯火通明，可以清晰看见雨水降在草地上，树叶被雨水打落，九重葛四散铺满地。数十条蚯蚓在碎石子路上蠕动，逃开它们已水满为患的地洞。两只老鼠飞快地穿过草地，爬到车库里的垃圾桶上，偷了些厨余，然后回头溜到一座废弃喷水池底下的裂缝里。

蕾韦卡出来见我，身上只穿了一件黑色绸缎睡袍，围着一条披肩。她自正门口对我嘘了一声。我爬起来，全身酸痛，拿起一颗火山岩将运动鞋底的泥巴清干净，然后沿着石子路光线较不明亮的那侧过去。

我一爬上门口的台阶，蕾韦卡立刻对我又亲又搂。她的脸颊发烫，嘴唇也是。她牵起我的左手，领着我偷偷摸摸地走过幽暗的客厅。我们来到从花园望得见的那间房间，她小心地关上房门，避免铰链嘎吱嘎吱作响。

"我爸如果知道你在这里，你就死定了。"

"我们就死定了。"我附和。

蕾韦卡微笑，摇摇头。她头发摇曳的画面和塔尼娅一模一样。

"我爸才不像外表看起来那么坏。"

"当然不啰，他比外表看起来更坏。"

蕾韦卡揍了我胃部一拳。我演得好像被她打得透不过气的样子。她注意到我手上的脏污，向我指了房内的浴室。

"你都是穿这件睡袍吗？还是你是为了我才穿的？"我一边问，一边洗手，同时看着镜中的她。

"我每天晚上都是穿这件睡袍想你的。"

蕾韦卡摘下披肩，坐到一张沙发上。她肩膀上的肌肤滑顺白皙，一种不会令人反感的白。我擦干双手，脱下外套，在她身旁坐下来。

"你在电话中告诉我的事是真的吗？"她半信半疑地问道。

"嗯。"

蕾韦卡只和格雷戈里奥有过两次往来。光这两次足以让她察觉到格雷戈里奥是多么可怕的角色了。认识格雷戈里奥那回，蕾韦卡穿了一件小露香肩的上衣，格雷戈里奥用指腹抚摸她的肩膀，几乎还没怎么碰到。蕾韦卡饱受惊吓，向后退了一大步。"我只是想知道你的肩膀是不是真的。"他说。

"他是怎么死的？"

格雷戈里奥的死因有千百种，而我拒绝从自己口中吐出"自杀"两个字。

"他死了，句号。"我说，结束话题。

蕾韦卡没有因为我的回答而感到不悦。她摊开我的手掌，用右手食指指甲顺着我的掌纹画线。她没有对我的未来或是人生大限做出荒谬的预测，只是一而再，再而三写着"M"的笔画。

"你打来的时候我紧张死了。"她说。

"你想我们会被你男朋友逮个正着吗？"我用开玩笑的口气问。

蕾韦卡吻了我的掌心一下，然后松开我的手。

"不是，这我才不在意呢。我紧张，因为是你打来的电话。"

她将头靠在我的膝上，并躺下来。

"星期三你放我鸽子，我很害怕。"

"害怕什么？"

"害怕你已经不想再见我了。"

我倾身向前，在她下巴上亲了一下。蕾韦卡有事没事就害怕我会找各种借口抛弃她。

"你别尽想些蠢事。"我对她说。

楼上传来脚步声。蕾韦卡坐了起来，将头侧到一边，试着辨认声音的来源是什么。

"是桑乔。"她惊呼，松了一口气。

桑乔是条狗，一条小型杂种犬，虽然不是什么纯正优良的品种，但不会一有什么风吹草动就吠个不停而惹人嫌恶。蕾韦卡躺回我的腿上。

"格雷戈里奥是哪一天死的？"

"星期二傍晚。所以我星期三才没有赴约。"

"星期三的事你就忘了吧。"她说，然后吻了我一下。

谈论格雷戈里奥的事对我来说开始变得越来越不容易。

"他是什么时候下葬的？"

我无法回答。桑乔在门口底下用力嗅着，用脚抓了抓，然后再次离开。

"你在他死前有机会见他一面吗？"

我点点头。

"和好了吗？"

我该如何向蕾韦卡解释，这和化解误会无关，也不是解决一般朋友间常见的一言不合。不是我们和好不和好的问题，而是我们是否彼此原谅。彼此原谅，现在我们什么时候才能彼此原谅？

　　我突然好想大哭一场，好想在双肩白皙的蕾韦卡面前展露自己脆弱的一面，想狂奔去用力挤压格雷戈里奥的骨灰，榨干他的骨灰，哪怕是只榨得出一句话也好。

　　蕾韦卡看着我，摸不着头绪。她缠住我的腰，就这样，摸不着头绪，为我哭泣。

　　雨停了。时间呆滞地过了一个小时、两个小时。这中间我们没有交谈。蕾韦卡早已解开睡袍的带子，一对雪白如她双肩的乳房全袒露出来。我用手指绕着她硬挺的乳头画圈。不疾不徐，无色无欲。

　　蕾韦卡吻了我，然后脱得一丝不挂。我没有脱衣服，躺在她的阴部上睡着了。她动了动我才醒来。

　　"我的腿抽筋了。"她笑眯眯地说。

　　"抱歉。"我对她说，咬了她肚皮上纤瘦的皱褶一口。

　　我坐起身，她用手指顺过我的头发。我拥抱她赤裸的身体。

　　"我没办法相信，我爸妈在楼上睡觉，而你人在这里。我们还真是不知羞耻。"

　　"不，我们才不是。"

　　蕾韦卡将我从她的身上拉开，脖子往后仰。

"你知道吗？"她问。

"嗯哼。"

"我爱上你了。"她叹口气，抓着我的双手，摆在她的胸口。

"感觉它。"她说。

我缓缓放下手，抚摸着蕾韦卡一丝不挂的胴体，碰触到她的大腿内侧时，她阖上大腿，夹住我的手。

"我不能再这么爱你了。"她悄悄说，"我爱你太深了。"她盯着我的双眼，咬着嘴唇。

"我不会再和你见面了。"她坚定地说。

"理由？"

蕾韦卡亲吻我的嘴，将她裸体的芳香蹭在我的身上。

"我不可以再和你见面了。"她低喃地说，"真的，不可以了。"

蕾韦卡将我从她的身上推开，穿上衣服、围上披肩，然后走上楼梯，往她的卧室走去。

我步出屋外，来到花园。一抹薄雾在树冠上弥漫开。水滴在窗台上打着不规律的拍子，草地散发出一股浓密的湿气。

一只黑色的蝴蝶从阴影处飞出来，穿过聚光灯的光束，回到黑夜之中。小时候我收集像这样的蝴蝶。我会从蝴蝶翅膀的一角捉住它们，用大头针将它们钉在一块厚纸板上，任由它们绝望振翅而死。

桑乔从半开的门口探出头，来到我身边坐下并望着花园。它的项圈上挂着一张金属牌子。牌子上头写着它的名字以及蕾韦卡的地址和电话号码。我蹲下身，轻轻拍了几下桑乔的背脊，将项圈链子用力一扭，扯下名牌，紧紧握在手中，收到裤子口袋里头。

我抱起桑乔，将它搁在玄关的拼花地板上，阖起正门。我和蕾韦卡从此再也没做过爱。

× × × × ×

我打开胖子的车门时，汽车防盗警铃大作，发出尖锐的鸣笛声。我按了遥控器上所有可能的按钮组合，才成功解除警铃。我不知道自己是什么时候触动警铃的。

我发动车子。卡式录音机上的时钟标示着上午四点十七分。我调整好安全带，开上回家的路。

我在公园没碰到半个人，没办法交还车子，唯独球场满地尽是琥珀色的玻璃碎片。我在副驾驶座的车厢内东翻西找，想在胖子的驾照上查出他家地址。他住在下坡过去十二条街区，靠山脚下的地方。

"该死。"我心想，"回程我得用走的，还要爬坡。"

我把车子停在松林街五十号的门前，将钥匙扔到信箱里。钥匙落到信箱底部，发出巨大的金属声响。我急忙离开现场。

老妈又在厨房里留了一盘三明治，这次里头没有加洋葱，一旁附上一张字条，写着"曼努埃尔，希望这些三明治你会喜欢。亲一个，妈咪留。"

我妈老是觉得内疚。从前她上班的时候，自责疏于照顾孩子。照料我们的时候，自责抛下工作。她做起事来斩钉截铁，日子过得蜡烛两头烧，不论在家庭或工作都未能找到归宿。"我一次只能做好一件事情。"有一次爸妈吵架时，我听见她如此对爸爸说。总之，我和路易斯在她的优柔寡断之中总是输家。虽然她和我们住在一起，但从来不在我们身边。

我将两只手肘撑在桌上，开始吃三明治——打从我出生以来就一成不变的三明治。两片吐司面包涂抹美乃滋、少许黄芥末酱，里头包上煮好的鸡胸肉丝，有时候也会夹几片莴苣、酸黄瓜、番茄片，而经常会有洋葱圈。

在我的记忆中，三明治会放在午餐便当盒的塑料袋里，留到休息时间享用。三明治是我野餐日唯一的点心，到了派对或聚会上则成了主菜。早餐、午餐、晚餐，除了三明治，还是三明治。我和路易斯不一样，我并不憎恶这些三明治。反之，我出远门时倒是很思念它们。我思念它们平淡、家常的口味之甚，程度不输想家。

　　我拿起我的电话留言本，检阅起这两年来累积的所有信息。我的过往片段，被缩减成是谁打来的电话、几点打来的电话，以及来电的目的为何。我的过往。

　　格雷戈里奥的数十通来电之中，有两通特别显眼。其中一通是一年半前的十月一日。他利用该周唯一一次有权打电话的机会（每七天三分钟，不多也不少），从医院打来给我。他的留言简明扼要："没什么好吵的。"话就说得这么直白。

　　"为了这个婊子，没什么好争的。"几天前格雷戈里奥在医院和我说。当时我终于有勇气向他坦白（应该说向他证实）我和塔尼娅的恋情。格雷戈里奥好像早已准备好这句话，就是要在这一刻说出口。

　　"我们才不屑这档事呢，对吗？"他镇定地说。

　　"我们是不屑。"我回答他。

　　格雷戈里奥看起来相当冷静。唯有高剂量的镇静剂才能使他如此冷静。他凑到我的耳边。

　　"没什么好吵的。"

　　护理人员架住格雷戈里奥的肩膀，将他向后拉开。

　　"我相信你。"他喷了一声。

　　"不，你不相信我。"

　　的确，我不相信他。一名医师进到病房内，表示访客时间结束了。

"没什么好争的。"他用这句话与我诀别。

格雷戈里奥在护理人员的贴身陪同下离开（回到他的房间？他的囚房？还是他的什么东西？）。他会回到休克疗法的疗程，回到软垫墙壁的病房，回到充满针筒和药丸的每日上午，回到每一百六十八小时仅开放三分钟的电话时间，回到没有塔尼娅的午后时光，回到自窗缝望出去的风景，回到二十四小时皆灯火通明的走道，回去独力对抗他的精神病所掀起的暴风雪。

格雷戈里奥在我的留言本上的另外一通来电特别抢眼，是我哥哥在二月二十二日下午四点十七分接到的。格雷戈里奥没有留下口信，但在两个钟头后，他一枪将信息传递给我们大家了。

我将本子上头对应十月一日和二月二十二日的页面撕下，折好收入我皮夹的夹层。

我回到卧室，尽量试着不发出任何声音，机械式地脱下衣服。蕾韦卡阴毛的触感、她的鼻息，以及她的香气都还残留在我的脸颊上。我好想她。

蕾韦卡宁可在失去我之前就先抛弃我。那一刻，我觉得她简直不可理喻，现在我才理解并非如此。

我刷了牙，洗了脸，刮了胡子。走出浴室时，看见我父亲坐在我的床上。

"今天过得如何？"他问。

"很好。"

"你大可以告知我们一声你要上哪儿去。"

"我不晓得自己要上哪去,就四处乱逛而已。"

他招招手,邀我在他身旁坐下。

"塔尼娅的妈妈打来了电话。"

"然后呢?"

"已经知道塔尼娅在哪里了。"

我挺在意有人抢先我一步找到她的。

"她从前天开始就一直待在一个朋友家,还在那儿过夜。莫妮卡·娅宾,你认识她吗?"

"嗯。"

"塔尼娅的爸妈早上八点半会去找她。"

我看了闹钟一眼,爸爸微微一笑。

"还有三个钟头。"他说。

我也露出微笑。马上就要天亮了。

"她还好吗?"

"我猜很好吧?"爸爸站起身来,用右手食指指腹在我额头上画了一个椭圆。我小时候只要被恶梦惊醒,他就会这么做,以安抚我的情绪。

"你打算去见她吗?"

我没有回答他。

"快睡吧，时间很晚了。"他命令。

他走向房间门口，在门板后方停下来。

"要我关灯吗？"

我点点头。

"晚安。"他说。

房间黑压压一片。我听着他的脚步声至走廊的尽头，然后将自己包覆在棉被里，哭泣。

我被一辆汽车发出的噪音吵醒。一时之间不知道此时是早上还是下午。我揉揉眼睛，起床。闹钟上的时间指着五点二十分。我睡了将近十二个小时，头三个小时全在惊吓中度过。我三番两次被吓醒、全身颤抖不已。我再次感受到黑暗猛兽呼出的气息。又再一次，近在咫尺，犹如鬼魅、暴跳如雷的气息。

然而，我起床时感觉很放松。我做的最后一个梦很恬静。在这个梦境里，我和格雷戈里奥才十三岁，正看着塔尼娅在学校中庭的球场上打排球。塔尼娅和她的朋友们还不过只是黄毛丫头而已。她们勉强控制住球，将球打过网子。体育老师阿拉里德吹了几声哨子，吸引住女孩们的注意力，隔着一段距离修正她们的打法。塔尼娅笑得很开怀，她知道有人在看她，知道自己一如往常凌驾在他人之上。

球赛结束后，球场周遭的群众开始渐渐散去。一群我的初中同学，男男女女，从我的面前经过。我很喜欢他们，但毕业后就完全没有他们的消息。奈耶莉·奥西奥，我爱她犹如自己的亲妹妹般。丹妮诗·库雷、索尼娅·阿兰达、拉斐尔·埃尔南德斯、詹姆斯·萨帕塔、霍埃尔、卡洛斯、乔治、罗莎·席尔瓦、莫妮卡·马克斯、希塞列、吉娜、阿达、罗莎·玛丽亚·布切菲尔德、加夫·里科伊。我很高兴见到他们，好想问问他们过得好不好，之前都做了些什么，但我不敢开口和他们说话。格雷戈里奥也不敢。他们全部一面走着路，一面沉浸在自己的世界里，唯独塔尼娅望着我和格雷戈里奥。

我从床上爬起来，寻找初中我们班的相片。我发现相片被搁在衣柜一角，被足球鞋和拳击手套压在底下。我用力吹了口气，将相片上头的灰尘清干净。我们班上的每一个人都在那张照片里头，寄宿在不同的身体中，有着不同的脸孔，比着不同的手势。塔尼娅穿着毛衣，袖子卷起，坐在第一排正中央的位置，侧着脸看向摄影师，而不是看着镜头。格雷戈里奥在上面一排，对镜头爱看不看的，与这一幕格格不入。我站在他身旁，右拳紧握，刘海盖在眼睛上，摆着一张臭脸。

班上其他人知道格雷戈里奥死了吗？莫妮卡·马克斯会知道吗？她有次赏了格雷戈里奥一个耳光。卡洛斯·萨马涅戈呢？他有次请格雷戈里奥吃一根柠檬棒冰，结果格雷戈里奥害羞到不敢收下。贝拉会不会知道呢？她以前常借格雷戈里奥数学笔记。路易斯·加西亚·科韦呢？他有次周末邀请格雷戈里奥到巴耶–德布拉沃。他们会知道吗？他们又会在意吗？

他们之中许多人最后怕格雷戈里奥怕得要死，也有一些人受他吸引，绝大部分的人都被他搞胡涂了。格雷戈里奥之后成了那副模样，在初中时代还看不出任何端倪。没有任何人预见这个结局，就连我也没有。谁会料到这个性格乖僻的少年会突然变得如此极端？谁能解释是什么导致他与现实脱节的？谁？

我拉开窗帘。下午光线明亮，太阳光芒夺目，虽然有一大团乌云自北方慢慢飘了过来。浓积云有形成积雨云的趋势。照我的地理老师海梅·安东尼奥·巴斯托斯在某次课堂上的解释看来，暴风雨袭来的概率是百分之百。他是我少数遇过的真正的老师之一，老是将莎士比亚的诗词穿插进科学或直觉分析法之中，以预测降雨。

妈妈在我的门缝底下塞了一张纸条，上头抄了我的电话留言。玛加丽塔打过两次电话，要我尽快和她联络。马西亚斯医师也来过电话。他又留下一长串可以联络到他的电话号码。

× × × × ×

"精神分裂"，马西亚斯医师替格雷戈里奥人格骤变下定义时，立刻搬出这个专有名词。他预估格雷戈里奥需要一段时间才能够康复，请他的亲朋好友们支持他，用耐心对待他。马西亚斯医师解释说，格雷戈里奥的人生将会摆荡不定，时而正常时而复发。即便如此，马西亚斯医师连复发持续时间和严重程度也未向格雷戈里奥的父母亲说明清楚。简单来说，马西亚斯医师并没有提醒他们接下来将会面对什么。

格雷戈里奥"健康"的日子越来越少，而马西亚斯医师企图用模棱两可的精神病学专有名词，掩饰格雷戈里奥日益恶化且不可抑止的精神疾病。精神分裂症、妄想症、躁郁症病征、#@%&*+&#?$@#$%^&*。他每次和格雷戈里奥的父母亲会诊，总会向他们搬出新的论点，把他们搞得更加一头雾水，更加伤心欲绝。

格雷戈里奥自杀前四个月，马西亚斯医师和他的医疗团队声称格雷戈里奥正朝着全面性康复迈进，很快就可以回归正常生活的行列。他们逐步减少格雷戈里奥隔离的时间、精神药物用药剂量，以及矫正措施。直到放他出院为止。他们都没有察觉到，格雷戈里奥已经学会佯装病情改善的迹象，换取精神病医师的奖励。他的微笑乖巧亲切，聊起天来口齿流利，每个手势分寸拿捏得宜，看人的眼神专注，神色轻松惬意。格雷戈里奥的内心已经裂了一个大窟窿，他学会让自己如变色龙般狡猾的计谋投射到外在世界，然后，虽然令人难以置信，他将医师们全蒙骗了。

格雷戈里奥的母亲知道儿子此番转变全是刻意装出来的，虽然她极力反对，格雷戈里奥还是出院了。精神病医师们坚称格雷戈里奥的病情有所改善且稳定许多。此外，医院还会派人在他们家附近持续密切监控。"别担心。"马西亚斯医师作下结论，"令郎走在正确的道路上。"

就这样，格雷戈里奥摆脱昼夜灯火通明的医院走道，摆脱用粗鲁手段制服他的护理人员，以及令他丧失理性的药物。他恢复自由之身，为的是将毁灭万物的迈达斯国王的怒火灌注在自己身上。

他赢了，击败了自己。

我步出卧室，没见到爸妈。他们留了一张字条告知我他们去超级市场，傍晚才会回来。

我从衣柜拿出格雷戈里奥的盒子。盒子搞得我很紧张。检视里头的内容物，是一项超越我能力所及的任务，意味着我得面对他精神病的最后一部编年史。还有，或许我将看透到底是什么动机，促使格雷戈里奥恰好选定二月二十二日，下午六时十七分，在卧室的浴室结束自己的生命。

格雷戈里奥显然料到玛加丽塔没胆打开盒子。他之所以将盒子交给玛加丽塔，目的是要让盒子落到别人手上。玛加丽塔不过是个信差，追着另外的某个人跑。我敢打赌，那个某人若不是塔尼娅，就是我。

我打开盒盖。盒子最上层有一个信封，信封里头装了几张相片，一共二十二张，全用一台傻瓜相机拍的，彩色冲印，有几张模糊不清，也有几张过度曝光。所有相片的拍摄日期都是最近。格雷戈里奥和医护人员及医师一同出现在精神病院的花园和庭院中。他们一行人大多笑容满面，好似在庆祝格雷戈里奥最后一次出院。

我注意到其中十二张照片中，格雷戈里奥都站在另一名身着蓝色病袍的病患身旁。我不认识这名男子。他年约三十岁，有着一头又长又卷的红发，身材高大壮硕，目光温柔。相片中的他们互相拥抱着，仿佛是彼此今生的挚友。

我放下手中的相片。盒子里还有四个小包裹，都用不同颜色的缎带捆绑着。绿色、蓝色、红色和黑色。格雷戈里奥会选这几个颜色的缎带绝非偶然，一定有什么用意，还默认了拆封的顺序。要先打开哪一个包裹？

黑色缎带的包裹并不影射死亡，红色的也不暗指鲜血。不，格雷戈里奥的密码才不会如此粗糙呢。包裹之中内容物最具威胁性的非绿色莫属了，因为绿色是中性色，或是蓝色，因为蓝色可以代表暗夜水牛呼出的气息（格雷戈里奥再三坚持一起用蓝色的墨水刺青，这下可达到他的目的了）。

我觉得自己疑东疑西的，想象力还真丰富，妄想得厉害。替格雷戈里奥死后的行为找动机，又有什么意义？我又想合上盒子，想将它丢到垃圾桶。再者，我这场游戏的对手，如同字面上的意思，早已化成灰了，我现在投入这场游戏之中，又是为了什么？但是，如果盒子真是他下的战帖呢？

塔尼娅说对了，格雷戈里奥尚未彻底死去。

我从黑色缎带的包裹开始着手。上层放了一条折得好好的餐巾。我在床上摊开餐巾。餐巾上抄了一首空洞的流行歌曲的两句歌词："在你身边一切如此崭新／像是身处火焰的中心。"

歌词不是格雷戈里奥写的，看上去也不像女人的字迹，应该说是一种暧昧不明、没有个性的笔迹。

餐巾之后，接着是一张从会计账簿上扯下的方格纸页，上头也用同样平庸的字迹，抄写了几句民谣情歌的副歌歌词："我在心中感受你／炙热燃烧的鲜血／缓缓流动／你无止境的爱情。"

我陆续发现好几张像这样的纸，最后找出一张证件照尺寸的椭圆黑白大头照，和公家机关文件上常用的那种一样。虽然照片中的人物脸孔瘦巴巴的、一脸青涩，我没费太大的功夫即认出他是照片中格雷戈里奥身旁的红发男子。

大头照的背面写了一个名字和日期，笔迹同样粗鄙：哈辛多·安纳亚，一九八〇年六月十七日。

所有的一切皆指出这些关于失去的爱、过度乌托邦式的大和解、海滩上的热情激吻等矫情字句的书写者就是哈辛多。为什么格雷戈里奥会留着这几张纸呢？我排除他们俩是情侣的可能性。格雷戈里奥是恐同者。然后呢？

我一共数出了十七张纸，抄了好几百句歌词。我花了一个半小时将这些歌词重新排列，意图破解其中可能隐藏的填字游戏。到头来全是一场空，歌词和歌词之间根本拼不起来。我把每个字拆开，再凑成新的句子，寻找更加前后连贯的情节。结果一样，白费心力。

搞到最后，我头痛欲裂。这些愚蠢的歌词的个中含义，我一个也看不透。我打电话给玛加丽塔，打算问她知不知道这些歌词代表什么意思。但她家里没人接电话。

我爸妈到家了，几分钟后妈妈敲了我的房门。他们买了甜面包回来，找我一起共进晚餐。

我们在小餐桌上就座，我和爸爸分别坐在桌子两端，妈妈则坐在正中央。餐桌上摆了各式各样的面包：甜卷饼、小牛角面包、贝壳面包。独缺我最爱的奶油糖酥饼。爸爸为此道歉，说因为他们不知道我会不会和他们一起吃晚餐，所以才没有买。我好怀念从前晚上，不管我会不会陪爸妈一起吃晚餐，他们一定会替我买奶油糖酥饼回来。

老爸聊了些他工作上遇到的麻烦事。他已经受够一位女同事了。

女同事长得又肥又丑，坏习惯是爱拿他人生活的断片来拼凑自己的人生。她坐在她的办公桌前，窃听他人与自己毫不相干的谈话，登记哪间办公室有何人进出，凭空想象他人子虚乌有的风流韵事。妈妈指出这没有什么好担心的，"这种女人满街都是。"她说，"几乎成了一种家具了。"我们哈哈大笑，然后又安静下来。

隔壁人家传来超高音量的音乐声。爸爸很不满，这户人家每到周末都一个样，音乐跟噪音吵得爸爸无法睡觉。罪魁祸首就是邻居的女儿瓦妮莎。这女孩每逢周六夜晚都会举办派对，与高中同学同乐。

换作别的时候，我八成会跟我爸一起怨声载道，但我保持沉默，好听听此刻他们正在播放的歌曲的歌词。我没有听到任何一句哈辛多·安纳亚抄下的歌词。

爸爸在墙壁上捶了一拳。这是每逢周六的例行仪式的一部分。少女将音乐音量降低，但才过了十分钟又再次调回更大声。

"那女孩什么时候才会学乖？"爸爸埋怨道。

"等她交男朋友的时候。"妈妈回答。

的确，瓦妮莎就缺个人来解开她的上衣纽扣、摸摸她胸罩下的那对小奶子。唯有如此，她才会安分下来。

电话响了。老妈接听电话，然后捂住话筒，悄悄告诉我是马西亚斯医师打来的。我做了个手势，要妈妈跟他说我不在家，老妈也用手势回答我她是不会那么做的。我不悦地接过话筒。

打电话来的是马西亚斯医师本人，而不是以往的那个秘书。他说话的嗓音尖锐，要我见他一面。"我这个礼拜没办法过去，我有考试。"我向他解释道。"事态紧急。"他坚称。我只好和马西亚斯医师约好星期一傍晚六点到他的私人诊所。

"我可以理解你不想去精神病院。"他用父亲般的口吻、一副卖弄学问的姿态下结论，猜测去医院会替我带来沉痛的回忆。事实上，我倾向去他的私人诊所拜访，是因为距离我家近多了，虽然我无论如何都不想跑这一趟。

我见过马西亚斯医师三回。第一回，他和我约在精神病院，他的副院长办公室。我足足等了两个小时，他才请我进门，让我在一张黑色皮革椅垫的椅子上坐下。

马西亚斯医师自己则站着，透过眼镜居高临下地看着我，仿佛他是导游，背诵着千篇一律的老台词，在短短五分钟内向我解释，我跟他得先互相帮忙，才能够帮助格雷戈里奥。他建议我去进行某种精神疗法，"我们这儿的任何一位专科医师都会非常乐意以低廉的价格替你提供诊疗。"他也对华金、玛加丽塔，还有塔尼娅说过同样的话。

第二回，我是在精神病院的一个花园内偶遇马西亚斯医师的。我们一起散步，然后马西亚斯医师停下脚步，和我聊起天来，他的态度起初和蔼可亲，后来变得咄咄逼人，一连追问了好几个问题：你和格雷戈里奥相处得如何？他待他爸妈如何？他都跟你说些什么精神病院的事情？他的感觉如何？

由马西亚斯医师的态度可以很清楚地看出，在这场医生对决病患的棋局中，格雷戈里奥占尽上风，而马西亚斯医师为了与之抗衡，汲汲营营地尽可能搜刮情报。

我口中的答案绝大部分都是虚构的，但我花了心思让它们听起来不失真实性。我每回答一句，马西亚斯医师就严肃地点点头。"我现在懂了""当然啰""嗯，我早就料到了"。

马西亚斯医师的最后一个问题围绕在格雷戈里奥有关蠼螋的周期性复发强迫症上。这个问题我倒是据实回答，但却是唯一不被采信的答案。

第三回，也是最后一次和马西亚斯医师碰头，是在他的办公室。他狐疑地邀我进门。马西亚斯医师将我看作是格雷戈里奥的盟友，认为我倾向于破坏他身为精神病医师的工作心血，视我为一个得严阵以待的人。他用整整半小时的时间说教，告诉我与医师合作，在病患的康复之路上是何其重要的事。"格雷戈里奥在病院外时，你们，他的亲朋好友，才是应该支持他和监视他的人。"他能言善道地说，好几度强调"我们得紧紧拴住他"（这句话若放进一首浪漫情歌里，听起来还不赖。"我们的爱啊，我们得紧紧拴住他，不分白昼与黑夜，我们得紧紧拴住他"）。当我问起要把格雷戈里奥拴在什么东西上，马西亚斯医师用冷酷的目光打量我一番。"别耍小聪明。"他含糊地说，脸上硬挤出一抹微笑。

不管和马西亚斯医师碰面多少次，我总会遮掩青色水牛残留的部分。我不想要他过问太多。

× × × × ×

初中的那段日子，我既保护又照顾格雷戈里奥。他个性孤僻、沉默寡言，一堆人爱找他麻烦，而他也从不自我防卫，任凭他人尽情羞辱。别人这样欺负格雷戈里奥，把我给惹恼了，好几次我为了他，和人大打出手。干架绝大部分都是我输。由于格雷戈里奥是许多人的乐子，我老是被围殴，被揍得七荤八素的。

格雷戈里奥不怎么需要读书就能拿到好成绩。他是众多老师赏识的好学生，虽然他们对格雷戈里奥的认识并不深。"他是个透明人。"有次我听到数学老师这么说，"没人注意到他，没人感觉到他，我只有点名时才知道他这号人物的存在。"初中三年，以及高中几乎整整第一年的光阴就这样过去了。

这段校园生活的最后几个月，格雷戈里奥突然变得怒气凌人，一发不可收拾。所有的一切，始于某次化学老师课堂上一个无关紧要的问题："辣椒里头是因为含有什么酸性物质，才会那么辣？"从教室后方的位置传来格雷戈里奥的答案："辣椒水酸素[1]。"教室内顿时笑声四起。格雷戈里奥目中无人，重新说了一次他的玩笑话。老师难以置信地盯着他。格雷戈里奥从来没有这种举动。老师挟怨报复，扣了他当月评价成绩两分，在人人胆战心惊的报告书上记了他一次警告。门房每日最后会来收走报告书，将报告书带到主任的办公室。两次警告意味着学生将被逐出校园三天。

下课后，老师将报告书留在办公桌上。没有任何学生会冒着被开除学籍整整一个礼拜的风险，从这儿拿走报告书。老师离开教室后，格雷戈里奥拿起报告书，一把撕成碎片，将报告书当作狂欢节的五彩纸花撒在课桌椅间。在其他同学眼中看来，格雷戈里奥的行为不过就是耍猴戏，像个正在大闹脾气的妈宝。

下午我去格雷戈里奥家里见他，仍为他的造反行径感到惊愕不已。他开心地迎我进门，整个人趾高气昂的。当我问格雷戈里奥为什么这么做时，他伸出左手中指给我看，在他的指甲底下隐约可见

1　辣椒水酸素（el ácido chili hídrico）这种化学物质并不存在，实为故事人物自创的玩笑话。

一条紫色的纹路。

"你是怎么了？"我质问他。

格雷戈里奥靠过来，小声地要我答应他会保守秘密。

"有一只蠼螋从我这里钻了进去。"

他向我解释蠼螋爬遍他全身动脉，凡是它爬过的部位全被撑大。

"现在流入我大脑的血液变多了。"他以愉悦的口气，肯定地说，"氧气变多了，光线也变多了……"

我笑了出来，心想他在捉弄我。但从此之后，他简直判若两人，再也回不去了。

这些就是我向马西亚斯医师阐述的话，而他却不相信我。

晚餐后我上楼回到我的房间。我将盒内的包裹重新整理好，然后将盒子收入衣柜。今天猜谜猜得也够了。

我透过窗子观察到外面闪电接二连三，预告一场暴风雨即将来袭。天空比平常阴暗许多。人们常说，大地震前的夜晚就是这样转黑的。

时间才九点钟不到。我没有睡意，也没有兴致出门上街。一个枯燥乏味的夜晚并不是我所奢求的。我不想看西班牙的奖金比赛，也不想看八卦新闻，但我也没有其他更好的法子可以解闷。

我想打电话给塔尼娅，但我克制住自己。塔尼娅需要时间，她自己的时间，需要用她自己的方式疗伤。没有必要给她施加压力。她终究会回来的，一如往常，会回来的。

我打开收音机，一台又一台地切换频道，试着找出任何哈辛多·安纳亚抄下的歌词，也许将这几首情歌完整听完，我就能够重建格雷戈里奥试图传达信息的个中含义。

外头下起一场冰雹。我关掉收音机。家家户户的屋顶和外墙全发出震天巨响。每波冰雹撞击，窗户都好像要被震裂似的，冰块子弹接连击打在浴室天窗上的声音，令人震耳欲聋、惊慌失措。我探头看向街道。人行道很快铺上一层白。车辆小心翼翼地前进。车后留下的轮胎印子，立刻被新一层的冰雹覆盖过去。我在左手边的远处，发现一名老翁蜷缩着身子，靠在一片荒废土地的围墙上，试着保护自己。

电力有好一阵子断断续续的。灯泡微弱闪烁，使卧室的光线多了一股琥珀色色调。我和路易斯还小的时候，妈妈会在夜里点起一盏小台灯，和这光线有几分相似。光线暖和，笼罩一切，令我觉得非常舒服。

冰雹下完了，只剩下一阵无声的毛毛细雨，只听得见树木随风摇曳、枝叶在墙上磨蹭的声音。

几分钟后，电压恢复正常，我童年回忆中的光线也随之消散。过了一会儿，妈妈敲了我的房门，告知我玛加丽塔打电话找我。我在我的房间内将电话机装上，接听。

"喂？"

玛加丽塔没有回应，好似心不在焉。

"喂？"我重复了一次。

"为什么你之前没打电话给我？"她一副抗议的口气，劈头就问。

虽然我对玛加丽塔的责备感到很不爽，但我还是试着提出合理的解释替自己辩护。

"我拨了两次电话，但没……"

她突然打断我的话。

"塔尼娅把车子停在我家门口，已经停了三个钟头了。"

"什么？"

玛加丽塔不理会我的问题，继续说下去。

"这段时间她把自己完全反锁在车内。昨天也一样。"

"你确定吗？"

"我现在正从我的窗户这边看着她。"

我慌了。我本来想象塔尼娅在她家里，悠闲地坐在她的父母身旁。玛加丽塔向我解释说她曾经两度出门，试着和塔尼娅谈谈，但塔尼娅立刻趋车逃开，二三十分钟后才再返回。

"她什么事也没做，就在车子里坐着，盯着挡风玻璃。"

我决定去找塔尼娅。我匆匆穿了衣服，套上一件厚重的毛衣，然后向爸爸借车。他把钥匙交给我，什么也没多问。

我一路全速前进。外头蒙蒙细雨尚未减弱。成堆的冰雹堆积在人行道旁。大街小巷泥泞不堪，满地脏兮兮的树枝落叶。亡人峡谷地铁站与外环大道的路口车辆堵塞，我当着两名懒散的交通警察的面，将车子开上人行道，越过一段路，自车阵中逃脱。

抵达后，我将车子停在离格雷戈里奥家半条街以外的地方。谨慎步行过去才是上策，免得塔尼娅一看见我就逃之夭夭。

我发现塔尼娅靠在方向盘上，头发从一侧滑落，遮盖住她的脸庞。我拿了一枚铜板，在车窗上敲了几下。她缓缓转过头，透过模糊的车窗玻璃看了我一眼。我以为塔尼娅会离开。她将车窗摇下几厘米，伸出两只手指头。我一把握住她的手指。

"你冻坏了，上车吧。"她说。

塔尼娅解开车门安全锁，我绕到车子的另一侧。我在逆光中发现玛加丽塔的身影，正从窗户里窥探着。我轻轻点头，让她知道一切没有问题。

我打开车门，进到车内。车内暖和得很舒服。我嗅到一股淡淡的香烟味。塔尼娅伸长手臂，将CD音响关掉，然后将手放在座椅上。她张开手，接着我一把握住她的手。

塔尼娅望着我的双眼。她看起来好疲惫，同时又沉着冷静，不像是哭过的样子。

"你怎么知道我在这里？"

"我什么地方都找过了，只差这里。"我佯装幽默地回答她。

塔尼娅握紧我的手，深深地吸了一口气。

"我也一直都在找你。"她说。

我一把将她拉向自己，拥入怀中。她乖巧地窝在我的胸膛上，我吻了她的后颈一下。

"你在这里做什么呢？"我问她。

"等你过来。"

她抬起脸，亲了我的嘴一下。一辆车子沿着车道驶来，车灯直直打在我们身上。塔尼娅从我身上分开，看着车子驶去。

"这是一个小时之内第三辆车了。"她微笑说道。

塔尼娅又亲了我一下。她的吻并不紧绷，反倒很柔情、自在。

"我好想你。"她说，接着紧紧地搂住我。

塔尼娅抱紧我时上衣全扯了起来，露出一节腰部。我的右手食指抚摸着她的腰。她肌肤上的细毛全竖了起来。

"你冻僵了。"她说。

我解开她上衣剩余的部分，抚摸她的腹部。她轻轻地呻吟了几声。我感到她节奏鲜明的呼吸、她的心跳，以及她热得发烫的肌肤，因为贴着我而逐渐冷却。

"你冻僵了，曼努埃尔，手伸出来。"

我压了她肚子一下，她缩起小腹。

"把手拿出来。"她咕哝着说。

我放下手，然后粗鲁地探进她裤子里头，用指腹搔弄她的耻毛。

塔尼娅竖直身子，再次望着我的双眼。

"拜托，曼努埃尔，把手从那里拿出来。"

我把手抽出来，手指还残留着她的余温和她身体的脉搏。塔尼娅的眼眶全湿了，但仍盯着我瞧。

"你之前躲到哪里去了？"我问她。

她没有回答，微微嘟了嘟嘴。

"到哪里去了？"我坚持。

塔尼娅用手背磨蹭我的脸颊，然后穿过我的鼻梁上方。我慢慢向后挪动身子。塔尼娅的手在半空中悬着。她把脸撇了过去，看着正前方。挡风玻璃上满布雨滴。塔尼娅将雨刷调至中速，一双眼珠子随着雨刷的橡胶条在玻璃窗上来来回回。

我转动钥匙，把它从钥匙孔上拔下来。雨刷在挡风玻璃中间的位置停止摆动。

"你可以回答我。"

塔尼娅低下头，叹了口气。

"我人在这附近。"

"为什么？"

"我不知道。"

我们双方陷入沉默，彼此间隔得远远的，两人口中呼出的气息让原本就雾气朦胧的车窗更加模糊不清。人行道上传来不知何人快跑而过的脚步声，我们没能来得及看见他。塔尼娅伸出左手臂，给我看她手腕上的表，指针指着十点半。这只手表是某一年格雷戈里奥送给她的圣诞节礼物。

"我得走了。"她说，"时间很晚了，我答应爸妈十点半以前回家。"

"你消失了好几天，现在还担心十点半以前要回家。打电话通知他们你会晚点回去。"

"我没办法。"

"你连续两天晚上都有办法，我看不出你为什么第三个晚上就没办法了。"

无论我如何恳求塔尼娅，还是被她拒绝了。她也拒绝我护送她回家。我把她的车钥匙还给她。

"你确定吗？"

她点点头，我打开车门。

"你知道吗？"她在我下车前问。在我们千篇一律的道别公式中，这个问句意味着"你知道我有多爱你，对吧？"我应该用坚定的口气回答她："嗯，我知道。"如同我从前夜复一夜的习惯一样。

"我不知道。"我回答。向塔尼娅吐出这句话，伤透了我自己的心，但我是真的不知道。

她望着我的双眼（她的眼神，每次都是她的眼神）。

"你应该要知道才是。"她说，"因为我从来没有这么爱你。"

"然后跑去躲起来？这就是你爱我的方式？"

她咬着嘴唇，将手指塞到我衬衫袖口下，摸着我的手腕。

"对，跑去躲起来。"

我试图下车，但塔尼娅紧抓住我的手肘不放，将我扣留下来。

"我要淋湿了。"我辩解着说。

她再次一副泪眼汪汪的模样。

"我在躲我自己，不是躲你。"她怯怯地说，然后吻了我，嘴唇几乎没碰上，就向后退去。

"明天再见。"她说。

她发动引擎上路，车子消失在雨夜之中。

× × × × ×

我在玛加丽塔的卧室窗口下停车，向她扔了好几颗小石子。她打开窗户，探出头来。

"你想进来吗？"她问。

我摇摇头。

"所以呢？"

"你过来。"

玛加丽塔看了我一眼，搞不清楚状况。我是用从前那种鬼鬼祟祟的口气吐出"你过来"这句话的。

"你过来。"我坚持道。

她看着我，犹豫不决。

"等我一下。"她说。我回到车上，把车子停在她家旁边的人行道上。以前我们幽会时，玛加丽塔通常会从通往花园的一扇门溜出来，但这次她从大门口出现。玛加丽塔穿了一条贴身的灰色运动棉裤，撑着一把红色的伞走出来。她凹凸有致的躯体在棉布底下更显突出。宽大的臀部、扁平的屁股、修长的美腿、巨硕的乳房。这具总是能够取悦我的肉体，未遭破坏，没有一处斧凿雕琢。

我按了喇叭，玛加丽塔跑向车子。

"怎么了？"她问。

"没事。"

她打开车窗，抖了抖雨伞。

"我们要去哪里？"她问。

我耸耸肩。

"不知道。"

"好吧。"她叹了口气。

我们漫无目的，在城内绕来绕去。我简略地向玛加丽塔说了我和塔尼娅碰面的事。她默默地听着我说，没有打断我的话。说完后，我俩陷入沉默，之后的路上也没有再开口说过话。

虽然我们已经允诺不会再上床了，这晚，我们最后还是来到一家位于通往托卢卡的高速公路旁的汽车旅馆，在门口停下车。一名男子领着我们到客房去，他向我们收钱时，我们不得不走人。我和玛加丽塔身上的钱都不够。

我一度想带玛加丽塔去803号房，但我没胆那么做。我甚至感到内疚。我的夫妻恩爱之床、我最私密的空间，差点儿就被我破坏了。

我们继续兜着圈子，不知道该上哪儿去。两个人都欲火焚身，她开始舔我的耳朵，我则爱抚着她的大腿内侧。我在一间药房停车买了保险套，身上凑出来的钱还差点不够付。

我一路开到以前常和塔尼娅一起去的半荒废新兴住宅区的其中一栋，我们在一条寂寥黑暗的街道停好车子，匆忙激吻。我戴上保险套，玛加丽塔的裤子脱到一半，褪到膝盖的位置。她背对着我，我试着进入她体内。我办不到。玛加丽塔紧抓仪表盘，翘起身子，好让我能够比较轻易地进去，但她一直滑掉，猛然跌坐在我大腿上。我急了，要求玛加丽塔把衣服脱掉。她连忙脱个精光，我让她跨坐在我的双腿上，抵着她的腋下撑住她。我们俩汗如雨下。她的阴部不断向前顶，在我就要顶入她体内时，我们急踩刹车，盯着对方瞧。她从我的大腿上下来，情绪激动地喘着气，跪坐在座椅上，弯下腰，左手一把抓着我的老二，拔掉保险套，然后轻柔地吸吮了几秒钟。再然后，以诀别的方式，给我的老二一个吻，接着立起身子坐好。她连衣服都不打算穿回去，两腿开开地坐着，手肘撑在椅背上，画着圆圈搓揉着额头，若有所思的样子。玛加丽塔一丝不挂的模样使我动摇了，我将颈背向后靠，轻轻摸了摸她的肩膀。我想和她道歉，虽然不存在任何动机。

一个刚动工的建筑工地的夜间警卫，身上罩着一件灰色雨衣，走到马路上，自远方打量着我们的车子。玛加丽塔连遮都不遮，只转了个身，缩在座椅上。

夜间警卫回到工地去。玛加丽塔重新坐好，双腿大开。

"你想要我们再试一次吗？"她问。

"不了。"

我们第四还是第五次打炮时的情况也类似。某个四月炙热难耐的上午，在一辆向别人借来的车子上，停在一个尘土飞扬的足球场边。那次我们俩很疏远。无缘无故地气喘吁吁、密不透风的气味、沾染上我们分泌物的衣服，尤其是我们高潮后那激烈无语的状态，在在都令我们十分反感。

那个阴雨绵绵的星期六，虽然我从来没有如此渴望过玛加丽塔，却还是宁可她脱光衣服、静静地待在我身边。我爱她如同挚友，更胜于情人，我很难去触碰她、爱抚她。当时，我最后一次和格雷戈里奥见面不过是八天前的事情，他的话语、他最后的拥抱的感觉，至今仍在我心中翻腾。格雷戈里奥最后的拥抱，在玛加丽塔的眼神和举手投足之间拉长了时限。我注视玛加丽塔在黑暗中几乎看不太到的乳房。她的奶子已经摒弃高傲的姿态，无精打采地垮在肚皮的皱褶上，这会儿变得温驯，几乎像母亲的乳房般。像母亲一样。玛加丽塔经常为了我彻夜不眠。她细心打理，好让我和塔尼娅的恋情得以继续走下去。她帮忙我们安排约会、捏造借口、提供不在场证明，一点也不在意我们所欺瞒的对象，正好就是她的哥哥。

我们最后变得非常亲近，俨然成了共犯，以至某个下午，出乎意料之外，我们最后上了她的床。同一时间，她的母亲正在隔壁房间午睡，而格雷戈里奥正为二度送禁闭所苦。我们闪电似地打了一炮，感觉难以言喻，还打算以后只要抓到机会，就要再做一次。

欺骗，欺骗，再欺骗。

玛加丽塔是个轻易就达到高潮的女人，无需太多老派的爱抚、也不用多说什么台词。她很单纯，又很好色，准备好献上自己的肉体，丝毫没有后顾之忧，也不打算将错怪到任何人头上。

她暗中维系我们的恋情，知道该守口如瓶、谨言慎行。甚至当她撞见我和格雷戈里奥倒在她家厨房地板上时，也能够闭上嘴。格雷戈里奥的胸口被刀子割得血肉模糊，我的大腿上则被砍了一刀。我们两人手上的刀子都还热腾腾的。

玛加丽塔进到厨房来，整个人吓傻了。鲜血和玻璃碎片在地板上成了一幅四散的拼图，她却无力破解。她并没有失去冷静，也没有放声大叫，她唯一做的事情，就是打电话叫救护车。然后，她判断我们哪一个人比较需要急救。她的决定是格雷戈里奥，帮他站起来，搀扶着步伐摇晃的他上了她的车，一路直奔医院。

几分钟后，救护车才来救我。我声称只是一场意外，自己不小心绊倒，撞上厨房的大窗子。医护人员照料我的伤势，没要我多做解释。他们在红十字会替我缝伤口，并联络到我爸妈，但我没有向他们透露自己是为什么受伤的。格雷戈里奥也没有向他的父母坦白。玛加丽塔则闭口不谈。

玛加丽塔全身赤裸、两腿开开地坐着，不发一语。寒意令她打了个哆嗦，双臂抱胸取暖。她要我打开收音机。收音机上正在播放玛卡莲娜舞曲[1]，玛加丽塔开始随着曲子的节奏扭动身体。她温驯的乳房左摇右摆，我用右手止住她的乳房，感受它的曲线。玛加丽塔用双手捧住自己的奶子，撑得高高的。

"等我五十岁时，胸部就会垂到肚脐去了。"她说，笑了出来。

我纵情享受玛加丽塔的胸部，直到我突然注意到她正在哭泣。我第一次见到玛加丽塔哭。她比较像是在心里默默哭泣，而不是哭了出来。我试着抱住她，但她将我推开，遮住自己的脸。

1　玛卡莲娜舞曲（Macarena）是西班牙"河流合唱团"（Los del Río）于1994年的作品，曲风轻快，朗朗上口，搭配上平易近人的舞蹈动作。

"不要看我，他妈的！"

我关掉收音机。玛加丽塔弯腰环抱大腿。她每啜泣一声，干净赤裸的背就微微颤抖一下。我想再次安慰她，但还是吃了个闭门羹。

我决定放玛加丽塔一个人静静。我下了车。雨已经停了，空气冰冰凉凉的。

远方阿胡斯克山的山腰上万家灯火摇曳。夜间警卫悄悄地在工地一边现身，走到大马路上。

"晚上好。"我对他说。

"你好。"他口齿不清地说。

我走向警卫。他一脸凶神恶煞的模样，双手插在雨衣里，等着我走过去。他手中可能紧握着一把生锈的左轮手枪。

"真是冷死人了，你说是吧？"我说，有意和他聊聊天。

他点点头，没看我一眼。一条狗从工地走出来，嗅了嗅我身上的味道，然后跑到附近一根电线杆旁撒尿去。屋子一楼的一间房间里，有个火堆余烬尚燃烧着。我向警卫借了一根香烟。他掏出一包没有滤嘴的廉价香烟，请我抽一根。我问他身上有没有可以点烟的东西，他指了指屋内的火。我用一块未烧透的炭点了烟，猛力吸了一口，咳了出来。我不习惯抽烟，但今夜，为了驱寒，我想我必须来根烟。

我回到夜间警卫身旁，一只蝙蝠在我们头顶上发出刺耳的叫声，然后就飞走了。我试着在一片漆黑中辨认蝙蝠的身影，警卫从眼角余光偷偷监视我的一举一动。我走了几步，和他面对面站着。

"您跑来这里做什么？"他突然问。

我指着车子的方向。

"跟我女朋友来这儿待一下而已。"

他一脸狐疑，上下打量我。

"就这样？"

"就这样。"

警卫没多说什么，回到工地里头，在火堆旁的一张小行军床上躺了下来。小狗跟着他，在他一旁窝着。警卫将自己紧紧裹在一条毯子里，转身背对我。

我回到车子那儿。吸了三口香烟，然后把烟扔到一个水洼里。玛加丽塔已经穿好衣服了，虽然很虚弱的样子，但看得出来她现在冷静许多。我从来没有起过保护她的欲望。但现在我渴望守护她，尤其守护她不被我伤害。

玛加丽塔哀伤地对我微笑。我攀着她的后颈，将她拉到我的脸旁，亲吻她的嘴。

"抱歉。"我们分开时，玛加丽塔说。

"什么？抱歉什么？"

"我不知道。"她咕哝着说。

我们驱车离去，将夜间警卫和他的小狗抛在后头。雨过天晴，半抹皎洁明月在天空中探了出来。

"土耳其月亮。"玛加丽塔说。

"双鱼座的月亮[1]。"我补充。

玛加丽塔打开收音机，我在此时播放的歌曲中听出几句哈辛多·安纳亚抄下的歌词。一首矫情造作的情歌。玛加丽塔正准备要转台切掉它。

"不要转台。"我命令。

我将收音机的音量调高。

"你做什么？"她问。

我要玛加丽塔保持安静。待歌曲结束后，我向她解释自己在盒子里找到的东西。玛加丽塔专注地听着我说，我察觉到她有些紧张。我问她对这方面是否知情。"毫无头绪。"她回答，接着换了个话题。

抵达玛加丽塔家时，我再次质问她。

"说真的，你什么也不知道吗？"

1　"土耳其月亮"和"双鱼座的月亮"皆意指弦月、新月。土耳其为伊斯兰国家，弦月抱星也是伊斯兰教的符号之一，新月和五角星具有吉祥与幸福之意。

"嗯。"她坚定地回答。

玛加丽塔下车时，我一把紧抓住她的手腕，将她拉回车子里。我亲吻她的脖子，突然一股冲动，用力搓揉她的乳房。她从我身上分开，用双手扶住我的脸庞，端详我好一段时间。

"我该拿你怎么办呢？"她说。

"爱我。"我想都没想就回答她。

"你真的想要我爱你吗？"她吃惊地问。

我凑了过去，想再吻她一回。玛加丽塔将一根手指头放在我的下巴上，把我向后推。

"去问问塔尼娅吧。"她说。

"你在说什么？"

她指着收音机。

"那些情歌的歌词，你去问她吧。"

玛加丽塔话就说到这里。她没和我说再见便下车走进屋内。

×××××

我已筋疲力尽，踏上回家的路。一颗心郁郁寡欢，回想起玛加丽塔和蕾韦卡的裸体、她们肌肤的质地、她们的味道。我知道自己正在慢慢失去她们，心很痛。

我缓缓开着车，观察着人群，上下打量他们。从前晚上，我和格雷戈里奥就是像这样，一条街一条街地搜索，找个目标大干一架。我们这么做纯粹是为了爽，纯粹是暴力成瘾。但我们也并非老是占尽上风，事情恰好相反，风险、意外，以及会遇上一个比我们还凶猛的家伙的可能性，在在吸引着我们。最后，有一回我们就是这样，吃了熊心豹子胆，一次杠上四五个人，要用男子汉的方式，证明我们有本事。我们当然有本事，虽然被打得溃不成军。因为重点不在于打赢，而是感受拳头的打击、崩坏的肉体——自己和其他人崩坏的肉体。

我们好几个夜晚都被人打得遍体鳞伤。比方说，有次我们碰上一个胖子三人组，一时轻敌，结果对方是一个工会头头的保镖。他们拳打脚踢，用枪托痛扁了我们一顿，我们的胆子都被吓破了。我和格雷戈里奥倒在水沟里头，嘴角全破了，鼻子也碎了，但我们他妈的不在意，找乐子嘛，在所难免。

某个星期五我去接格雷戈里奥，发现他忧心忡忡、情绪紧绷，没有想出门的意思。我费了好大一番功夫，坚持要他出门不可，他才不甘不愿地同意到郊区去兜兜风。格雷戈里奥开出条件，要求一路上得保持安静。

我们徘徊了一个小时，在一间小杂货店门口停车，买了几罐百事可乐，然后坐在汽车引擎盖上喝了起来。格雷戈里奥死气沉沉的，聊天到最后缩减为几个他低声嘀咕的单音节字眼。

他开始让我感到无聊了，我留他一个人独处，自己跑到店里去买几个甜甜圈。付钱时，我听见身后传来一道沉闷的撞击声。格雷戈里奥从引擎盖上摔下来，倒在人行道上，两条手臂死命乱抓。

我很快从格雷戈里奥胸口的位置抱住他，将他扶起，并把他塞到车子里。店铺老板从窗户探出头来，问我们需不需要帮忙。我回答他不用，然后将油门踩到底，离开现场。

我决定带格雷戈里奥到附近一间社会福利诊所。他在座椅上来回扭动，哭哭啼啼地反复念着"我被吃了，我被吃了"。我们进到诊所的停车场，然后，当我朝急诊处开过去时，格雷戈里奥抓住我的前臂。

"我们离开这里。"他命令我，整张脸五官都垮掉了。

"你有什么毛病？他妈的王八蛋！"我严厉地辱骂他。

我将车子掉头回转，离开诊所，在几条街以外的地方停下车来。

"你还好吗？"我问他。

格雷戈里奥点点头，脸色苍白，左手无名指微微颤抖着。

"你怎么了？"我问。

格雷戈里奥慌慌张张地向我解释，有成千上万只蟑螂在他体内不断繁殖，并且开始吞噬他的内脏。他说他会在夜里醒来，看着一把一把的蠼螋如何从自己的嘴巴和鼻子涌出来，然后在他的棉被里里外外到处爬行。他只要有任何一点小动作，蠼螋就会再次侵略他，从他的指甲、头皮和肛门钻进他体内。格雷戈里奥也坦白地告诉我，他自慰时射出的不是精液，而是褐色的小球，紧密坚实的昆虫，一落到地板上就四处散开攻击他。

"我感觉它们在咀嚼我。"他说，"现在我活活被它们吃了，我向你发誓，我要活活被它们吃了。"

我带格雷戈里奥回他家，他求我留下来照顾他。

"我没办法一个人独力对抗它们。"他说，"我办不到。"

我陪格雷戈里奥过夜，我们两人都无法入眠。他半夜从床上爬起来，坐在床垫边缘，神色冷静地道出摆脱蠼螋的唯一途径，就是躺在一具还温温热热的人类尸体旁。

我觉得格雷戈里奥的提议简直荒谬极了。然而，他仍坚持己见。

"我只剩这步了。"他说。

我们一直到隔周晚上到街头寻找目标以前，都没有再提过这个话题。

"我们得杀个人才行。"他断言，话语中不带感情。格雷戈里奥的理论很简单。他必须下手杀害一个男人（对他来说，女人是行不通的），将他劈成两半，然后躺在他身旁，让男人还热腾腾的内脏香气，将啃噬他的蠼螋全引出来。

"我只剩这步了。"他重复地说。

为了向我证明自己不是闹着玩的,他掏出一把弹簧刀,打开刀刃。

"你要杀我吗?"我开玩笑说。

"不。"他冷冷地回答。

"你为什么不停止犯傻,然后把这玩意儿收好?"我训斥他。

格雷戈里奥摆出一个讽刺的微笑。

"你害怕吗?"

我不理睬他,继续开着车。我觉得格雷戈里奥大话说多了,这次也不例外,为此心烦意乱,一点也不值得。我在一个街角放慢速度过弯时,格雷戈里奥突然指着一个在人行道上心不在焉地走着路、年纪不到十五岁的干瘪少年。

"就是他。"他大喊。

格雷戈里奥跳下行驶中的车子,奔向少年,出其不意地逮住他,将他摔到墙上。少年想转过身来,但格雷戈里奥用弹簧刀刀尖抵住他的后背。

"乖乖别动,王八蛋。"

我将车子停在马路正中央,朝他们跑过去。格雷戈里奥情绪激动地呼吸着,已经失去理智了。

"你冷静点。"我对他说。

他不屑地看了我一眼,一把抓住少年的头发,将匕首架在他的喉咙上，逼少年跪下。少年开始可怜兮兮地乞求格雷戈里奥饶他一条小命。格雷戈里奥被他激怒了，用力摇晃他几下，让他闭上嘴巴。

"放他走吧。"我求他。

格雷戈里奥微微笑，作了一个怪表情。

"我只剩这步了。"

街上除了我们三个人，没有任何人。少年的尖叫声清楚地回荡着。格雷戈里奥使力将弹簧刀抵住他的脖子，就当我以为他要给少年最后致命一刀时，他将弹簧刀缩了回来。

"开玩笑的。"他看着我说，"我他妈闹着玩的。"

他开始大笑并命令少年爬起来，对方也乖乖照做。

格雷戈里奥凑到少年面前，盯着他的眼睛不放。

"你滚吧。"他对少年说，然后在他的额头上亲了一下。

少年拔腿狂奔至幽暗的巷弄间。

"我是闹着玩的。"格雷戈里奥又低声反复碎念了一次。

发生这起事件的六个月之后，有个晚上格雷戈里奥的父母发现格雷戈里奥坐在饭厅一张椅子上，一双赤脚血流如注。格雷戈里奥用同一把弹簧刀把自己的脚掌割开两半。他以为在地心引力的作用力下，蠼螋会随着大量涌出的鲜血一起流得一干二净，如此一来就能够摆脱它们了。

格雷戈里奥把自己的静脉和肌腱割断了，伤势之严重，需要进行好几场重建手术。他整整两个月无法步行，尚在复原阶段就被移转至精神病院。格雷戈里奥在那儿被关进危险病患——他称之为"真正的神经病"——的专属大楼。

"我们要失去他了。"格雷戈里奥获得接见访客的许可，但会面时间短到不行。有一次，我陪他的父亲一同前往，结束后他的心情难过沮丧，嘴里如此咕哝着说。

格雷戈里奥的父亲见过格雷戈里奥施打镇定剂之后的模样；见过他突然失序地胡言乱语；见过他整个人被绑在床铺上，双脚缠着沾染龙胆紫药水的绷带。

"我们要失去他了。"他父亲重复说了一次，头靠在方向盘上哭泣，模样就像他的孩子们被他制止哭泣时一样。"不准哭。"他命令他的孩子们，"你看起来像个小娘娘腔。"孩子们会闭上嘴巴，把眼泪往肚里吞。现在他悲痛啜泣着，脸都丢光了，不断呻吟着："我们要失去他了，我们要失去他了。"

的确，我们最后失去格雷戈里奥了。他以缓慢且无情的方式，在令人费解的精神病领域中迷失得越来越严重。

伤口痊愈的三天后，格雷戈里奥切断自己右脚两根脚趾，全塞进嘴巴里。那晚的同一时间，我正和他妹妹在他家客厅的地毯上，上演暗通款曲的戏码。

×　×　×　×　×

我在凌晨两点钟回到家，关上车库大门时，在角落里发现一只猫咪。猫咪身上湿答答的，受了寒抖个不停。我靠过去，猫咪吓了一大跳，发出嘶嘶的声音。我想抓住它，替它擦干身子，喂它吃点东西。然而，我的手一伸近，它就赏我一爪，手都被它抓破皮了。我向后退开，猫咪摆出蹲伏的姿势，准备进行下一波攻击。我拍了三下掌，掌声洪亮，把它赶到车库外。它身子一跃，朝车子底下飞奔窜逃，躲到引擎里头，攀爬到前轮的车轴上。

我决定不再骚扰猫咪，进到屋内。我被它这么一抓，在手背上留下了一条细细的血丝。我洗了手并消毒。我的堂哥罗伯托·唐内奥有次被鹦鹉啄伤，感染得很严重，差点就要把右手大拇指截肢。这起事件之后，我总是非常谨慎处理任何动物造成的伤口。

我在我的床头柜上发现一张妈妈的留言，上头写着："塔尼娅打电话来找你，她说她不会回她家过夜，你想要的话，可以打劳拉·卢纳家的电话找她，号码是8-03-52-74。"

8-03-52-74是一个不存在的电话号码，是塔尼娅给我的暗号，暗示今晚她会在803号房等我。我一度犹豫该不该去。我渴望待在塔尼娅身边，亲吻她，和她做爱，倾听她，让她也倾听我。但我也怕她。我害怕和她面对面，害怕不知道该和她说些什么才好，害怕自己激怒她，害怕我们会陷入沉默，会大吵一架、羞辱对方。我害怕会失去塔尼娅。

我已筋疲力尽，必须冲个冰凉的冷水澡提提神。我匆匆忙忙地穿上衣服，写了一张字条向爸爸解释下午会把车子还给他，便上路了。

我到比利亚尔瓦汽车旅馆，在停车场绕了一圈，确认803号房的帘子是拉上的，然后在接待处门前停好车子。我将引擎熄火，下车，启动防盗铃。我环顾四周，虽然时值凌晨，但还是有好几间客房有人入住。黑皮肤的男子从一条走廊上鬼鬼祟祟地冒出来。我正在计算有几间空房，被他吓了一大跳。

"你好。"他咕哝着。

我从黑皮肤男子的语调中注意到他没有认出我。

"有啥新鲜事呀？"我向他打招呼。

他打量我被招牌霓虹灯的蓝光照亮的脸庞。

"有什么我可以替您效劳的地方吗？"他问，口气有些卑微，又有些粗鲁。

我微笑。他是不会那么不善于认人的。

"您不记得我是谁了吗？"我问。

"不记得了。"他直截了当地回答。

"我是租下803号房的那个人。"

黑皮肤男子狐疑地注视着我,几秒钟之后点点头。

"唉呀,我现在想起来啦。您是想和我买手枪的那个人。"

"就是我没错。"

"请您原谅我,都是因为这里客人很多,又是晚上,实在很难记住谁是谁。"

"所以呢,您要卖我手枪吗?"

黑皮肤男子搔了搔头皮,摇摇头。

"您听着,我和一个同事说您向我出的价,结果那白痴跑去和老板告密,老板就把我的手枪拿走了,免得我禁不起诱惑,把手枪给卖了。"

我不相信他的话,但我们俩都觉得很可惜没早一点搞定这桩买卖。我拜托他帮我看好车子,跟他借了803号房的钥匙。他在口袋里翻了翻,交给我一把钥匙。

"这把是万能钥匙。"他提醒我,"不要搞丢了。"

我接过钥匙,紧紧握在手中。

"您尽管放心好了。"我对他说。

黑皮肤男子拿出一只手电筒,然后打开开关。

"我要继续干活了。"他咕哝着说,转个身,继续巡逻去了。

塔尼娅的黑色大众捷达停在车库里。我把手放在引擎盖上，摸起来冰冰的，她到这边应该至少有两个小时了。

我进到房间内。塔尼娅正裸着身子睡觉，身上的棉被几乎没遮住什么。一盏路灯的光线从窗帘透了进来，照亮她的身体。我静静地欣赏她一会儿，觉得她从来没有比现在更美过。

我脱光衣服，在塔尼娅身旁躺下，从她的背后拥抱她。她在睡梦中抓住我一根手指头。我开始舔她的后颈，她颤抖了一下，肌肤微微竖了起来。她转过身体，亲吻我的嘴，我双手向下伸，从她臀部的位置抱住她，并拉向我身上。我们俩肚子贴在一起，塔尼娅还半梦半醒的，左腿用力一顶，跨坐在我的大腿上。她睁开双眼，凝视我的脸庞，轻轻抚摸我的额头。

"我以为你不会过来。"她悄悄地说。

我吻了她的嘴唇。

"对不起。"我对她说。

塔尼娅微微笑，用手肘撑在我的胸膛上。

"不，该说对不起的人是我才对。"

我们缓慢地做了爱，没有交谈，没有怒气，也没有什么花俏的杂技，只有我俩徐徐摆动的身体。

好几个星期以来我们终于第一次一起达到高潮。宁静、简单的高潮。完事后我还尚未从她体内抽离，我们就这样睡着了。

黎明乍现，我发现塔尼娅跪在床垫上，盯着我瞧。

"怎么了？"我问她。

"没什么。"她小声回答我。

"然后呢？"

她微微笑，耸了耸肩。

"我只是在看你而已。"

我爬起来，紧紧搂住她。

"再睡一会儿吧。"我对她说。

塔尼娅倾过来，将额头靠在我的胸膛上。我察觉到她正在啜泣，我扶起她的下巴，抬高她的头。

"你怎么了？"

她将落在眼睛上的头发向后拨，用前臂擦干眼泪。

"你爱我吗？"她问，眉头深锁，好似硬忍着不要再次哭出来。

"非常爱。"

"真的吗？"

"真的。"

她好像冷静下来了，缓缓地低下头，面对着我的大腿内侧，在我的大腿上蜷缩成一团。

"那你呢？你爱我吗？"我问她。

塔尼娅轻轻咬了一下我的大腿，当作是回应。我吻了她的肩膀，用手指指腹在她的脊椎骨上画一条路径。塔尼娅发出一声呻吟，然后伸了个懒腰。

"不要这样，求你了。"她低喃道。

我继续勾勒着路线，将手指伸到她尾椎末端。

"不要再继续了。"她乞求着。

我的手指滑得更深入，开始在她的屁股上画着圆圈、爱抚她。

"曼努埃尔。"她低声说，然后又咬了我的大腿一下。我润滑了手指，进入她。

塔尼娅有节奏地前后扭动着身子，使我的手指越插越深、越插越深。她原是蛇行蠕动，变成加速摆动，好似要高潮时却猛然停止动作，用力缩紧她会阴的肌肉，夹住我的手指头。

"你会娶我吗？"她质问。

"我不知道。"我笑着回答她，"还早呢。"

"会还是不会？"

我费了些时间才回答她。塔尼娅将肌肉放松，身体挪到一旁。我弯曲手指，以防手指滑出来，但她摇了摇屁股，把我的手指退了出来。与其说是心烦，我注意到她此刻更是忧伤。

"我会！"我大声疾呼。

塔尼娅看了我一眼，一脸不信任我的模样。

"我会！"我重复说了一次，"我一定会娶你的！"

她一只手遮住脸，笑了起来。

"你不要理我，我发疯了。"她说，然后抓了一个枕头盖住自己。

塔尼娅笑到全身颤抖个不停。我拿掉她的枕头，用双手扶住她的头。

"你不要再犯傻了。"她的情绪安抚下来,叹了口气。

"我真不懂你。"我说,然后将枕头扔到地板上。

她捡起枕头,放在肚皮上。

"我脑子里一团乱。"她咕哝着说,语气不悦。

"我也一样。"我用肯定的口气说。

"你才不是。"她坚定地指出。

"你又知道了?"

"我就是知道。"她低声抱怨。

塔尼娅闭上双眼,在棉被底下缩成一团,要我紧紧抱住她。我爱抚她的肩膀,摸着摸着,她便睡着了。天亮了,我小心翼翼和塔尼娅分开,走向窗户边。今天看起来晴空万里,无云无雨。塔尼娅轻轻打鼾,我转过身看她。她似乎正在做梦,因为嘴唇不断发出微弱的声音。

我在塔尼娅身旁坐下,凝视着她,想象她成了老太婆后的模样。我想象岁月在她脸上留下的水泡、深深凹陷的双眼、有气无力的嘴巴、一口蛀坏的烂牙、松垮垮的下颚。我想象她怀孕后走了样的小腹、干瘪瘪的双腿、软弱无力的前臂、萎缩的乳房。要是我真的和塔尼娅结婚了,七十年后我们会聊些什么?我们会记得些什么?她还会像这样,毫无拘束地在我身旁裸睡吗?我们还会做爱吗?等到满口牙齿都掉光了,我们还会接吻吗?谁会先过世呢?

我躺在她身旁，再次拥抱她，并慢慢地睡着了。中午我醒了过来。天气很热，阳光直直照进整间房间。塔尼娅不在床上，我爬下床，听见淋浴间有水声。我进到浴室内，坐到马桶盖上。

"嘿！"塔尼娅从半透明的浴帘后探出头，向我打招呼。她微笑，给我一个飞吻。

我请她转身面对墙壁。我想撒尿，当着她的面尿，让我很难为情。她乖乖照办，不试着窥视我。

"你早餐想吃什么？"撒完尿后我问她。

"老样子。"她回答。

"老样子"包含了一盘玉米粽和一杯巧克力玉米浆[1]。我们星期六和星期日的早上习惯向一位在汽车旅馆对街街角摆摊的妇人购买。

"时候不早了。"我说，"我去看看那大婶走了没。"

塔尼娅唤了我。我靠向她，她从莲蓬头底下探出头来，亲吻我的嘴。

"你不知道我有多爱你，王八蛋。"

---

1   墨西哥玉米粽（Tamal）为墨西哥传统美食，粽子不是包米，而是碎玉米，粽叶为玉米叶；玉米浆（Atole）是另一道中美洲以玉米为主要食材的美食，是一种前哥伦布时期的热饮，依个人口味喜好，可加入肉桂、巧克力、水果泥等食材，常搭配甜、咸面包食用，在墨西哥经常与玉米粽一起被当作早餐。

我向后退开一步看着她。她双臂抱胸，遮住乳房。

"你看什么看？"她边笑边问。

"没有。"

"那你就不要一直盯着我看了。"她说，用水泼我的眼睛。

我又亲了她一次，然后出门去找早餐。比利亚尔瓦汽车旅馆空无一人。星期天是这里最没有生意的日子。"足球日、家庭日、贞操日"，卡马里尼亚先生老是如此形容。潘乔正在813号房的车库扫着地，我向他打声招呼。

"你好啊！"我向他大喊。

潘乔抬起下巴，一认出是我即笑容满面，挥挥手，然后继续扫他的地。

我遇到卡马里尼亚先生。他在走廊中间摆了一张桌子和一把椅子，用一台便携式电视机收看亚特兰特队对上塞拉亚队的球赛转播。

"近来可好呀？"他热切地问。

"老样子，没什么新鲜事。"

他俯身靠向我，用共犯般的口吻悄悄对我说。

"你已经和你的女朋友复合了，对吗？"

我点点头。卡马里尼亚先生摆出一个父亲的姿态，紧压着我的前臂。

"我很高兴见到你们和好了。"他说。

禁区内惊险的一脚球令电视解说扯破了嗓子，卡马里尼亚先生的双眼回到银幕上。

"我们待会见。"我对他说，然后继续上路找早餐去。太阳闪耀夺目，天空透明冰冷。过马路时，我利落地闪过一辆迷你出租车。我很愉快，心情好极了。我看到妇人正在收摊，差点就来不及了。我向她买了玉米粽，两个红的、两个绿的。塔尼娅最爱的甜玉米粽已经没有了，巧克力玉米浆也没剩了。

妇人用一张报纸将玉米粽包好给我。玉米粽叶还滴着滚烫的沸水，烫到我的手，害我手中的玉米粽掉到地上。妇人笑了笑，弯下腰把玉米粽捡起来，装进塑料袋里头。

"拿好了，年轻人。"她说，话中带有几分嘲笑的意味。我回到汽车旅馆。经过卡马里尼亚先生面前时，他比了个手势，要我过去他身边。

"跟我来。"他说。

他关上电视机，我们进到办公室里。他邀请我坐下，取出一支雪茄，用金属打火机点火，然后面对他的办公桌坐了下来，手肘撑在桌上，脸往我凑过来，好像要谈一桩生意似的。

"我听说你想和潘菲洛买他的手枪。"卡马里尼亚先生挑明说。他的声调不带感情，不带任何抑扬顿挫，听不出来我向他员工提的买卖是不是惹到他了。

"对。"我口气坚定地回答。

"你买手枪要做什么?"

我无法回答他这个问题。卡马里尼亚先生吸了长长一口雪茄,将烟吐到一旁。缭绕的烟雾向上飘浮,盘旋在天花板底下,然后穿过其中一个通风孔消失了。

"像你这样的年轻人,随身佩带手枪,可不太妙呀。"他冷冷地说。

我耸耸肩。

"世事难料。"我说。

卡马里尼亚先生打开一个抽屉,拿出一把手枪。他把手枪放置在一块红色布巾上,将六发金澄澄的子弹一字排开。

"真美,你说是吧?"

"嗯。"

"这把手枪是我在好几年前跟一名拉梅尔塞德市场[1]的赃物贩子买的。我只有试枪时射击过两次。"

卡马里尼亚先生将手枪对着灯高高举起,骄傲地欣赏着它。

"我原本以为每个月月中和月底发薪水的星期五我会被人抢劫。你也看到了,这手枪对我来说毫无用武之地。"

1 　拉梅尔塞德市场(Mercado de la Merced)位于墨西哥市历史中心东边,是墨西哥市最大的传统食品零售市场,市场周围区域同时也有不少非法卖淫工作者进驻。

他用红色布巾将枪管上的一枚指纹擦拭干净。

"我之前把它送到枪炮匠那儿去,他替我整理得跟新枪没什么两样。你看看,多么闪亮啊!枪膛转得多顺畅啊!"

卡马里尼亚先生把玩了一会儿手枪,然后将它重新放回红色布巾上,朝我推过来。

"拿去吧,是你的了。"他突如其来地说。

"为什么?"

"因为我说了算。"

"可是……"

"没有什么可是,老兄,拿去吧,就当作是我付你外套的钱。"

"外套是我送你的。"我反驳道。

"那,手枪我也送你。"

我最后只能收下手枪。为了答谢卡马里尼亚先生,我送给他一个绿色玉米粽。

我发现塔尼娅面对着梳妆台,坐在一张凳子上,裸着身子梳理头发(我们之间立了一个约定,只要在803号房,我们俩都不可以穿衣服,除非天气真的冷到不行)。

"你买了玉米粽吗?"

"嗯。"我回答她,然后把袋子放在梳妆台上。

"你去的时候还有甜的吗?"

"没有。"我回答她，然后把手枪和子弹摆到她的面前，"不过你倒是看看我弄到什么东西了。"

塔尼娅转身瞪着我，很明显看得出来她吓坏了。

"是卡马里尼亚先生送我的。"我澄清。

她吓得脸色苍白，一摆手将子弹推到一旁去。

"把它拿走。"

"没事的。"我对她说。

"拿走就对了。"她紧张兮兮地命令我。

我拿起手枪，拉上枪机，瞄准自己在镜中的倒影。

"你干什么？"

我扣下板机，撞针发出"喀"的一声。塔尼娅跳了起来，双手捂在脸上。

"你这个白痴。"她含糊碎念着。

她拿一条毛巾包住身子，将自己反锁在浴室内。我决定把手枪收到车子里。当我回来时塔尼娅正在穿衣服。

"我刚刚只是闹着玩而已。"我对她说。

"那你的小朋友游戏还真够幼稚的。"她气冲冲地回嘴。

塔尼娅套上毛衣，拿起她的包包，走向房门。我抓住她的手腕。

"你不要走。"我央求她。

她试着挣脱。

"你不要烦我。"

"不，除非你冷静下来。"

我们使劲拉扯了一会儿，她高高举起双手。

"好吧，我不走了，可是你要放开我。"

"你保证不走?"

"放开我。"她小声命令我。我松开塔尼娅的手腕，她在床铺上坐了下来。

"你吓到我了，曼努埃尔，吓死我了⋯⋯"

我在她身边坐下，抱住她。

"真的，我刚刚只是在开玩笑而已。"

"才不是。"她拉高音量说，"你想要吓唬我。"

塔尼娅试着站起身，但我把她扑倒在床上。

"我向你发誓，我没有要吓唬你的意思。"

我开始亲吻塔尼娅，同时口中不断重复念着："我向你发誓、我向你发誓。"她不再顽强抵抗，我将她身上的衣服扒光，然后我们又做了一次爱。

我们躺在床上，吃玉米粽当早餐。塔尼娅提到也许我们可以弄一台电视机到这间房间里来。她提议我们去席尔斯百货买，可以分期付款。

"我们不需要电视机。"我对她说，然后把她一边乳头当作古董电视机的旋钮，转来转去，"只要转开这个钮，随便找个我们喜欢的频道就够啦。"

塔尼娅笑了出来，把我推开。

"你不要犯傻了。"她说，然后揉揉自己的乳头。

我拿起搁在床头柜上的鲁瓦尔卡瓦的书，问塔尼娅为什么在官僚买面包那句底下画线。

"没有为什么。"

"你认识什么买面包的官僚吗？"我用嘲笑的口吻质问她。

"以前认识。"她含糊地说，然后一副若有所思的模样。

"我一个舅舅，我妈妈的表哥。"她接着说，"之前在渔业署的贸易开采区工作。有一天下午，他下班走出办公室后，在面包店停车，打算买甜面包。他结账时，店里走进几个强盗。"

塔尼娅打住口中的故事，抿了抿嘴唇。

"我舅舅因为拒绝交出零钱，差不多就五比索吧，就被他们在头上开了一枪……"

她突然转过身面对我。

"我以前从来没有和你提过这件事？"

"没有。"

"我舅舅倒在装面包的袋子旁边。他害我舅妈成了寡妇，留给她一个两岁大的儿子，还有一个十个月大的小婴儿……"

"这是多久以前的事？"

"我那时候还小，才刚上小学三年级还是四年级而已。他的守灵仪式是我这辈子参加的第一场……"

塔尼娅哽咽得说不出话来，满心忧愁地搂住我。

"拜托你不要干什么疯狂的事。"

"你在说什么？"

"我不想要你死。"

"我不会死的。"我肯定地说，"我向你保证。"

"我不会死的。"格雷戈里奥在某个五月的午后如此对我们说。当时他才刚出院，其中两根脚趾头已被截断了。"我不会死的。"他重申。塔尼娅内疚不已，紧紧抱住格雷戈里奥。几天前，塔尼娅和我做完爱以后，在我耳边悄声说："希望他死了算了。"她希望格雷戈里奥灰飞烟灭，就此消失，不要再伤害她了。她无法承受格雷戈里奥发疯的事实。她无法容忍自己爱我，同时也爱格雷戈里奥。简单来说，她无法和格雷戈里奥在一起，希望他死了算了。

"我不会死的。"我重复说了一次。

塔尼娅心存怀疑地亲吻了我。

"把手枪还回去吧。"

"不要！"

"拜托。"

"不要。"

她用吃奶的力气抱住我。

"你不要干傻事。"

"不会的。"我对她说，"我才不会……"

× × × × ×

下午五点钟我们决定离开。我们穿衣的同时，我告诉塔尼娅关于格雷戈里奥留下的盒子的事情。她专注地听我描述那些相片及包裹，听到出神了。她表示自己并不认识哈辛多·安纳亚，也不知道那些抄写下的歌词字句有什么涵义。

"玛加丽塔跟我说你应该知道的。"

塔尼娅的脸涨得通红。

"她这个该死的老太婆又知道我知道什么事了？"她气得发飙，破口大骂。

我觉得塔尼娅有些气过头了。

"你不要这样讲她，她是你的朋友，不是吗？"

"她是我的朋友？"她以讥讽的语调问，"我看是你的朋友吧？"

"我们两个人的。"

塔尼娅摇摇头，不再说下去。我们穿好衣服，我走到她身旁，亲吻她一下。她回我一个冷淡的吻。

"你怎么了？"

"没事。"她的回答很简洁。

我们离开房间，我拉开车库的帘子。塔尼娅上车并摇下车窗。

"再见。"我对她说。

"再见。"她紧紧抿住双唇，在我脸颊上亲了一下，然后发动车子，扬长而去。我回到房间，在床上坐了下来。空荡荡的房间将我压得喘不过气，仿佛少了塔尼娅，空气也变得无比厚实。或许塔尼娅说对了，我们需要买一台电视机。

正当我准备要上车时，被潘乔唤住了。

"好像有什么东西在漏水。"他指着。

我弯下腰查看是什么东西滴出来。看起来不像油或水，也不像汽油。我伸长手摸了摸前轮车轴。是血。我向潘乔要了一块瓦勒纸板，好钻到车底下去检查检查。我找出一大坨混合了毛发、肉块和骨头的尸块。先前躲到引擎里的猫咪被分尸了，八成是散热器的叶片干的好事吧。我拿衣架用力拉扯它的残骸，取出已被绞成肉条的猫咪。猫咪发出腐败和尿液的恶臭味。潘乔被逗得乐开怀，只要我抽出一条猫腿，或是背脊的肉块时，他就哈哈大笑。"你好像在帮你的车子堕胎。"潘乔说。他的幽默感令我觉得难过。

我在日落时分回到家。我把手枪藏在衬衫底下，以防被爸妈逮个正着。我急急忙忙冲上楼梯，将手枪藏到我浴室的一个柜子抽屉里头。我如此谨慎可以说是完全没有意义——根本没有半个人在家。

一个钟头之后，路易斯从库埃纳瓦卡回家了，身旁伴了一位我不认识的女孩。路易斯向我介绍，说是他的女朋友。我记不起来她的名字，更别说她的脸了，她从头到脚丝毫没有特色可言。两个星期之后我哥就和她玩完了。

两个钟头后，我爸妈到家了。爸爸看起来有些身体不适，他面无血色，脸色很差。我妈解释说老爸跑去吃猪杂玉米夹饼，吃坏肚子了。我听见他呕吐了两三次，丝毫没有怨言。我爸想尽量当个低调的病人，但我妈就不一样了，她只要有一丁点儿不适就可以小题大作。

我和路易斯，还有他没特色的女友一起吃晚餐。爸爸每发出凄厉的呕吐声，她就一脸担心的模样。"你爸爸病得不轻。"她在每口饭之间用甜蜜的嗓音反复说着，一点儿也不在意整间屋子飘散着一股胃酸的余味。

我早早就上床躺平。午夜时爸爸轻轻碰了我的肩膀叫醒我。我吓了一大跳，睁开双眼，在黑暗中辨认出他的五官才冷静下来。

"你昨晚在哪里睡觉的？"他质问我。

我没有回答他。

"你身体感觉怎么样？"我问他。

"还好。"他在我身旁坐下。月光自窗帘透入，照亮他的脸庞。

"你呢？你好吗？"他问。

"很好。"

"真的吗？"

"嗯。"我回答他，一点儿说服力也没有。他提议我们一家四口一起去度个假，全家都去，就像小时候一样。

"我们去巴亚尔塔港吧。"他说。

他的提议我微笑以对。我们从前都是到巴亚尔塔港去庆祝圣诞节和新年的。童年时期，我总以为圣诞节代表炎热的天气，五颜六色的小灯泡装饰在枝叶稀疏发黄的棕榈树上。雪人、贺卡上白雪皑皑的风景，以及人造松树，带给我相当矛盾的感受。简单来说，它们和圣诞节根本搭不上边。

爸爸站起身来。离开我的卧室前，他重复说了一次："我们去巴亚尔塔港吧。"他关上房门，我独自回想着平安夜大餐，我们一家人在吊扇下满身大汗，用温热的苹果酒敬酒，吃着刚解冻的烟熏火鸡。

隔天早上我穿了一件长袖衬衫去大学。我之前一直提醒大家我手臂上带有伤疤，提醒得也够久了。老师们总是夸耀自己有多严格、要求有多高，面对他们，我实在很难为自己的缺席提出合理的解释。在他们看来，我缺交的设计图和模型就是缺交，某人的死并不构成充分的借口（"你阿姨弗朗西斯卡跟你他妈的乱七八糟的设计图有什么关系？"某位老师有次如此对一名学生破口大骂。这个学生缴了一份随手乱画的设计图。一辆载送汽水的卡车完全没有刹车地把他的阿姨碾死了。设计图是他在阿姨的守灵会上，放在双腿上画出来的）。系主任莫利纳建筑师认为房屋设计是这世界上最需要认真看待的重责大任之一。"人们在房子里成长、睡眠、争吵、相爱、通奸、用餐、憎恨，还有死亡。"他常将这句话挂在嘴上。

"房屋不只是建筑而已，孩子们，房屋是人们生命中的圣域。"他言之有理，但这个早上我没心情听他说教。不管我们如何尝试，生命中的空间永远也无法和生命本身相匹敌，建造得完美无暇的两百座墙，也无法将某日傍晚响起的枪击消音。

很走运，没有任何一位老师责怪我的缺席。

我在第一堂课上遇到蕾韦卡。她神情紧张，从远处向我打招呼。她坐在最前面几排的座位上，而不是和我们的习惯一样，来到后头和我坐在一起。老师阐述混凝土的抗力强度的同时，我盯着蕾韦卡的颈背和后背的交会点不放。我有一次听人说，如果直盯着这个点看，可以强迫那人转头看你。蕾韦卡从来没有转过头来，这次没有、以前也没有，而我的练习最后只让自己充满想狠狠亲吻她脖子的欲望。

我觉得学校的课沉闷无趣，又没什么营养，除了当代文学课以外。这堂课是我这学期修的唯一一堂选修课。我是出自两个理由才修这门课的。一来是因为老师看起来一副不屑传统教学法的模样，二来是因为他醉心于"垮掉的一代"[1]。老师在课堂上只谈论凯鲁亚克[2]、巴勒斯[3]和金斯堡[4]这几位作家，其余的人——如福克纳[5]、鲁尔福[6]、乔伊斯[7]，或马丁·路易斯·古斯曼——他几乎连提都不提。就

---

[1]　垮掉的一代，20世纪50年代二战之后，美国重要诗人及作家群体，代表人物包括杰克·凯鲁亚克（Jack Kerouac）、威廉·巴勒斯（William Burroughs）和艾伦·金斯堡（Allen Ginsberg）。凯鲁亚克于1948年首度使用"垮掉的一代"来描述地下、反集体主义的纽约青年。"垮掉的一代"对西方现代文化影响甚巨，可被视为美国文化史上第一波"亚文化"运动。

[2]　杰克·凯鲁亚克（Jack Kerouac, 1922—1969），美国小说家、作家、艺术家和诗人，"垮掉的一代"中最有名的作家之一，虽然他的作品相当受欢迎，但是评论家并没有给予太多喝采。杰克·凯鲁亚克最知名的作品是《在路上》（On the Road）。

[3]　威廉·巴勒斯（William Burroughs, 1914—1997），美国小说家、散文家、社会评论家和说故事表演者。身为"垮掉的一代"主要成员，同时亦为影响流行文化以及文学的前卫作家。被认为是"最会挖苦政治、最具文化影响力和最具创新力的20世纪艺术家之一"。巴勒斯大部分作品都具半自传性质，主要描绘自己身为海洛因成瘾者的经验，最广为人知的作品是《裸体午餐》（Naked Lunch）。

[4]　艾伦·金斯堡（Allen Ginsberg, 1926—1994），美国诗人，最出名的作品是长诗《嚎叫》（Howl），在这首诗中，他赞扬"垮掉的一代"的伙伴们，猛烈批判当时在美国泛滥的物质主义与墨守成规。他在20世纪60、70年代的反越战抗议运动及左翼运动中亦扮演了重要角色。

[5]　威廉·福克纳（William Faulkner, 1897—1962），美国小说家、诗人和剧作家，美国文学史上最具影响力的作家之一，亦为美国意识流文学的代表人物。1949年获得诺贝尔文学奖。

[6]　胡安·鲁尔福（Juan Rulfo, 1917—1986），墨西哥作家和摄影家，被视为魔幻现实主义（Realismo Mágico）的先驱，影响了包括马尔克斯（García Márquez）在内的许多拉丁美洲作家。

[7]　詹姆斯·乔伊斯（James Joyce, 1882—1941），爱尔兰作家与诗人，20世纪最重要的作家之一，为意识流文学（Stream of Consciousness）的大师。代表作品有《都柏林人》（Dubliners）、《尤利西斯》（Ulysses），及《芬尼根的守灵夜》（Finnegans Wake）。

我个人来说，我才不管什么垮掉的一代的作家呢。我之所以会接触他们的文学，是因为格雷戈里奥认为杰克·凯鲁亚克的《在路上》是他读过最厉害的书了（"就跟大门乐队[1]的专辑一样。"他老这样说）。

比起作品，我对垮掉的一代的作家们的生平事迹更感兴趣，尤其是对巴勒斯的一生。格雷戈里奥对巴勒斯厌恶至极。"他这个该死的老玻璃。"格雷戈里奥得知巴勒斯是出柜的同性恋者时如此说道（他的恐同症之严重，可以单单因为自己把别人假定为同性恋，就将对方抓来狂殴一顿）。吸引他的是凯鲁亚克的形象。凯鲁亚克英俊挺拔，曾在海军服役，还当过美式足球选手。"这家伙真他妈的厉害。"格雷戈里奥老这样说。最后，凯鲁亚克也没那么厉害了，而巴勒斯，连同他的性向、他的一切，比谁都还长命，活得比凯鲁亚克和格雷戈里奥都还久。

那天早上老师向我们谈起巴勒斯如何在墨西哥市一间阴暗的公寓大楼下手谋杀他的妻子。他喝得酩酊大醉，扮演起威廉·退尔[2]的角色，一枪把妻子的额头轰得开花。

1　　大门乐队（The Doors），1965 年于洛杉矶成立的美国摇滚乐队，曲风融合了车库摇滚、蓝调与迷幻摇滚。于 1973 年解散。

2　　威廉·退尔（Guillaume Tell）为瑞士传说中的英雄。

下课后我上前和老师攀谈，试着将话题拉回巴勒斯的事件上面，然后向他解释自己上星期之所以会缺课，是因为我最好的朋友扮演起孤独的威廉·退尔，把自己的脑袋瓜给炸飞了。

"你的意思是他自杀了，是吗?"

我点点头。老师微笑并用宽容的态度拍了一下我的后背。

"好棒的借口啊，曼努埃尔，好文学啊!"他非常愚蠢地说，"我就当作你有正当理由，不记你缺课吧，因为你很有创意，但你还是得想个法子跟上课堂进度。"

老师向我使了个眼色，走出教室，不让我有机会多说。我看着他沿着走廊离开，我走向反方向，朝教职员停车场的方向而去，找出他的车子，然后用我的瑞士军刀将他车子的四个轮胎全部刺破。我一直等到轮胎气全泄光了才离开。

我气冲冲地回到家里，决意放弃大学学业、放弃建筑，抛下我那些既严格又庸俗的老师们的小圈子。我决定到邻近的游泳池去放松一下，在那边只要花个三十比索，就可以随我爱游多久，就游多久。

很幸运，游泳池空无一人，我可以尽情游上多少趟都不成问题，不需要闪躲穿浮力衣的小朋友，或是做水中韵律操的老太太。在我要游完时，出现一个身材矮胖，大众脸的金发女子。女子身上黄蓝相间的泳衣十分醒目。我觉得她很眼熟。她看也不看我一眼，就下到水里开始划水。她的泳式七零八落，排场浩大，几度看起来像自由式。我过了一阵子后才终于认出她。她是一位知名的肥皂剧演员。"色欲女王"，廉价的八卦杂志如此称呼她。我仔细观察她一番，甚至还戴着泳镜将头探入水中，看看她水底下的美腿。她的腿上有橘皮组织，好几公斤的橘皮组织。她的乳房看起来倒比较可口一些，但可能也有橘皮组织。（"像海绵蛋糕一样的奶子。"格雷戈里奥是如此替它们下定义的，"蓬松多油，到处坑坑巴巴的。"）

离开泳池时，我注意有两名保镖，警戒地保护着软绵绵的色欲女王的安全。他们此举全是白费力气，因为游泳池内已经没有其他人了。没有人能够对她有什么非分之想。

我回到家中，心情平静许多。我遇到老妈，她向我打招呼，给了我一个拥抱，亲了我好几下。我妈如此热情，我觉得很不对劲。接着她将我的电话留言念过一轮。两点十五分塔尼娅打电话来、华金三点零五分，还有一位学校的女同学，三点二十二分打电话来提醒我们要一起做一份分组作业（用巴拉甘[1]风格设计几个猪圈，搭配倒影池和厚实的外墙）。

1　路易斯・巴拉甘（Luis Barragán, 1902—1988）为 20 世纪最重要的墨西哥建筑师之一。1980 年第二届普利兹克奖（Pritzker Architecture Prize）得主。他全部的建筑与景观作品都完成于墨西哥。

妈妈提议要替我做几个鸡肉三明治。很显然地，她煞费苦心想要表现出温柔殷勤的一面。我和妈妈从来都无法相互理解。我们在理当不同之处相似，而在应该相似的地方又截然不同。

妈妈这殷勤的模样没能撑得了太久。她陪我吃饭，我们平庸地聊着平庸的琐事，彼此都对对方感到有些厌烦了，便各自离开去忙自己的事。

我上楼到房间前，被她叫住。

"我忘记拿这个给你了。"她说，然后交给我一个封信，"是今天早上送来的。"

我谢过她，继续走回房间。

× × × × ×

信件上没有发件人的姓名，我对信封上地址的字迹觉得很眼熟，但一时间说不上来是谁写的。

我打开信封，里头装了一张皱巴巴的黄纸，纸上只写了一句"暗夜水牛会梦见你。"

除了这句话以外，什么也没有。起初，我以为这是一个白痴的恶作剧而大笑；之后，我坐在床垫上，哑口无言。毋庸置疑，这句子是格雷戈里奥写的。他细细长长、咄咄逼人的笔迹非常突出。

我站起身，不知道到底该如何是好。我确确实实地被打击到了。格雷戈里奥都已经化成灰装入骨灰坛里了，却又再次纠缠我不放。我无法正视他，也无法羞辱他。我无法把信撕烂，就这样将它抛诸脑后。现在最确定的，就是各种威胁和充满密码的信息将会接踵而来。

我试着冷静下来。我是不会被格雷戈里奥击倒的，更别说因为他一句愚蠢的话。我走出房间来到走廊上。妈妈在楼下厨房。我走向她的卧室，在她的药橱内翻找了一阵子。我拿了几颗安眠药，吞了建议剂量三倍的量。我回到我的房间，躺下等着安眠药起作用。我的头脑昏沉、视线迷蒙。我拿起信，信封上的字迹和格雷戈里奥的笔迹不一样。邮戳上押的日期是二月二十四日，格雷戈里奥自杀后的两天。某人正在继续这桩诡计。

解答就在笔迹上。我几乎是半梦半醒，试着将我所认识的笔迹在脑海中一一闪过。玛加丽塔、塔尼娅、蕾韦卡、华金、爸爸、妈妈、路易斯、玛加丽塔、蕾韦卡……

半夜十二点我醒了过来，满心恐惧。我又再次在后颈上感受到一股令人窒息、湿湿稠稠的鼻息。我尝试逃跑，试着从床上跳开，但动弹不得。安眠药药效令我昏昏欲睡，把我治得服服帖帖的。我感觉得到光线、噪音、说话声。我的双腿和手臂完全没有反应。

过了几乎快一个小时，我才成功打开电灯。我的头隐隐作痛，感觉舌头肿大。我到浴室漱了好几口水，看着镜中自己的脸孔。我依旧觉得它像一张陌生人的脸。

我在门底下发现妈妈留了一张字条给我，上头写了我的电话留言。晚上五点零八分，我的大学同学打电话来。她很不高兴，因为我没有和小组碰面，一起做猪圈的作业。晚上六点零二分有一通塔尼娅的来电。晚上六点二十五分马西亚斯医师的秘书小姐打电话来问为什么我和医师约好了，却没有赴约。我压根不记得和马西亚斯医师有约，很高兴放了他鸽子。

信封上的文字开始让我感到心神不宁。为什么有人他妈的会自告奋勇接手格雷戈里奥的破烂诡计。我想一定就是那个马西亚斯医师，这念头把我自己逗得挺乐的。知名精神病医师成了他性格最暴戾的患者的奴隶。我想象他们两人用鲜血在契约上画押，然后马西亚斯医师向格雷戈里奥宣誓永世忠诚。搞不好他在左手臂二头肌上也刺了一头青色水牛。

胡思乱想让我稍微分了心。我穿上睡衣，钻进床铺内，正准备要关灯时，突然回想起一个和信封上的字很相似的笔迹。我走向衣柜，取出格雷戈里奥的盒子，在黑色缎带包裹的纸张堆中乱翻，从中抽出一张纸，对照上头的笔迹。没错，歌词和信封上的地址都是出自哈辛多·安纳亚之手。

我试着联络马西亚斯医师。他或许对格雷戈里奥的诡计知情，原本我们约好碰面的时候他打算警告我一声也说不定。我打电话到他的私人诊所。没人接电话。我拨了他呼叫器的号码，发信息给他，要他和我联络。他没有照办。

我拨电话到塔尼娅家。塔尼娅可能也收到一封类似的信了。她的姐姐昏昏欲睡，接起我的电话。我请她让我和塔尼娅说话，她回答我现在都几点钟了，不是讲电话的时候，然后就挂断了。她们姐妹俩处不来，她不信任塔尼娅，说大家都给塔尼娅太多特权了，塔尼娅想做什么，大家就让她做什么；而对她，因为她是姐姐，总有诸多控制与限制。她错了，她们姐妹俩都很任性且无理取闹，只是塔尼娅的个性比较果断。

我尝试打电话给玛加丽塔，但是电话是她父亲接的，把我挂断了。我开始相信玛加丽塔一定也在格雷戈里奥的游戏中参了一脚。接着我怀疑自己的想法：玛加丽塔应该也是受害者。

我决定不再着急，不再理会格雷戈里奥廉价的阴谋，将盒子扔到房间的一角，打开电视。

我彻夜失眠，盯着新闻。黎明时分，我突然整个人跳了起来，确定有一只蠼螋从我的嘴巴里冒了出来。我把床单翻来翻去检查，什么也没找到。

我走出房间。其他房间的门都关得紧紧的。我想象爸妈在他们房内，躺在彼此身边睡着觉，做着各自的梦，将各自的世界保护得好好的。我想象爸爸在幽暗不明的光线下起床，饮用放在床头柜上的杯子里的水。我想象他揉着双眼，从这个远在天边、近在眼前的距离看着睡梦中的妈妈。我想象妈妈正梦见所有她失去、且被她视为对自己人生来说非同小可的工作机会。我想象哥哥梦见他那些没有特色的女朋友们、他的朋友、旅行、烦恼，和他没有特色的欲望。

我下楼去客厅，走向爸爸搭起的小吧台。他想让这儿成为家中最属于他个人的一角，打算在这儿和三五好友聚在一起，喝喝自由古巴¹加冰块，谈天说地。爸爸的朋友们会在板凳上坐好，而他则站在吧台的另一边招呼他们。在过去十三年里，我只见过他和他的朋友们聚在这儿两次。其他时候，都是他独自一人于清晨时分一边喝着自由古巴加冰块（搞得好像只有他自己知道怎么调这种酒），一边解着《至上报》社会版的填字游戏。

我从来没喝过酒，就连一杯也没有。我也从来不知道酒醉是什么感觉。格雷戈里奥也不知道。我们觉得喝酒是娘炮才会干的事。然而，今早我渴望把爸爸珍藏在吧台旁小酒窖里的一瓶古巴朗姆酒拿起来猛灌，喝得一滴也不剩。或许如此一来，蟋蟀、我颈子上的

1　自由古巴为朗姆酒、可口可乐、柠檬调制而成的调酒。

鼻息、我的人生本身就有个道理了。但我并没有,喝酒是死娘炮干的事。

我坐在其中一张板凳上,拿了一包日本花生。老爸执意要尽地主之谊,总是将花生放在手边。我嚼起花生,用白齿压碎它们,发出吵人的声音。哥哥每次听到这个声音就觉得很烦。他觉得我是要惹他才故意发出这声音的。事实上是因为我很喜欢咯吱咯吱地嚼花生。

我听见爸妈浴室的淋浴间传来水声。肯定是爸爸在洗澡,打理好自己,迎接新的工作日,扮演银行经理的角色。他不是一辈子都这副模样,虽然我也无法想象他打扮得不像银行职员,手上不提他酒红色皮革公文包的样子(小时候这个画面令我感到骄傲——一个有自信、有地位的男人)。

我回忆起有次老爸向我坦诚地说他吸过大麻。他躲在大学厕所里、在派对中、在破旧不堪的大众汽车里,吸过十次、二十次。他给我看了一张那段岁月的相片。相片里头的他和朋友们刘海塌在眉毛上,留着厚厚的鬓角,穿着花衬衫和喇叭裤,看起来有些古怪。同一群朋友过了二十五、三十年后,拒绝和他一起分享他的吧台,拒绝和他聊天,拒绝品尝他美味的自由古巴加冰块。

爸爸洗澡完毕。我想象他不想吵醒妈妈,静静地穿上衣服,打好领带,在脸上喷上昂贵且老派的须后水。接着,我看着他步下阶梯。他的神情不同往常,看起来更为轻松,少了平常身为父亲或丈夫的姿态，举手投足像是一个正要出门去上班的男人。像一个男人，仅此而已。朴实，简单，也许甚至有些笨拙。一个男人。

他关上门，小心地不发出任何声响，出门上路去。接着，我听见他的车子从街上离去的声音。他曾多少次以工作有约为借口，早早出门，实际上却是和一个美艳的女人去汽车旅馆幽会。他曾多少次怀念再抽大麻烟，怀念在酒吧干架，怀念吃玉米饼后不付账就溜了，怀念看午夜播放的色情片。他曾多少次想要抛下我们，与那位美女一起跳上车，穿越一条笔直无止境的公路。他曾多少次大可以这么做，但却没有。

或许这正是我该逃跑的适当时机，才不会等到二十、三十年后，被我的儿子发现我静悄悄地下了楼梯，不想吵醒家中其他人。

我没有逃，而是回到我的房间里。

× × × × ×

上午剩余的全部时间，我将自己锁在房间里发愣。很明显，格雷戈里奥希望我知道哈辛多·安纳亚是他的代笔人和共犯。他释放出的解答已足够了。但又是为了什么？是要我去找哈辛多，然后和他当面对质吗？还是找到哈辛多后，我又会被引导到这桩诡计的下一个阶段？我无法不去理会这个陷阱，也无法回避。我必须继续走下去。

我突然一个冲动，拿起盒子，打开里面最令我害怕的那个蓝色缎带包裹。我一解开绳结，便找到一张相片。相片本身就是一则信息，上面有塔尼娅、格雷戈里奥和我。相片是高中最后一天上课拍的。我们三人都各持有一张相同的相片，上头分别有其他两人的签名。在这张相片上，我和塔尼娅的脸都被香烟烧穿了一个洞。

接着是一张塔尼娅近期的大头照。她身穿我在圣诞节送她的一件白色上衣，戴着一条格雷戈里奥在他们交往满一年时送她的银项链。接着，我发现好几张《宇宙报》电影版的剪报，上头有几部电影的广告用蓝笔打了叉叉，然后播映时刻下方画了红线。里头也有几张格雷戈里奥在精神病院花园里的相片。他穿着一条牛仔裤和一件黑色T恤，看得见他左手臂二头肌上的水牛刺青。格雷戈里奥笑容满面，在其中一张相片中向摄影师送了一个飞吻。

接下来我发现一盒火柴，盒子上印有一家汽车旅馆的名字和地址。是一家离比利亚尔瓦很近的汽车旅馆，可能就是中尉谋杀情人的那一家。格雷戈里奥在火柴盒背面抄了一个日期——一月五日，以及一句话："今天，离火焰很近。"日期和剪报上一场划了底线的电影场次相吻合。

我也发现一首从阿古斯丁·加西亚·德尔加多的书中节录出来的诗。塔尼娅热爱这首诗，并经常引用它。诗句是用打字机打的，标题叫做《房间》。

房间

我们最好留下

外头有座没有死亡的墓穴等待我们

外头是座坟场，在那儿稻草人

武装守夜

吓跑静默的蓝色渡鸦

在灵魂辽阔的清晨时分

无情的公鸡啼叫不歇

叫它乖乖闭嘴的太阳永远也不会升起

我们的双手永远也不会

碰触到白日光明的边际

塔尼娅在诗上签下一月八日的日期。格雷戈里奥在页边空白处加上旁批"今天，在火焰内部，直达深处。"

检视过一大堆带有加密信息的纸张后，我找到可以帮助我解开所有其他一切含义的解答。塔尼娅在精神病院附近的加油站收据背面潦草涂写了一段话："我的爱呀，他们不放我进去见你。我绝望透了，这已经是第三次了，不知道该怎么办才好。之前值班的看守，会放我进去的那个警卫已经不在了。但我人在这里，等着你，永远等着你，你不要忘了。希望你可以收到这张字条。"

塔尼娅在下方写了哈辛多·安纳亚抄下的歌词的其中两句："在你身边一切如此崭新，像是身处火焰的中心。"

收据上的日期不过是六个月以前。尽管不是我所乐见的，格雷戈里奥和塔尼娅将他们之间的恋情藏得好好的，以防被我破坏。我先前没料到事情会是这样，没有能力去猜测在我周遭发生了什么事。最让我感到痛心的莫过于此了。

结果，格雷戈里奥的诡计可以说是有效过了头，唯有亡者的怒气才能够产生如此这般效果。我看着盒子和复仇意念满盈的成堆纸张，将它们全堆到淋浴间地板的一角，然后点火烧了它们。相片、剪报、神秘信息、尚未拆封的包裹，全烧得噼啪作响。

火堆熄灭后，我将水龙头的开关扭开，让灰烬随着水流流入排水孔。浴室内残留一阵烟云，害我咳了起来。我坐在地板上，筋疲力竭，喘不过气，仿佛火焰将浴室内所有的氧气都消耗殆尽了。我好几分钟一动也不动，双眼直盯着排水口，看着灰烬渐渐消失。

我感到巨大的疲惫。

除了遗忘，我没有其他脱身之计。唯有抹除过去，我才能够面对伤痛。比起从前任何时候，此刻我应该更加深爱、更加信任塔尼娅。我完全不会责骂她。

不管我伤得有多深，都应该将打击吞忍下肚，用谦卑的态度接受塔尼娅许多我无法领会的神秘之处。我对她也是，我也有许多她无法理解的谜。

我应该遗忘，或至少试着遗忘。原谅。遗忘。

遗忘。

这是不可能的。傍晚我收到另外一封格雷戈里奥的信。和前一封一样，信封上的字迹是哈辛多的。我一度想把信撕成碎片，在拆开之前就先将它烧毁。但我的好奇心终究战胜了一切。

里头有两张信纸。格雷戈里奥在第一张纸上写下一番警告："你是无法自暗夜水牛的身边逃开的。"

第二张纸上头写了一段留言，看起来像是今年一月十五日塔尼娅寄到精神病院给格雷戈里奥的。"等你从那里出来以后，我们一起远走高飞，走得越远越好。我答应你，我的爱。这次我是认真的。"

一月十五日那天，格雷戈里奥最后一次住进精神病院。两个星期后——一月三十一日——他出院了。当时马西亚斯医师和他的团队确定格雷戈里奥已经做好准备，可以重新适应正常人的生活。二十二天之后，他自杀了。

我手中的信纸掉落到地板上。不，才没有什么脱身之计呢。格雷戈里奥是不会允许我遗忘的。他会将过往以及他和塔尼娅之间的秘密全都擦得闪闪发亮，摆到我面前，不将我击溃是不会善罢甘休的——如果我还没被他击垮的话。

塔尼娅一次又一次坚称她和格雷戈里奥已经决裂，坚称她已经将一切划下句点了，而且她爱的人是我。都到了这种时候，她又为何心存与格雷戈里奥一起远走高飞的欲望？

我穿上衣柜里能找到的第一套衣服：一条牛仔裤和一件藏青色的T恤，并拿起一件夹克，出门去马西亚斯医师的私人诊所。我得揪出哈辛多·安纳亚才行。我想不出任何可以——至少暂时也好——抑止住格雷戈里奥猛烈攻势的方法。

我步出房间。妈妈正在她的卧室里看电视。我没有知会她一声，就拿了她的汽车钥匙。我将车子开出车库时，她从窗户探出头，不动声色地看着我。我挥挥手说再见，妈妈面无表情地拉上窗帘。

×　×　×　×　×

大道上的车辆缓慢前进。一处管线漏水，害得中央车道淹大水，令交通车流变得更加错综复杂。一个驾驶大众轿车的男子试图超车避开堵塞的车阵，车轮都开上安全岛了，途中和我的车子发生轻微擦撞。男子非但没停车，反而意图逃逸，但我在几条街之后追上他，挡住了他的去路，不让他通过。我下车，下定决心要海扁他一顿。这家伙一见我走过来，就赶紧启动车门安全锁。他待在车内，让我更为火大。我用手指关节敲敲他的车窗玻璃，对他放声咆哮，要求他赔偿对车子造成的损害。他胆怯地看了我一眼，然后爬到副驾驶座上。我捡起一块大石头，朝他的挡风玻璃猛砸，直到粉碎才停手。即便如此，男子还是没胆下车。我试图用同一块石头砸破他的车窗，突然间我发现自己身边围了好几十名看热闹的民众，他们之中似乎没有任何人有打算插手的意思，只是在一旁看好戏而已。

我停止攻击，瞥了我的敌手一眼。他约莫四十来岁，像个上班族。他吓坏了。眼镜后头惊恐的小眼珠令我作呕。我手上还握着石头，穿过看热闹的人群围起的圈圈，上车离开现场。

剩下的路途我开得心烦意乱。一路上，石头都握在右手，甚至连换挡时也是，抵达马西亚斯医师的私人诊所时，才察觉到自己还拿着石头。我打开车窗，怒气冲冲地将石头掷向一块荒地。

我待在车内听收音机，以抚平情绪。不该让马西亚斯医师注意到我情绪激动的样子。不，不应该。

下车时，我瞄了一眼卡式录音机时钟显示的时间：六点十七分，正好是格雷戈里奥自杀的时间。我踏进私人诊所。一名女性患者正在候诊间等待。她的身材高大，穿着邋遢，头发染了颜色，看不出多大年纪，正在阅读一本杂志，注意力没放在我身上。

我在接待小姐的柜台前报上自己的姓名。她抬起眼睛，问有什么可以替我效劳的地方。

"我来见马西亚斯医师。"

"您有预约吗？"

"有。"我果断地答复她。

"我不记得替您登记过时间。"她用一种无人称的冷漠语调说。

"我是直接和医师本人约好时间的。"我肯定地说。

她要我再说一次我的名字。接着她取出一本记事本，翻到当日页面，摇摇头。

"医师整个下午都排满了，我不认为他能够接待你。"

"可是……"

接待小姐打断我的话，态度非常目中无人。

"您想要的话，我可以替您安排下周三的时间。五点钟您方便吗？"

我弯下身子靠向她，面对面地看着她。

"不，小姐，我不方便。"

"可是医师……"

　　我用右手食指在她的手背上磨蹭了几下，温柔地抚摸她的手腕。她吓了一大跳。

　　"您去告诉马西亚斯医师我正在等他，我完全是应他的要求才跑这一趟的。"

　　接待小姐抿了抿嘴唇，故作镇定。

　　"等六点五十分的患者出来，我就去通知他。您也知道的，医师工作的时候不喜欢被人打断。这样您觉得好吗？"

　　"好。"

　　马西亚斯医师每名病患看诊时间为五十分钟，然后在病患和病患之间间隔十分钟。我瞄了一眼挂在墙上的时钟：六点二十七分。我在红发女子身旁坐下。她细长双手的肌肤光滑细腻，脸孔看起来饱经风霜，每吸一口薄荷烟，她嘴角的皱纹就更加明显。她的实际年龄大概比外表来得年轻许多吧。

　　诊所内提供的杂志没有任何一本激起我阅读的兴趣，我为了打发时间，开始想象红发女子裸体做爱的画面。她的皱纹很有可能不是因为抽烟的习惯，而是夜复一夜替她老公口交的缘故——要是她有老公的话。女子瘦得皮包骨，但小腹微凸。她的肚皮八成是光溜溜的，没几根毛，上头长了痣，还带有几条妊娠纹。她的双腿看起来并不结实，但乳房倒很饱满，挺出一个九十度的直角，乳头激凸，格外明显。她驼背读着杂志，但颈子仍有一股傲气，虽然不是一个会让人有欲望亲吻的颈子。

　　我偷瞄了一眼她正在读的文章。文章内容叙述大洋洲有个地方风力之强劲，雨水永远、永远也不会落到地面上。女子觉得很不自在，换了个姿势，我也没得读了，只好回头继续想象她裸体的模样。

　　我对她上下打量、消遣解闷，也玩够了。时间飞快流逝。六点五十分整的时候，一名略比我年轻的胖青年走出诊间。他笑容满面，签了一张支票，交给接待小姐。他一副开心得很蠢的模样，发出一声洪亮的"请容我先行告辞"，便离开了。瘦巴巴的女子站起身，抚平衣服的褶皱。"请稍等一下。"接待小姐对她说，然后进到诊间里头。过了一分钟之后，接待小姐从诊间出来，向瘦女子做了一个手势，请她再稍候一会儿，然后放我进去。

　　马西亚斯医师坐在办公桌后，正在检阅几份病历，等候我大驾光临。他没有转过身来看我，用手指示我坐下。我依旧站着不动。马西亚斯医师结束手上的工作，冲着我劈头就说。

　　"我们约好昨天六点见面，不是吗？"

　　"我想是的。"我回答他。

　　"所以呢？"

　　"我当时有别的事得处理。"

　　"所以你以为现在可以跑来这里，一点礼貌也没有，骚扰我的秘书，还强迫我其他的患者在一旁空等吗？"

“打扰。”我小声地说。

马西亚斯医师超爱使用一些字眼，比方说"骚扰"就是其中之一，即使他完全意识不到这些字是什么意思。他之所以把这些字眼挂在嘴上，是因为他觉得听起来很冷酷。

“你说什么？”

“没什么。”

他一连"啧"了好几声，对我的行为表示不赞同。

“如果您要我走，我这会儿就离开。”我提议。

他看着手表，然后在心中估算了一番。

“不，你等等，我还有五分钟的时间。我要告诉你的事情，不会超过五分钟的。”

他请我坐好，接着从抽屉取出一只信封，绕到办公桌的另外一头，在我身旁的椅子上坐了下来。

“你知道这是什么东西，没错吧？”他说，然后把信封扔到桌上。

我拿起信封并打开它，里头装着三只风干的蟋蟀和一张字条：

你知道死老鼠闻起来像什么吗？

不难推测出这句话是出自格雷戈里奥之手。他饱具侵略性的笔迹再一次突显而出。信封上头一片空白。

"星期五傍晚寄到我这儿的。"马西亚斯医师澄清,"有人把它塞到我家的信箱里头。"

我将信封和字条摆到桌上,并刻意脱下夹克。马西亚斯医师的视线立刻移转到我的疤痕上。

"我不知道这是什么。"我向他说。

"你要和我玩,是吧?曼努埃尔?"他以自视甚高的口气质疑我。

"玩什么?"

马西亚斯医师站起身,用冷酷的目光上下打量我。

"你有很严重的问题,你知道吗?"

我点点头。

"我们每个人都有。"我补上一句。

"不,年轻人,不是每个人都有……是你有问题,你想或不想解决,我都没有兴趣,但我要请你无条件帮我个忙,我再说一次,无条件,就是你以后不要再来打扰我了,你懂我的意思吗?"

"我不……"

马西亚斯医师双手撑在椅背上,正面瞪着我。

"你别装傻了。你是唯一和我提过蠼螋的人,除了你以外,没有别人。"

和他争辩是没有用的。这时向他提及哈辛多·安纳亚的名字,或是和他说明清楚自己收到了什么信件,也完全没有意义。

"好吧。"我对他说，"你要告诉我的，就这些吗？"

"嗯。"他坐回办公桌后方的扶手椅上。

"可以麻烦你告诉我的秘书路易莎，请伦特里亚女士进来吗？"

"好。"

马西亚斯医师的双眼回到病历本上，连和我道别的意思也没有。

他的态度令我很不爽。

"医师。"我叫他。

"怎么了？"

"死老鼠闻起来像什么，您知道还是不知道？"

马西亚斯医师低下头，目光穿过眼镜上方的空隙，瞪了我一眼。

"你又想要打扰我了吗？"

"不是。"

他一手扶在下巴上，咬紧牙关。

"得精神病发疯比死亡还恐怖。"他肯定地说，声音听来慢条斯理的。

"这我知道。"

"不，你不知道。"

"就像是落地前就止住的雨水，不是吗？"

"不。"他怒气冲冲地回答，"你现在滚吧。"

我拿起夹克，走出诊间。没有叫伦特里亚女士一声的必要，她早已焦虑地躲在门后等待着。我们眼神交会。她水汪汪的眼珠子给我的印象是她即将被狠狠击垮，任凭自己听天由命，而马西亚斯医师根本无力避免。我让路给她，待她进去后，我将门带上。

我朝着接待小姐走过去。

"您需要什么？"她满怀敌意地问。

"马西亚斯医师要我向您调阅一位患者的个人资料。患者名叫哈辛多·安纳亚。"

"患者的个人资料是机密。"

"医师授权我了。"

"可是……"

"您想要我们去打断看诊吗？"我问，指着诊间的方向。

接待小姐迟疑地看了我一眼，在计算机键盘上敲打几下，然后将屏幕转到一边，以防被我看见。她将哈辛多·安纳亚的电话号码抄在一张卡片上，接着将卡片递我。

"地址是什么？"

"我不能给您那个资料。"她解释说，"如果您坚持非要到不可的话，我就得打断医师看诊了。"

电话号码对我来说已经够了。

"谢谢。"我说，并对她亲切地微笑，离开诊所。

× × × × ×

"你知道死老鼠闻起来像什么吗?"这个句子出自我和格雷戈里奥高中时期发明的一个文字游戏,有些愚蠢——

"你知道女人双腿间的玩意儿闻起来像什么吗?"

"嗯。"

"闻起来真的像鱼肉吗?"

"才怪!"

"不然呢?"

"闻起来像老鼠。"

"活老鼠?"

"不对,像死掉的老鼠。"

"那死老鼠闻起来像什么?"

"像女人双腿间的玩意儿!"

这个文字游戏的由来,是班上一位名叫伊尔玛、大家昵称为妞妞的女同学,有次穿了一条非常短的裙子到学校来。她翘脚时春光外泄,印有米老鼠图案的内裤一闪而过。

随着时间流逝，这句玩笑话最后成了一个暗语。"你知道死老鼠闻起来像什么吗？"的意思是：昨天晚上我上了一个马子。一种暗示发生性行为的方式。

我怀疑马西亚斯医师知悉这句暗语的意思。这句话太私密了，只属于我们俩。我不明白为什么格雷戈里奥会寄信给他，但我感到一股挡也挡不住的妒意袭来。

我推测，格雷戈里奥在他疯狂而又准确的三角推断中，通过寄信给马西亚斯医师，让我知道他最终还是成功地干了塔尼娅，在她体内注入精液，那三只蟑螂所象征的正是他的精液。

你知道死老鼠闻起来像什么吗？随着时间过得越久，我越是激动不安。我一度想要相信格雷戈里奥是要嘲弄他的精神病医生，或是已经和医生的女儿、妻子、情妇睡过了。不过，他用如此难以捉摸的手法让医师知道，又是怎么一回事？不，马西亚斯医师的确不该收到像这样的信。这信简直愚蠢过头了。

格雷戈里奥能够透过第三者将他的魔掌伸到我身上，我光这么想想就战栗不已。很快他就会将我逼入绝境，再次将我逼入深渊边缘。虽然马西亚斯医师是个大白痴，但他可没说错。的确，得精神病发疯比死亡还恐怖。

我气炸了，动身前往塔尼娅家，准备大吵一架，用低俗的字眼辱骂她，好好羞辱她一顿。我才不管她会作何解释。此刻我心意已决，永远也不会原谅她。我按了门铃，对讲机里传出塔尼娅的姐姐劳拉尖锐的嗓音。

"请问您是谁？"

"是我，曼努埃尔。"

"塔尼娅不在家。"她以锐利的口气说。

"她去哪里了？"

"不知道，她老早就出门了。"

对讲机内顿时一阵沉默。一时之间，我不知道劳拉是否还在线上。这该死的设备，真令我抓狂。

"劳拉？"

"什么？"

"她几点会回来？"

"我真的不知道……嗯，先这样吧，我正在忙。"

"劳拉！"我大喊，不放她走。

"怎么了？"

"我带了些东西来给塔尼娅，你可以替我开门吗？不然我怎么拿给你。"

"你过一会儿再回来。"

"行不通。"

"好吧，我这就过去。"

劳拉让我等了好长一段时间，才终于开了门。她穿了一条卡其色的热裤、一件长版上衣和一双运动鞋。

"你要拿什么东西给我？"

我将手臂举得高高的，仿佛有个物品从我怀中凭空消失了。劳拉用厌恶的表情瞪了我一眼。

"别搞笑了，曼努埃尔，我没时间陪你胡闹。"她说，将门关上一半。

我用前臂将门挡住。

"我可以进去等塔尼娅吗？"

"不行，我正在忙。之后再过来吧，再见。"她试着将门关上，但我手肘一顶阻止了她。

"不，我觉得还是等她回来比较好。"

"我一个人在家，没那个闲功夫招呼你。"劳拉心情很糟，对我恶言相向。她不管做什么事情，心情似乎总是很糟。

"我不用你招呼我。"我对劳拉说，然后进入门内。她用力将门摔上。我走到客厅，在一张扶手椅里坐了下来。她双手叉腰，站在原地看着我。

"你很冲，你知道吗？"

她穿热裤很可爱。要我亲口承认还真是不容易，但她的一双玉腿比塔尼娅的还美。

"怎么说？"

"我请你不要进门了。"

她的话带着不妥协的语气。

"我只是想等塔尼娅而已。"

"但是我已经请你不要进门了。"劳拉重复说了一次,这会儿心情已经不糟了。

她看起来伤透了心,仿佛我刚刚狠狠羞辱了她一顿。

"你怎么了?"我被搞糊涂了,问她。

"没事,但我不喜欢你把我家当成你家厨房一样,想进来就进来。"

"你要我走的话,我这就离开。"

她摇摇头拒绝,在扶手椅椅背上坐下来。

"继续做你原本在做的事情吧。"我向她提议,但她没回答我,只是盯着茶几上的烟灰缸瞧。

劳拉是个宅女,很黏她的父母。她受不了塔尼娅的个性,她保护自己不被塔尼娅伤害的方式,就是用尖酸刻薄的字眼数落塔尼娅的不是。她尤其爱指责塔尼娅和前男友最好的兄弟有一腿。

另外还有一个理由:格雷戈里奥向塔尼娅求爱以前,就先追求过劳拉了,但他后来认为劳拉是个乏味无趣的女孩。劳拉将他们之间的恋情视为一场私密而又疼痛的败仗,不仅是因为她对格雷戈里奥有意思,也是因为她妹妹又再一次比过她了。

有一回,塔尼娅正在料理晚餐时,我到二楼去找本书。回程经过走廊时,劳拉突然从浴室冲出来,全身光溜溜的,连一条遮蔽身

体的毛巾也没有。我们面面相觑。她没有放声大叫，也不觉得大惊
小怪地急忙遮掩身体。她闭着嘴，一动也不动。我的视线下移，注
视她的身体，她波涛汹涌的乳房、窄小的臀部以及卷曲的栗子色阴
毛。劳拉维持着静止的姿态，双眼追着我的两颗眼珠子跑。我们就
这样过了四五十秒，我才决定让路给她通过。劳拉从我面前穿过，
动作慢吞吞的。我凝视着她的背影，看着她一路走到她的房间。我
们从来没有开口提过这个插曲，表现得像什么事也没发生过一般。
我确信劳拉一定将这短短五十秒视为一场胜利了。她让我感到兴
奋，某种程度上说，她已经战胜她妹妹了。经过那次遭遇后，劳拉
对我稍微不那么严厉了，就只有稍微一点点而已。

"你想喝点什么吗？"她突如其来地问。

"不了，谢谢。"我对她说，"说真的，如果你有事要忙，就
去吧。"

劳拉点点头，站起身走上楼梯。我跑到她父亲的书房找书，但
只找到法律条约的工具书、畅销书和《读者文摘》浓缩过的小说。
我在书桌上发现一本杂志，把它带到客厅翻阅。

我无法专心阅读，我一会儿怒气冲冲，一会儿紧张兮兮。塔尼
娅随时可能现身，虽然我已经在心中准备好一番说词，但最可能发
生的情况，就是见到塔尼娅时我不知道该和她说些什么。

我到厨房替自己倒了一杯水，想让自己的情绪镇静下来。经过

楼梯口时，我听见楼上传来阵阵啜泣声。我偷偷摸摸地上了楼，在最后一层台阶上坐着聆听。劳拉正和一名女性友人通电话。她的语气悲伤，向友人述说她交往中的男孩是如何叫她闪到一边去死的。劳拉不明白男孩为什么会这么做。

每个男人走到最后都会抛弃劳拉。可能是因为劳拉情绪不佳，没有个性。或者，也许是因为劳拉在无意识中迫使男孩们抛弃她。她只交过一个男朋友，恋情三个月就告吹了。对方是一个个性乖戾的吹牛大王，用残忍的手法狠狠地虐待了劳拉一顿。"她活该，谁叫她那么白痴，又自以为是。"塔尼娅下了此番评语。我不同意她的说法。劳拉是个胆怯、缺乏安全感的女人，不是坏人。

劳拉在电话中不断重复"为什么？为什么？"听起来饱受折磨。她的朋友大概会说"男人全都一个样""没关系，天涯何处无芳草"，或其他诸如此类的蠢话来试着鼓励她，劳拉非但没有冷静下来，反而啜泣得更厉害了。

十五分钟后，劳拉挂上电话。我听见她擤鼻涕，活像个小女孩似的。我心中某股父性的冲动突然觉醒，便走到她的房间去安慰她。

房门一半开着。劳拉倒卧在床铺上，一头乱发，打着赤脚，两只脚丫子叠在一起，左手拿了一盒舒洁面纸，呜呜咽咽，有一阵没一阵地抽搐。劳拉和诊所那个瘦皮猴女子一样，注定会低头，注定会自我毁灭。此刻，我顿时理解为什么每个男人都会与她断绝往来。我转身离开，回到客厅。

一个小时后，塔尼娅的父母到家了。他们很惊讶我怎么会在家里。

"塔尼娅和我们说她要跟你去看电影。"她的母亲解释道。

"是啊，但我那时候有一份大学的作业得先完成，所以我们约九点钟在这里碰头。"我撒谎。

劳拉穿着热裤，下楼来到客厅。她父亲训斥她的穿着。

"去给我换衣服。"劳拉的父亲命令她。

"我已经长大了，知道自己要穿什么。"劳拉顶嘴。

"才怪，只要你住在这个家里，就给我乖乖听话。"

劳拉的母亲替她说情，而劳拉自顾自地离开了。她父亲突然刻意装出观念保守的姿态。我敢说，他才不鸟什么保守不保守，但这态度可以令他们家大女儿乖乖听话，以此弥补塔尼娅的不孝和叛逆。劳拉的父亲坐下来与我话家常。我其实宁可他放我独自一人，并不是因为我觉得他有些无趣，恰巧相反，他挺诙谐的，但我实在不是很有兴趣听他大谈仲裁和调解程序上的舞弊细节。他在这方面可是高手。幸好他接了一通电话，我才逃过一劫。

稍晚，劳拉的母亲邀我共进晚餐。我接受邀约，与她和劳拉一起在饭桌旁就座。对塔尼娅一家子而言，晚餐必须是粗茶淡饭。她们替我在一个盘子里盛了两匙炖煮蔬菜，以及一片薄薄的烤鲷鱼排。我不知道她们母女俩之中怎么会没人得厌食症。

塔尼娅的父母并不将我视为他们家女儿的理想男友，虽然他们当然喜欢我更甚于格雷戈里奥。他们之所以容忍我，是因为他们认为塔尼娅是个麻烦精，而就某种程度上来说，我多少令她安分些。"这女孩需要用铁腕对付才行。"她父亲有次这么说。但他从来没有对塔尼娅使出铁腕政策，并不是他不想，而是塔尼娅从小时候开始，就知道怎么样骑到她父亲头上。面对父亲的怒吼，她总是平心静气、不为所动，无论怎么责备她也都无济于事，塔尼娅只会不把父亲放在眼里，然后拍拍屁股闪人。劳拉就不一样了，她在父亲面前总是低三下四，忍受父亲专横的滥权。

塔尼娅迟迟未到。十一点半时，我决定告辞。我们给她好几个女性友人打了电话，但没人有她的消息。离开前，她母亲牵住我的手。"帮帮她。"她一面说，一面将我的手紧紧握住，"帮帮她，拜托你了。"

我到家时，我爸爸正等着我。

"你为什么擅自把你妈妈的车开走了？"他盘问我。

"我突然有急事。"

"所以你才没有知会她一声？"

我耸耸肩。

"你妈妈和朋友有个聚会，但她没办法出门。"

"抱歉。"我咕哝着说。

"你该道歉的对象是她才对，她非常火大。"

"我明天会跟她谈谈。"我对他说。

爸爸摇摇头，走回他的卧室。我进到自己的房间，坐在地板上。少了塔尼娅的空缺感再次打击着我。我原本准备好的说辞、粗话，以及大发醋劲的场景全哽住了。我打电话给玛加丽塔，心中冀望塔尼娅会再次连人带车，在玛加丽塔家门口逗留。

"嘿！一切都好吗？"电话接通时，我如此问候玛加丽塔。

"你是谁？"她昏昏欲睡地问。

"曼努埃尔。"

她沉默不语了一会儿。

"我现在不能和你说话。"她说。

"为什么？"

"我家现在闹翻了，吵得很凶。"

"发生什么事了？"

"我不晓得华金怎么会知道我们的事，但他知道了。"

"他怎么会知道？"

"我不清楚。"

"那你怎么跟他说？"

"我跟他说这不是真的。"

"你爸妈知道吗？"

"嗯哼。"

"所以呢？"

"我爸气得火冒三丈，华金也是。他们说，你都搞上格雷戈里奥的女朋友了，难道还不够吗？"

"你向他们全盘否认。"

"我已经向他们保证过一百次我们之间没什么，但他们就是不相信我。"

"我觉得……"

她突然打断我的话。

"有人来了，再见。"她说，然后挂断电话。

我们之间的事是不会有人知道的。我们行事小心谨慎。我怀疑是哈辛多·安纳亚告的密。不过，他又怎么会知道呢？我拿出抄有哈辛多电话号码的卡片，慢吞吞地拨号，试着不要按错键。电话响了四回，第五回转接到答录机。"我现在不在家，请在'哔'声后，留下你的信息、名字，以及联络方式。"一个粗糙的男性嗓音如此命令。我将话筒挂上。

半个钟头以后，我重新打了一次电话。答录机的声音响起，我再次挂上电话。我接连打了又挂、挂了再打，一直重复到清晨两点钟，觉得受够了，才留了言：

哈辛多·安纳亚，我是曼努埃尔·阿吉莱拉，你这么有男子气概，就亲自带信来我家当面交给我啊，你他妈的王八蛋，还是你怕啦？你有话要跟我说，就当面告诉我。我的电话是6350019。

我满肚子火，用力将话筒摔上。我精疲力尽，没脱衣服，也没关灯，便睡着了。清晨四点钟，电话铃声大作，吓了我一大跳。

"喂？"

"塔尼娅还没有回家。"劳拉在电话另一头说。

我很讶异她居然会打电话来通知我。

"我妈整晚哭个不停。"她接着说。

"你爸妈完全想不出来塔尼娅可能会在哪里吗？"我问她。

"你都没头绪了，更别说我们了。"劳拉深吸一口气，接着说下去，"我不知道你怎么能够跟塔尼娅交往，她真是一个不折不扣的婊子。"

我很意外劳拉居然如此粗鲁。她平常可不是这样说话的。

"她不是婊子。"

"你别替她说话。搞不好她现在正和别的男人搞在一起，还将你蒙在鼓里，你觉得呢？"

"搞不好你之前交往的那个帅哥才和别的女人搞在一起。"

"这不关你的事。"她严厉斥责我。

"有可能啊，你不觉得吗？"

"白痴。"她大吼一声，挂断电话。

剩余的夜晚我无法入眠，感觉自己走投无路、茫然失措、颜面尽失、醋意满盈。要是劳拉的假设是千真万确的呢？塔尼娅到底在搞什么鬼？塔尼娅操他妈的到底跑哪去了？

老爸老妈正在睡觉。我是不可能到他们房里去找妈妈的安眠药的。我有史以来第一次如此渴望那该死的药片，渴望把整瓶安眠药都吞下肚，然后整整倒上一个星期。

曙光乍现。我全身上下裹着棉被，窝在床铺里，倾听全新一天的声响。我听见爸爸蹑手蹑脚地出门、哥哥的闹钟声、妈妈走下楼梯、女佣在庭院扫地、果汁机的隆隆巨响、一辆校车来接对面人家的一对双胞胎小妹妹，引擎发出的噪音。全新的一天。

十点钟，我决定起床，打开窗户。空气暖和，天空清澈。我下楼去吃早餐。妈妈在小餐桌边，正忙着将一些蔬菜切丁。她斜眼瞪了我一眼。

"你不打算上学，是吗？"她质问我。

"待会。"我回答。

她摆出不悦的表情，继续忙她的活儿。我进大学时，做了一份精神测验，一份纸本问卷，上头只能回答"是／否／不知道"。其中一个问题是："你和你母亲处得好吗？"我花了十五分钟才选了答案。我没有信心，划了"是"的选项，而正确答案其实应该是"不知道"。

我替自己弄了些火腿煎蛋，坐在妈妈对面吃。彼此没有交谈，各忙各的。我也没有替自己开走她车子这件事向她道歉。

我回到房间试着睡觉。天气炎热，我脱光衣服，将电话线拔掉，在床上侧趴下来，闭上双眼。正当我要进入梦乡时，感觉有一只蠼螋在我背上爬来爬去。我在床垫上打滚，试图将它碾死，然后坐起身来，想把它从身上抖掉。我将床单全拆了下来，巨细靡遗地检查了床铺。又一次，什么东西也没有。

尽管天气很热，我还是穿上蓝色法兰绒睡衣，棉被盖得紧紧的。我想如此一来，我的防护措施才算比较完善。我终于成功睡了两三个小时，一直睡到一阵敲门声吵醒我为止。

"谁？"我问。

"有人打电话给你。"老妈生气地说，说完便走掉了。

我拿起话筒。

"喂？"

"曼努埃尔？"

"嗯。"

"你知道我是谁吗？"

"不知道。"

"哈辛多·安纳亚。"

我慌了，有好几秒钟发不出声音。

"你要什么?"我问他。

"你呢?你要什么?"

"我要你他妈的不要再胡搞了。"

"我根本连你是谁都不知道,好吗?"他以嘲弄的口气说。

我们陷入沉默。哈辛多的嗓音比答录机上头的声音来得更加低沉、更有男子气概,和他矮胖的身材,以及他娇滴滴的笔迹对不上号。

"你不认识我的话,就不要再写信和留智障的小信息给我了。"我怒吼。

"我们必须谈谈,你不觉得吗?"他突如其来地说。

"如果你不会害怕的话。"我对他说。

"五点钟,我在动物园的美洲豹区等你。我猜你应该知道在哪里,没错吧?"他语带讽刺地说。

"嗯。"

哈辛多没再多说什么,便将电话挂断。我觉得他恰好和我约在美洲豹区,是在和我宣战。他摆明要让我知道,他对我的底细掌握得一清二楚,已超乎我的想象。我试着回拨电话,打算好好问候他老母一番,但他的电话先是忙线中,接着转接答录机。

×××××

下午三点钟，我洗澡、着装，从抽屉里取出卡马里尼亚先生送我的手枪。我不清楚哈辛多·安纳亚到底是何方神圣。他要么是个危险的疯子，不然就是一个大白痴，加入到错误的游戏里头。

我套上一件羊毛毛衣。天气热成这样，穿毛衣还真是荒谬，但这毛衣够宽大，可以遮住我腰际上隆起的手枪。

我不能身上带把手枪，还大摇大摆地搭出租车或大众运输工具在城内四处闲晃。我需要妈妈的车子。我找寻钥匙，想把车子开走，但钥匙被她藏起来了。我只好开口向她借车，自然是吃了闭门羹。我推托说学校那边有急事，但再次被她拒绝。

"我真的需要用车。"我苦苦哀求。

"我也是。"

"没我来得需要。"

"你又知道了？"老妈很不悦地说，起身关上她房间的门。

我记得爸爸在洗衣间隐密的一角藏了备份钥匙。我搜索过每一个角落、每一道墙缝，但就是没找到。爸爸向我解释过，要是有紧急事件的话，他都把钥匙藏在什么地方，但我从没专心听他说过。

我投降了，走到马路上去等出租车。半个小时后我招到一辆。

出租车内热得要死，但我不敢脱下毛衣。我打开车窗，头靠在椅背上。出租车在车阵中实在前进得太慢了。我被热得头都晕了，闭上双眼，脑海浮现出蕾韦卡白皙的身躯，只有她的身躯而已，她做完爱后湿答答、直挺挺的身子，没有脸孔，一丝不挂。我睁开双眼，车辆缓慢移动，驾驶员们全都烦闷地注视着前方。一个女人正在责骂一个小朋友，一个货柜车司机用手帕擦拭着汗水，而一个白皙的身躯，一个我永远也不会再爱抚、不会再亲吻、不会再闻的身躯，渐渐从我的记忆中消逝。我想念蕾韦卡，想念她白皙的身躯和她静默的高潮。我想念她的宁、她的静。她的静。

我确认腰间的手枪安然无恙，再次闭上双眼，睡着了。

几乎过了一个钟头，我们才抵达动物园。司机一句"年轻人，我们到啰"把我唤醒。我挺直身子。出租车计价器跳到四十二比索，我拿了一张五十元的钞票——我皮夹里唯一一张钞票——付钱。出租车司机用五十分的铜板找钱给我。

我向一名少年询问现在几点钟。还差十分钟就五点了，时间匆匆流逝。我站在动物园门口。行人心不在焉地游荡，几个流动摊贩大声叫卖，一对情侣正在热吻。我咽了咽口水，踏进动物园。

我果断地走向美洲豹区，半路上，我觉得自己的左手边少了个什么东西。我停下脚步，转身一看。赭色毛发郊狼的笼子里空荡荡的。我走过去。笼内什么也没有，除了一个角落里堆了一把干掉的粪便，以及一匹被啃得精光的马骨骸。我问一名工作人员郊狼出了什么事。

"死了。"他回答。

"死因是什么？"

"谁晓得？您也看到了，一堆小孩子很坏，尽丢些有的没的垃圾给它们吃。您看，有一天河马死了，把它剖开时，在它的胃里找到一只棒球手套；在一头野猪体内找到小朋友的奶瓶……"

我的目光回到笼子里，回想起热情活泼的郊狼兜着圈子的画面。

"你们应该更注意一点才是……"

"会的，我们尽量。"工作人员官腔官调，废话连篇。

"你们尽量个屁啦。"我说着闪人。

我来到猫科动物区，放慢脚步，缓缓靠近，试着在哈辛多·安纳亚发现我之前先找出他的位置。我抵达美洲豹的兽栏，什么人也没遇上。一如往常，两只美洲豹懒洋洋的，一动也不动，不时扭动尾巴。

我走到几米外，在一棵大树树荫下的长凳上坐了下来。一共有两条小径通到美洲豹这一区，任何人来到这儿，都难逃我的法眼。

时间过了几分钟，一名身穿灰色制服的妇人在我身后扫起地来。我闪到一边，免得被她弄得全身灰尘，另寻他处埋伏。突然间，我远远望见塔尼娅沿着其中一条小径走过来。我躲到树干后头，她在兽栏前停下脚步，左顾右盼，接着从包包中拿出一支香烟，点燃并开始欣赏美洲豹。

我观察了塔尼娅一阵子。她心事重重地抽着烟，我注意到一些先前从未见她做过的小动作。她吐烟的方式、咬指甲的样子，和她对着太阳抬起下巴的模样。我觉得她像是陌生人，不知道是什么来头，很有距离感。我感觉很不舒服，胃部瘙痒，按耐不住性子，朝她走了过去。

"你在这里做什么？"我问塔尼娅。

她转过身，惊讶地看了我一眼，然后马上把香烟扔掉（她知道我奶奶肺气肿过世，答应过我永远也不会在我面前抽烟）。

"你在这儿做什么？"她慌张地质问我。

"我来找你。"

"你怎么知道我会过来？"

"你每次闹失踪，我都来这里找你。"

"你很懂我。"她说，表情似笑非笑，神色紧张。

塔尼娅抿着嘴唇，长叹一口气。

"我很想你。"她说。

我摇摇头。

"骗人。"

"为什么不相信我？"

"如果你真的想念我，早就过来给我一个吻了。"

"你吓到我了。"她说。

塔尼娅抱住我，亲吻我的嘴。

"你在等什么人吗？"我问。

"不等谁，怎么这样问？"

"因为我是在等人。"

"新的女朋友吗？"她开玩笑说。

"不，等一个男性朋友。你八成也认识他吧，哈辛多·安纳亚。"

塔尼娅一听见哈辛多的名字，视线立刻飘向正打着瞌睡的雄性美洲豹身上。

"它们真美，你说是吧？"

"我觉得很无聊。"

"为什么？"

"它们根本不会动，有什么好玩的？"

塔尼娅拨开落在脸庞上的头发，微微笑了一下。她的小动作就属这个最令我开心，她自己也清楚。这是她勾引我，舒缓紧绷气氛的招数。

"我最佩服它们的就是这点，成天静止不动，但要它们大开杀戒，一秒钟就绰绰有余了。"

塔尼娅转向兽栏，指着雄性美洲豹。

"你看看它们。它们真是地表上最美丽的动物呀。"

　　我环顾四周，确认哈辛多·安纳亚尚未现身。我抓住塔尼娅的手臂，一把将她拉了过来。她当下以为我这个举动是要亲吻她，嘴唇嘟了起来，但我闪过去。

　　"你怎么了？"她质问我。

　　"你怎么会认识哈辛多·安纳亚？"我问她，紧紧揪住她的手臂。

　　"我不知道他是谁。"她回答，试着挣脱。

　　"你别装傻了！"我对她大吼，抓得更用力。

　　正在扫地的妇人抛下手边的工作，停下脚步，观察我们。

　　"你不要再胡闹了，丢人现眼。"塔尼娅警告我。

　　我放开她。塔尼娅揉揉手臂，在包里翻了翻，取出另外一支香烟，点了火。

　　"它们真是最美丽的动物。"她重复说了一次，望向兽栏内。

　　"你怎么认识他的？"我坚持问个水落石出。

　　塔尼娅吸了长长的一口，歪着头吐出烟。她这个小动作对我来说也很陌生。

　　"我已经跟你说了，我不知道他是谁。"她恼怒地回答。

　　我俩闭上嘴。塔尼娅额头靠在兽栏的铁丝网上，秀发在阳光的照射下发出耀眼的光芒。

　　"你昨晚跑去哪里了？"

　　她转过头来瞪了我一眼，表情很厌烦。

"我在克劳汀娜·隆杰加的家。"

"骗人，你才不在她家。"我驳斥她。

"我当然在她那里。"

"劳拉打了电话给克劳汀娜，她说不知道你人在哪里。"

塔尼娅作了个讽刺的微笑。

"我姐说的蠢话你可不要全信了。"

"你姐打电话时，我和她在一起。"

塔尼娅再次摆出厌烦的表情。

"够了！妈的！不要再找我麻烦了。"她说，将香烟凑到嘴上。我一巴掌将她唇上的香烟打掉。香烟飞了出去，掉落到隔开兽栏与铁丝网的水道中。

"我不喜欢你抽烟！"我放声怒吼。

塔尼娅饱受委屈地看了我一眼，两只眼睛泪汪汪的。

"为什么？"她问，然后低下头，"为什么你什么事情都想知道？"

她用左手捂住脸，静静地哭了起来。我抓住她的肩膀，将她朝我的身上拉过来。

"回答我这个问题就好，除此之外我别无所求。最近这几个月以来，你和格雷戈里奥上过几次床？"

"一次也没有。"塔尼娅小声地说。

"别骗人了，操你妈的！"

塔尼娅举起双手，抵住我的胸膛，将我向后推。

"一次也没有。"她重复道。

她擦干泪水，咬紧牙关，转身打算离开。我一个小跃步，拦在塔尼娅的路中间。

"你他妈的看着我的眼睛，看着我！然后这辈子你第一次跟我说实话吧，算我求你了，拜托。"

塔尼娅"啧"了一声，摇摇头。

"格雷戈里奥已经不重要了。"

"跟我说实话。"

她盯着我的双眼，抬起下巴，一副挑衅的模样。

"你不配知道实话。"

"啊？我不配吗？"

"不配。"

塔尼娅再次企图离开，但我挡住她的去路。这会儿她已停止哭泣了。

"跟我说实话。"

"我跟他上了差不多五次床，比你和玛加丽塔睡过的次数还少。"塔尼娅从实招来。

她口中披露的真相气得我火冒三丈。

"我从来没有和玛加丽塔睡过。"我坚称，"而你倒是真的和格雷戈里奥睡了，该死的臭婊子。"

"现在轮到你撒谎啦？"她用讥讽的口气问。

"我说的不是谎话，操你妈的！"

塔尼娅挑了挑眉，视线直直盯着我不放。

"屁话说得够多了，你说不是吗？"

我开始感觉自己逐渐失去控制，用力拉扯塔尼娅的上衣。

"天杀的婊子！臭婊子！"我暴跳如雷，对她大吼。

塔尼娅向前踏出一步，用手背在我下巴上赏了一个耳光。

"我们扯平了，王八蛋。"

我掏出手枪。塔尼娅吓得向后退了好几步。

"你干什么？"

"你这个婊子。"我气得发飙，大声叫骂。

我对空鸣了一枪。刚才正在扫地的女人扑倒在地上，用双臂挡着自己护身。塔尼娅惊慌地看了我一眼。

"你干什么？"她害怕地又问了一次。

我想控制住自己，想把手枪扔到树林里，然后控制住自己的行为，但就是办不到。我转向兽栏，开始朝雄性美洲豹开火。第一发子弹击中它的后腿。美洲豹神速爬起身，开始绕起圈子。我摆正准星，第二发和第三发子弹打在它的胸膛上。美洲豹痛得放声咆哮，开始在地上打滚。我将剩余的弹药全往它身上射，但一发也没打中。

美洲豹的咆哮声震耳欲聋，一名警卫开始猛吹哨子。我和塔尼娅面面相觑。

"抱歉。"我咕哝着说。

哨音越来越近。我拔腿狂奔，一连跃过好几个矮树丛，全速跑向出口。一名警卫试图拦下我，被我击倒在地。我意识到自己永远也到不了大门口。我的左轮手枪还握在手上，翻过小火车游乐设施的轨道，爬上动物园外围的栅栏。我摔落到栅栏另外一侧，死命地跑啊、跑啊。路人见到我，立刻闪到一边去。我在逃亡路上发现一个裂开的下水道口，便将手枪扔了进去。我满身大汗，羊毛毛衣令我的颈子和后背刺得发痒。我每走一步路，汗就飙得更凶。

我一路闪躲着车辆，越过改革大道，接着穿过人类学博物馆的停车场，进到波兰科区。我跑过无数条街，一直跑到累了才停下来。我躲进一块荒地的围墙后面，一头倒在一个杂草丛生的小丘上。我被自己吓着了，后悔万分。我觉得警方不将我逮捕归案，是不会善罢甘休的，他们将会出动十几辆巡逻车搜索我的下落。

我脱下毛衣，后背和胸膛全因汗水湿成一片。毛衣的瘙痒感实在难以忍受，我的双腿抖个不停，呼吸困难。我一头将脸埋到草丛里，搞不懂自己为什么会干出这种事。我哭泣着，仿佛是为他人的哀痛而哭泣，一直哭到天黑。

××××××

　　我瘫在草地上，躺了四五个小时。我非常累，累到死，感觉时间不知不觉流逝，又好像其实连一分一秒都没过。我感觉光线昏暗、声音寂静。谎言，一切都是谎言。一个舞台布景。

　　一窝老鼠挨次从我面前穿过。共有三只大的和四只小的。几块板子搁在一旁，它们就从那边进进出出的。七条灰色的鬼魂。我想杀一只老鼠，将它开膛破肚，留它随着夜晚的暑气腐烂。死老鼠闻起来像什么？塔尼娅知道吗？塔尼娅、塔尼娅。我将随着今夜的暑气腐烂，美洲豹的伤口也会腐烂。女人双腿间的玩意儿闻起来像什么？闻起来像死老鼠吗？还是说闻起来有背叛的味道呢？或是闻起来像格雷戈里奥？还是像我？到底闻起来像他妈的什么鬼东西？

　　我左思右想，一动也不动，趴在地上看着老鼠，同时等着世界什么时候会转个一圈，然后我所搞砸的一切就会恢复原状了。我一动也不动，左思……右想，这时老鼠全紧张兮兮、提高警戒，偷偷从我面前溜了过去。

　　我终于成功爬起身，坐在小山丘上。老鼠全逃走了，我可以瞥见它们在巢穴中的身影，但却躲着不出来了。我作出决定，现在最好躲到803号房去。我走到马路上，虽然附近就有个地铁站，但我还是宁可搭出租车。我请司机载我到波塔雷斯区的比利牛斯街。我打开车窗，让风吹在我的脸上。我心里想起塔尼娅，不想要失去她，我太爱她了，该死，爱过头了。

出租车计价器依序跳了十五、二十五、三十比索。我将手伸入裤子口袋，掏出身上剩余的一把五十分钱铜板。司机在一个十字路口放慢速度，我趁机将铜板全往前座扔，然后沿着一条马路逆向逃跑。我听见出租车司机大爆粗口问候我老母。

我来到比利亚尔瓦汽车旅馆。潘乔正坐在办公室里一张小凳子上看电视。

"嘿！你好吗？"我对他说。

"嘿！近来可好？"他回答。

遇上潘乔顿时令我松了一口气。皮肤黝黑的员工生病了，卡马里尼亚先生要潘乔替黑皮肤男子代班。至少今晚汽车旅馆这儿有他在。我留下来看了一会儿电视。潘乔对于我们正收看的肥皂剧了若指掌，利用广告时间大略和我解释错综复杂的剧情。剧中有一名少女和一位有妇之夫，这名已婚男子疯狂迷恋着少女。少女天人交战，不知道该和他继续交往，还是与他就此了断，然后跑到一个滨海小镇生活。根据潘乔和我叙述的剧情，肥皂剧已经演了一百集了，少女还迟迟未做出决定，看来还会再拖个一百集。

肥皂剧演完时，电视上播出新闻快报，提到总统出巡、通过了促进外贸的新法令、几个偷车贼遭警方逮捕。没有任何一则新闻提及动物园的事件。

潘乔告诉我塔尼娅没有来比利亚尔瓦汽车旅馆这儿。"都没有客人上门。"他抱怨,"无聊死了。"他请我吃几个他妈妈替他准备的鸡肉玉米夹饼。(会不会等同于我的鸡肉三明治呢?)吃完后,潘乔看了时钟一眼,向我说声不好意思,然后出去将一堆床单放到洗衣机里。我很难过他离开了。

我走向客房。在走廊上碰到卷发少年。他热情地向我打声招呼,仿佛我们是多年老友般。他停下脚步和我聊天,在短短二十分钟内,向我说了他酒鬼老爸的故事、他姐姐和一个加拿大人的婚礼、他侄子优异的小学成绩,还有他曾祖父的生平小传。我多希望他继续说下去,直到天亮。我多希望他不要抛下我一个人,但一对情侣开着一辆白色大众捷达来到汽车旅馆,少年便退下向他们收钱去了。

房间里整理得一尘不染。床罩换了新的,仍嗅得到地板清洁剂的香味。欧塞维奥·鲁瓦尔卡瓦的小说依旧搁在床头柜上,翻开到我先前看到一半的那一页。

我光着身子,躺在新床罩上。我不知道未来会发生什么事情,自己是不是会与塔尼娅重逢,会不会再有哈辛多的消息,或是能不能摆脱格雷戈里奥以及他的毁灭备忘录。突然间,我觉得这所有的一切真是荒谬。信件、塔尼娅闹失踪、哈辛多故布疑阵、摊在阳光下的秘密、美洲豹身受重伤,还有我自己。

我拿起鲁瓦尔卡瓦的小说。我的一位女性友人奥拉莉亚教我一个方法，可以把任何一本书当作《易经》使用。方法是先提出一个问题，然后随机翻开书本，用毅然决然的态度阅读第三段的第五句话。对话、凑不到三个段落的页面，当然还有不满五句话的段落，则不算数。

"现在到底发生什么事了？"我问，快速地将书翻过，在第八十一页停下，句子写着："每个人都有一套自己的说辞。"我觉得这句话精确地概括了身边正发生的一切。单一一个故事，有太多的版本了，剪不断、理还乱。格雷戈里奥凶猛地说着他的版本，塔尼娅逃离自己的版本，玛加丽塔被自己的版本压得喘不过气，而我还在寻寻觅觅我的版本。

我的第二个问题是："之后会发生什么事情？"我随机翻中第十九页，句子写着："军人等待死亡，如同人们等待破晓。"这句话带给我非常不祥的预感：谁在等待死亡？我害怕了，阖上书本，将灯熄灭，但未能睡着。我害怕置身夜晚，害怕与青色水牛在漫漫长夜中的邂逅。

我走到房间外透透气，发现潘乔在办公室内的扶手椅上睡着了。我寻找卷发少年，打算和他说说话。我沿着客房围起的四边形走了一圈，试着找出他的下落，但没找到。我绕到接待处后头，进到客房后方通往洗衣间的走廊。我发现少年蹲在804号房的窗户下，透过窗帘上一个小缝偷窥开白色捷达的那对情侣。我发觉他正在自慰。别人私密的恩爱时光全成了成人秀。这王八蛋偷窥我们多少次了？我既同情他又觉得恶心，便回到房间去了。

我不敌疲劳，睁开双眼时已是上午十点钟。我穿上裤子，来到中庭。一如往常，潘乔心情不错，正在清洗其中一间车库的地板。我问他是否有买今天的报纸，随便任何一家都可以，想跟他借来看。他走回办公室，拿了《改革报》给我。我在地毯上坐下读报。头版一则专栏报道一名"精神失常人士"痛下毒手，美洲豹惨死丧命。城市版上关于案发经过的报道更加泛滥。撰写头条新闻的女记者劈头写下"查普尔特佩克动物园最崇高的动物之一，下午时间惨遭枪击，中弹穿心，一命呜呼"，接着叙述一名少女差点就遭一名"精神失常人士抢劫。男子无法得手，将怒气发泄在毫无招架之力的美洲豹身上，近距离朝它连开数枪"。数名目击者证实案发经过如上所言，当然，其中也包括在兽栏旁扫地的妇人。

兽医师的鉴定报告明确指出美洲豹的死因为右肺出血造成呼吸中断。"它被自己的鲜血害得缺氧窒息。"女记者如此作下结论。

其他的报道囊括各方对这起事件的看法。动物园女园长认为这起惨案"行为偏差，残忍无道。"一名国会议员全力主张"严惩不贷"，而一名在野党成员则断言"这起如此令人遗憾的事件，全出自于首府当局打击都会暴力成效不彰。"

我将报纸翻面。页面最上方有一张根据证人口述的犯人肖像画，画像和我的脸孔并不吻合。塔尼娅决定要个狡猾且天才的小手段，她描述的是格雷戈里奥的特征，而画师也画得惟妙惟肖，几近完美。我放声大笑，法警肯定将肖像画发布给所有干员了。我想象他们调查一名上星期已过世的嫌疑犯，追着线索，一路来到格雷戈里奥的骨灰坛前。

毋庸置疑，塔尼娅的手法可是大联盟水平。她女人味十足，我不能够失去她，尤其是现在，她在报纸上嘲弄格雷戈里奥，向我传递爱的证明。

× × × × ×

我去接待处打电话。我需要和家里联络，向家人报个平安。电话是哥哥接的，他警告说爸爸十分不爽，因为我没有回家睡觉。我向他胡扯大学临时要交出一份紧急作业，所以不得不到其中一个同学家里一起开会讨论。"你去跟老爸解释一下。"我请路易斯帮忙。我问他有没有我的电话留言。他告诉我，早上有一个高高胖胖的男子来家里找我。路易斯问他有什么能帮得上忙的地方，胖子交给他两封信，然后补上几句："你告诉曼努埃尔，我亲自带信来给他了，要他知道我不躲也不藏。你也顺便告诉他，他昨天下午干的好事还真是糟糕，糟糕透顶了。"路易斯将信搁在我的房间里。没其他事了，我们挂上电话。

胖子登门拜访，让我感觉自己毫无防备。看来哈辛多目击了动物园发生的事件，可以敲诈我一笔。他肯定偷窥塔尼娅和我，将一切都看在眼里，和卷发少年在汽车旅馆偷窥情侣一样。他们这两个下流的偷窥狂，两个都一样该死。

我打电话到查号台，试着查出哈辛多的电话号码所对应的地址，但总机小姐告诉我哈辛多的电话是私人号码，无法提供相关数据。

我拨电话到哈辛多家里去，被转接到答录机。"操你妈的！智障！"我对着话筒大吼，并挂上电话。接着我打电话到塔尼娅家中，看看她回家了没。她母亲哭哭啼啼的，向我证实塔尼娅还没回家。我有预感，她女儿一定出了什么严重的事。我试着安抚她妈妈的情绪，向她保证塔尼娅不用多久就会回家。她妈妈继续啜泣个不停，我还是和她道别为妙。

接待处的柜台上有一包辣味花生。我将整包花生偷走。我身上没有钱吃早餐，也没钱回家，后悔把全部的铜板都扔给那个出租车司机了。

我走回房间，坐在床铺上，吃起花生。十五分钟后，我听见一辆汽车停入车库。我将头伸出门外一探究竟，是一辆红色的雪佛兰。也许是哪对情侣糊里糊涂地把车停到我们的车库了。潘乔会搞定这场误会的。

我脱光衣物，窝进淋浴间。水花打在背上，令我放松不少。我想要保持冷静，好让自己的思绪清楚，免得干出像在动物园一样的蠢事。

我淋浴完毕，擦干身体，用毛巾包住自己。走出浴室时，我看到塔尼娅坐在床上直盯着我不放。她什么话也没说，起身走向我，并解开我毛巾上打的结，然后把毛巾从我身上脱掉。她向后退开一步，瞧了我的裸体一眼，然后牵起我的手，一把将我拉到床上去。

"抱我。"她说。

"不。"

塔尼娅朝我靠了过来，而我闪到一旁。她任凭自己跌在床垫上，然后躺着，伸出双臂。

"你不过来吗？"

我摇摇头。塔尼娅叹口气，转身背对我。

"我们得谈谈。"我和她说。

"没什么好谈的。"她咕哝着回答。

我在床铺的另外一头坐下。塔尼娅转过身，再次盯着我不放。

"我之前好想你。"她说。

她坐起身，开始解上衣的纽扣。

"你没有理由杀它。"她说。

"我当时并不想那么做。"

"它不停咆哮，好像发疯似的，接着静止不动，不断地咳血，直到再也动不了……"

她停了一会儿，咬下一片指甲，继续说下去。

"我想离开现场，但我无法不去看它……我没办法……之后来了一大群人，警察也到了。"

塔尼娅将上衣揉成一团，扔到椅子上。她脱掉胸罩，乳房悬在半空中。

"你可以想象如果有一天我发现身上长了肿瘤，然后必须把奶子摘除吗?"

"你别胡思乱想。"

她将双手放到乳房上，使劲地搓揉。

"你可以想象我的胸部空空如也，布满缝线吗?"

塔尼娅一旦打定主意，总知道该如何表现出残忍无情的一面。

"我无法想象。"我回答。

她松开乳房，在皮肤上留下了手指印子。她将身上其他衣服脱掉，钻进棉被里。

"过来。"她坚持。

我没回答，看了她一眼。

"拜托，过来……"

"我们得谈谈。"我重申。

"之后再说。"她求我。

我在她身旁躺下。她亲吻我，爱抚我的额头。

"我比你想的还爱你。"她说。

"我才不相信你。"

塔尼娅试着吻我的嘴。我紧紧抿住嘴唇，用食指抵住她的下巴，将她向后推。

"我办不到。"我告诉她。

她望着我的双眼。

"现在发生这种事，我也一样很难受。你干的事令我很受伤，还有我自己干的好事也一样。"

她又一次试着吻我，我也再度避开。

"我办不到，也不想。"我对她说。

塔尼娅用双手扶着我的脸，将我的脸凑到她自己的脸前。

"拜托抱我十分钟，我只有这个请求。之后你想的话，一脚踢死我、吐我口水、毒打我一顿，随你爱怎么样都行。但现在，抱我。"

我们用一股悲伤的劲道做了爱。翻云覆雨后，塔尼娅抽身而起，开始撒尿。尿液源源不绝、缓缓流泻而出。我感受到她温热浓密的尿液自我的腹部和大腿间流过。"黄金雨露。"塔尼娅喃喃说道。

我用力搂紧塔尼娅，渴望自己全身上下都是她，渴望她的尿液、汗水、唾液和爱液渗透我全身。我从未像此刻这般爱她，已不想再和她反目成仇了。她和格雷戈里奥的恋情、她不在的空缺感、她的秘密，全在她满溢爱意的尿液激流中稀释淡去。就算格雷戈里奥干过她十几次，那又怎么样？塔尼娅再也不属于他了。塔尼娅将头靠在我的胸膛上，不发一语。

"你在想什么？"我问她。

她叹了口气，微笑着。

"在想我们的孩子。"她回答，"我在想他们会长什么样，我们会替他们取什么名字。"

"他们会长什么样？"我问。

她亲吻我的下巴，并陷入沉思好一阵子。

"这学期我全部的科目都要挂了。"她突如其来地说。

"你到大学上一天课，然后缺十天课，你还想怎么样？"

"好吧，哪个比较好？数量还是质量？"塔尼娅稍微调侃了一下自己，再次闭上嘴。她赤裸的胴体散发出微弱的光芒。

"我这几天真的都在克劳汀娜家过夜。"她没来由地解释。

"那为什么我们打电话给她时，她说不知道你人在哪？"

"我要她这么说的。"

"你这么做是什么意思？"

塔尼娅沉默了几秒钟，接着继续说："是克劳汀娜借我车子让我过来的，我的车在她家几条街之外的地方抛锚了。我还真是粗心，你说是吧？我老是忘记给车子加油。"

她直起身，在我身旁跪坐，端详我的五官。光线打亮她的脸庞。

"我知道了！"她惊呼，"要是我们的孩子是男生的话，我希望他长得像我，如果是女生的话，就像你好了。"

"可怜的小女生。"我开玩笑。

她朝我弯下腰，拿起放在床头柜上的手提包，从中取出一只手表。她看了时间，整个人从床上跳起来。

"这么晚了！我得走了。"

"你不要走。"我苦苦哀求。

"我必须把车子还给克劳汀娜，不然她会杀了我。"

"之后再还她。"

"我没办法，但我向你保证我会尽快回来。"

"你保证？"

"我向你发誓。"塔尼娅走向浴室，在房间中央停下脚步。

"你不来洗澡吗？"她问。

"不了，今天剩下的时间，我想就这样全身上下闻起来都是你的味道。"

塔尼娅微微笑，给了我一个飞吻。我将脸埋进枕头里。我们应该买一台电视机、更换窗帘、挂上别的画、多带几本书和一架收音机过来。我们应该搬进803号房，永远也不要离开。

我突然觉得肚子饿，便拿起塔尼娅的手提包，在里头翻来翻去，找寻可以吃的东西。我找到一条救生圈糖，塞了一颗柠檬口味的到嘴巴里。然后，打开她的皮夹，检查她身上的钱够不够借我一些。我在钞票中间找到两张折四折的小纸片。我抽出纸片，将它们摊在床上。两张纸上都是格雷戈里奥抄写流行歌歌词的字迹。其中一张上写着：

> 夜复一夜，我只听见我们
> 爱情的悸动。

另一张则写着：

> 要如何忘记你爱情的余烬，
> 要如何忍受少了你肌肤的夜晚……

我继续搜查她的手提包，找出一个信封，信封上头签了哈辛多·安纳亚娇滴滴的字迹，正面写着"塔尼娅"，下方写着"一月二十日"的日期。信封里有一张餐巾纸，格雷戈里奥在纸上潦草写了一句话，写到一半没写完："我等你，我……"

我将所有东西放回手提包，拉上拉链，将手提包摆回床头柜。一时间我头痛欲裂，喘不过气。我又一次妒心大作，又一次害怕失去塔尼娅，而格雷戈里奥天杀的鬼魂再次搅局，不断伤人，不断毁灭。

我听见塔尼娅关上莲蓬头的水龙头开关。该怎么面对她？要和她说什么？塔尼娅打开门，一股水蒸气窜进房间里头。塔尼娅裸着身子走出来，头发湿答答的，水珠全滴在身上。她站在镜子前，侧身欣赏自己。

"我需要做做日光浴。"她说。

塔尼娅在床铺边缘坐下，要我替她擦干头发。我在她背后跪下，用毛巾擦拭她的头发。塔尼娅任凭我处置，乖乖听话、全身放松。我突然感到痛苦万分，不知道她究竟是谁，也不知道她到底要上哪儿去。她仿佛猜测到我心中的疑虑，转身面向我，亲吻我的嘴。

"我永远不会停止爱你。"她说。

"你确定吗？"

"确定极了……"

塔尼娅站起身，擦干颈子根部，拾起她的衣物。塔尼娅心不在焉地开始穿衣，仿佛独自一人在房间内。我总是喜欢看她这么做，但是这次看着她穿衣，我居然哽咽说不出话。塔尼娅向前弯下腰，将头发甩到正面，梳了好几回。几滴水珠溅落到地毯上。她打直身子，用手指整理头发，瞄了镜子最后一眼，然后坐在我身旁。

"我一两个小时就回来。"她说。

"好。"

她注视着我几秒钟，用右手食指在我脸上画了一条路线。

"再见。"她说，然后起身。

我抓住她的手臂。

"等你回来我们得谈谈。"我向她说。

她盯着地板猛摇头。

"不值得。"

"对我来说，值得。"

"不……"

"有很多事情必须厘清。"我打断她的话。

"忘了那些事吧。"

"拜托，我需要谈谈。"我坚持。

塔尼娅咬咬嘴唇、点点头，给了我一个长长的吻，接着走出房间。我听见她上车，发动车子。之后我听见她再次打开车门。我坐起身，听见房间门口有个声音。塔尼娅从门缝底下塞了一张纸条进来，接着我再次听见她上了车子。我在窗边探头，远远地看见一辆红色雪佛兰驶往出口方向。

塔尼娅在纸条上写了：

在彩虹的尽头才找得到
降下黄金雨露之地。

这句话引自布考斯基的一首诗。诗里描述一个男人替小婴儿换尿布时，被小婴儿尿得满手都是，而男人这才发现什么叫作真正的幸福。

塔尼娅在纸张的背面写下：

> 原谅我之前所做的一切，
> 以及之后将要做的一切。

下头写着：

> 我比你想的还爱你。

也许塔尼娅说对了：有什么好谈的？一再重新检视无法规避的过往，又有什么意思？倒不如接受已发生的事，然后原谅一切。原谅塔尼娅总比失去她好。

我弯下腰，靠近肚子闻塔尼娅的气味。我的阴毛还因为她的尿液而湿湿的。我将她的短信放在枕头上，然后躺在信上，闭上双眼。

××××

　　两个小时之后，我被一阵敲门声吵醒。我想一定是塔尼娅。我身上只包了一条毛巾，也没从猫眼窥探一眼就开门了。我碰上两个男人：其中一位瘦巴巴的、中等身高，另一位高大魁梧。

　　"曼努埃尔·阿吉莱拉？"瘦皮猴问。

　　我点点头。

　　"麻烦您穿上衣服，然后跟我们走。"

　　"去哪里？"

　　"到时候您就知道了。"

　　"稍等一下。"我说，将门推上。我急忙套上长裤和一件衬衫。我一度打算从窗户逃跑，但我头才探到窗帘边，就发现另外还有两个男人在走廊上守着。我确信是哈辛多·安纳亚向警方告密，把我供了出来。

　　我稍稍打开门，问瘦皮猴能不能等我洗个澡。

　　"不行。"他坚定地否决，"动作快点。"

　　他这会儿不准我关门了。我坐在地毯上，开始穿袜子。潘乔和卡马里尼亚先生来到房门口。

　　"出了什么事？"卡马里尼亚先生问。

　　"没事。"瘦皮猴回答。

卡马里尼亚先生将头探进房间内。

"小子，出什么事了？"他问我。

我耸耸肩。

"我不知道。"我绑好鞋带，走出房间。这两名男子左右包夹我，将我带到一辆白色的道奇小精灵上。卡马里尼亚先生挡在路中间。

"你们不能就这样把他带走。"他抗议。

壮男心不烦意不乱地请卡马里尼亚先生让开。卡马里尼亚先生坚持："你们有带拘捕令来吗？"

"您是这位先生的亲属吗？"警察问。

"不是。"

"那么，请您让我们做我们的工作。"瘦皮猴礼貌地请求他。他们打开后座车门，命令我在中间坐好。另外两名警察也到了，一左一右地在我身旁就座。卡马里尼亚先生还在做最后的努力："你们先放了他，我们再想办法处理。"他提议。

壮男露出嘲讽的微笑，坐进驾驶座并系上安全带。

"午安。"他如此道别，然后加速离去。

一路上警察几乎没开口说话。嵌在仪表盘下的收音机不时传出一名女子的说话声。从其他人与瘦皮猴交谈的方式看来，我推测他可能就是头头。他们看起来不像是法警，穿着浅色西装，剪裁很棒、搭配合宜。他们并未对我施加威胁，也没有表现出一副粗鲁无礼或目中无人的姿态。应该说，他们忽略我的存在。

警察们基于安全的理由并没有将车窗摇下。即使热得令人窒息，他们也好像完全不在意似的，依旧无动于衷，全神贯注在自己的思绪之中。

塔尼娅的香气自我体内散发出来，在这股闷热之中，变得越来越浓郁、越来越刺鼻，感觉像是塔尼娅本人就在车子里。所有的空气都是属于她的。我不知道其他人是否和我一样嗅到她的尿骚味，但我被熏得头都晕了。我一度想请他们将车窗放下来，好让车子透透气，但我不敢开口。

我们抵达法警的院区后，我才彻底意识到出了什么事情。汽车驶入一个地下停车场，在几台电梯门口前停下。瘦皮猴及另外两名警察押送我，而壮男则驱车离开。

我们搭电梯上二楼。走廊上，其他的干员全毕恭毕敬地向瘦皮猴打招呼，他则用一种温柔的嗓音下达指令，属下们全都言听计从，回他一句："是的，指挥官。"我们来到一间办公室，一名女秘书看见我们到来，立刻站起身，呈给瘦皮猴好几份文件。瘦皮猴弯下腰在办公桌上读了其中几份，签了另外几份，完毕后领着我到一个小隔间。他做了一个近乎娘们的手势，邀我入内，并请我稍候一下。我进去小隔间，他们留我独自一人。我透过百叶窗帘，确认押送我过来的那两位男子留下来监视我。

小隔间内除了一张桌子和一把椅子外，什么也没有，称不上是个舒适的地方，但总比牢房好。外头电话铃声响个不停，打字机发出"哒哒哒哒"的噪音。我瞄了一眼窗外。几名身穿西装的男人靠在几辆白色道奇小精灵上休息；一名擦鞋匠坐在一张长凳上等待客人上门；两位染了一头金发的女人吵架吵得正激烈；几个小朋友在人行道上玩跳房子。所有的一切依旧如昔，除了我以外。

我一个人待了好长一段时间。起初我紧张万分，但随着时间流逝，我开始镇定下来。我犯下许多罪行：非法携带枪支、造成国家伤害、抢劫未遂等等，全是小报上最常报道的犯罪案件。要撇清这些控诉，可不简单。

"犯罪就跟偷吃一样，如果你被逮到了，不管怎样都要全盘否认，就算你裤子脱到一半和别的女人搞在一起，然后被你老婆当场逮个正着也一样；就算你持枪被警察逮捕也一样，我不是在和你玩双关……"有次我听见一名男子这么说，他吹嘘自己抢过好几间银行、搞过好几十个女人。他多次被逮捕归案，但总有法子搞定一切，无罪脱身。我之所以会认识他，是因为塔尼娅的父亲有一个同事当过他的律师，有天晚上，我刚好和他们上同一间馆子。男子的口气自负如菜鸟，短短十分钟内向我描绘了他的犯罪及性爱生涯。他才不管我是谁，或我是干什么的。我安慰自己，心想如果像他这样大嘴巴的人都不必蹲四十年的苦牢、无罪一身轻，那我这回肯定有救。

我待在小隔间里，开始感到无聊。三个钟头之后，我已经不知道可以做什么了。我数了地毯上打了几个结，算了我要坐多少年的牢，想象大楼内四处徘徊的警察们背后有什么故事。我幻想他们之中谁是毒贩子、谁是同性恋、谁杀过多少人。

瘦皮猴迟迟未现身，开始令我担心。为什么会拖那么久？是在准备我的卷宗吗？还是在查验现场目击证人的供词？我甚至还想象他会不会已经把我给忘了。

我尿急，打开门，向其中一个警察征求上洗手间的许可。

"再忍耐一下下。"监视我的警察用小学教师的口吻说。他的"再一下下"又拖延了三个小时。黄昏时，瘦皮猴在壮男警察的陪同下来了。他为让我等候许久而道歉，然后命令其中一名警卫替他拿来一把椅子。

瘦皮猴面对我坐下来，在桌上摆了一个马尼拉纸活页夹。

"我们还没彼此正式自我介绍过。"他说，脸上挤出一个不自然的微笑，"因为我知道你是曼努埃尔·阿吉莱拉，但你不知道我是谁，没错吧？"

我摇摇头。瘦皮猴伸出手，然后紧紧握住我的手。

"我是马丁·拉米雷斯指挥官，而这位先生，"他指着壮男，"是干员路易斯·比韦斯。"

他的态度之友善热忱，害我差点脱口对他说出"很荣幸认识你"或"很高兴认识你",但我仅吐出一句"很好"。

瘦皮猴舒舒服服地坐在椅子上,双手合十凑到嘴边,像在祷告一般。

"你很清楚为什么自己会在这里,没错吧?曼努埃尔?"

"不知道。"我犹豫地回答。

"得了吧,老兄!说谎可不好喔。"

"我说真的,我不知道你在说些什么。"瘦皮猴转身看了壮男一眼,对他露出一个心照不宣的笑容。

"你觉得我们这位朋友看起来像什么模样?"瘦皮猴问他。

"像匹诺曹[1]。"比韦斯回答。

"啊哈!这就对了。"瘦皮猴开玩笑说,"像匹诺曹。"

他转过头来,满头问号地看着我。

"但你不是匹诺曹,对吧?"

"不是。"

"唉呀呀!我还以为我搞错人了。"他语带嘲弄地说。

他从西装一边口袋里拿出一包烟,凑了一支香烟放到嘴上,并请我抽一支。

1　匹诺曹（Pinocho），是儿童文学经典《木偶奇遇记》（Le avventure di Pinocchio）的主人翁,特征是说谎鼻子会变长。

"不了，谢谢。"我对他说。

"你这样做就对了。"他说，"香烟很伤身哟。"

瘦皮猴点了烟，朝着天花板将烟一吐而出，模样和卡马里尼亚先生一样。

"你挺哪一队的？"他突然没头没尾地问。

"亚特兰特。"

"哇操，支持乡下来的队伍啊，钢铁小马[1]呢。很好，很好。那你觉得罗勒西怎么样？"

"你是说那个球员吗？"

"不然还有谁？"

"踢得很好。"

瘦皮猴笑眯眯地接受了我的答案，再次用心照不宣的表情看了比韦斯一眼。

"你看看你自己吧，谎话连篇。罗勒西烂透了。"

"我不这么认为。"我反驳。

瘦皮猴再一次和他的同伴交换眼神。

"你除了爱说谎，还爱顶嘴呢。不过，好吧，我们在这儿齐聚

1　亚特兰特足球俱乐部（Club de Fútbol Atlante），在球迷间的绰号为钢铁小马（Potrosde Hierro）。

一堂的目的不是要聊足球吧？你说呢？"

"我不知道我们来这边干什么。"

瘦皮猴将下巴靠在右手拳头上。

"你不知道吗？"他吃惊地问。

"不知道。"他倾身靠向我，将脸定在我面前几厘米处，他的薄荷烟味令我鼻子发痒。

"如果你昨天没有在动物园发神经，干下那些好事，今天你人就不会在这里了。"他解释。

"什么动物园？"

瘦皮猴站起身，绕着桌子走了一圈，在我身后停下脚步。

"唉！匹诺曹呀匹诺曹！你什么时候才能不那么爱撒谎呢？"

瘦皮猴回到他的位置上，重新舒舒服服地坐在椅子上。

"你向来都是这副德性吗？"他笑眯眯地问。

"才不是。"我回答他，用尽全力强作镇定。

指挥官向比韦斯做了一个手势，要他过来，然后在他耳边说了些悄悄话，比韦斯便离开小隔间了。

"看看只有我们两个人，你会不会比较信任我，然后乖乖地从实招来。"

瘦皮猴的态度之放松，令我大胆起来。

"我被指控什么罪名？"我发问。

"小匹诺曹、小匹诺曹，你在耍我吗？"

"我有权打一通电话吧？还是不可以？"

"你想要的话，可以打四通，或更多通，二十通、三十通、一百通都不成问题。"

"我想通知我父母我人在这里。"

"好，当然啰，等时机恰当的时候。"

"我现在就要打。"

瘦皮猴站起身，朝着我走来，将脸压低到我眼睛的高度，轻声细语地说："听好了，小伙子，我想有些事你并不清楚，但这里的老大是我，如果你继续像小朋友一样闹脾气，我现在立刻叫人海扁你一顿、打爆你的卵蛋，了解吗？"他脸上挂着的微笑令我倍感威胁。他拨弄头发，接着说："我累了，我今天像个白痴一样，干了一整天的活。我想回家看电视，然后和我老婆来一炮，我超需要的。你老实回答我问你的每一个问题，我开开心心回家，然后我会非常乐意借你电话用的，你他妈爱打给谁随便你，成交？"

他开出的条件很诱人。或许一次终结这场闹剧才是上上之策。但是，有个句子不断反复出现在我脑中：拒绝他，他说什么都拒绝他。

"我现在和您说的就是实话，我不知道您在说些什么。"

瘦皮猴不悦地叹口气，再次坐下。

"听着，匹诺曹，我跟你说，昨天下午有个家伙脑子坏了，整个人疯疯癫癫的，朝老虎开枪……"

"美洲豹。"我差点就要纠正他，但开口之前就意识到自己有多愚蠢。

"……重点是这个神经病以为自己是老虎猎人，身处非洲……"

我又一次想纠正他的说法："非洲没有老虎。"

"……他的枪法之准，打死了一只。你不知道这件事吗？"

我摇头否认。

"我想你知道的。"他自信满满地说。

"为什么？"

"因为一名女性目击证人指认你就是那名英勇的猛兽猎人。"

"一名女性什么……？"我问。

"一名女性目击证人，你的粉丝之一，印第安纳·琼斯。"

我是不会掉入这个陷阱的。检举我的不是别人，正是哈辛多·安纳亚。

"她搞错了。"我反驳。

"小匹诺曹，你又来了。你没听见我说她是你的粉丝之一吗？你的爱慕者怎么会搞错人呢？"

瘦皮猴把我逼入绝境了，正等着我下错棋。

"听着，拉米雷斯指挥官。"我试着表现出尊敬的态度，对他说："我真的不知道您在说些什么。我整个下午都待在家里，打通电话给我爸妈吧，他们可以作证。"

瘦皮猴挑挑眉，揉揉下巴。

“有可能喔，很有可能。”他说，“但也很有可能你就是那个我找得要死要活的印第安纳·琼斯。”

“我不是……”

瘦皮猴举起左手食指，让我闭上嘴。

“接下来，我要说的是给你的提议。我要回家睡上几个小时，因为我真的累坏了……”他拿起马尼拉纸活页夹，在我面前摇啊摇的，然后摆到桌上，“我把这些文件留给你，你好好冷静地读一读，等我回来，你再告诉我你考虑得怎么样了。你觉得呢？”

我拿起文件，简单地翻了翻。

“这些文件内容在说什么？”

“全是法律程序。你先读一读，之后我们再谈。如果有什么你不同意的地方，我们再来讨论，把内容改一改。轻轻松松，不是吗？”

“如果我同意呢？”

我的问题令瘦皮猴很意外。他苦思该如何回应我，接着掏出一支价格不菲的钢笔，指着其中一纸文件正面的空白处。

“非常简单，你给我在这里签名。”

“用什么签？”

指挥官露出一抹微笑。他伸手将钢笔递给我。

“用这个签。”他说，“但你要小心点，因为这是我老婆送我的圣诞节礼物。”

他拍拍大腿，站起身来。

"那么，我们达成共识啰，没错吧？"

他看了一眼手表，穿好外套，向我告辞。

"我十一点前会回来。"他向我保证，然后转身准备离开。

我连忙站了起来，跟在瘦皮猴后面。他感受到我在身后，猛然一个转身，面对我。

"你想做什么？"他问。

"我想请您帮两个忙。"

瘦皮猴换了个较轻松的态度，对我微笑。

"第一个是？"

"我一整天都没吃东西，可以请人替我带点东西来当晚餐吗？"

"嗯，我已经吩咐人去替你买几个汉堡了。"

"谢谢。"

"第二个忙呢？"

"我已经憋不住尿了，请让我上个厕所吧，好不好？"

"别担心，五分钟之内我会派人陪你去。"

"不要拖太久才好，因为我真的憋不住了。"

"好的，老兄。"他说，在我肩膀上拍了一下。

瘦皮猴走出小隔间，将房门用钥匙锁上。我透过百叶窗的缝隙清楚看见他将钥匙交给其中一名监视我的警察。接着我看见他沿着走廊离去。

时间过了二十、三十分钟，没有人来带我去上厕所。我尿急攻心，用指关节敲了敲门上的玻璃窗。那两位警察完全对我不理不睬。我的希望全落了空，不得已只好在窗口撒尿。我探出半个身子，紧紧抓住窗框，朝着窗台排尿，尽量不要洒到楼下。我才不想要徘徊于人行道的法警冲上来把我打得鼻青脸肿的。很幸运，我的尿液顺着窗台流泻，形成一道不引人注目的细流，沿着墙壁淌下。

也没有人送晚饭来。我开始明白游戏规则是怎么一回事了。今后我是死是活，全看瘦皮猴的脸色，乖乖与他合作才是上上之策。就现在来说，我碰上的麻烦仅限于无法在适当的场所尿尿，还有稍微挨饿而已。但他只要轻声细语下达一个命令，就会使我的现状大大翻盘。我可能会挨棍子，遭人凌辱、威胁、敲诈。他放我独自一人留在小隔间里，表示他有意和我讨价还价。他大可以逼我认罪，但最好还是由我自行承认，双方都乐得轻松。

××××××

我在活页夹内找到两份文件。第一份是针对多起犯罪事项所作的认罪状，其中几项罪名我连听都没听过。全文用法律文件的独有用语撰写，拼写错误百出。

第二份文件是指控我的女性目击证人所做的供词。供词上交代的案情和动物园里发生的事件相去不远，对于我的描述也丝毫不差（甚至连我左手臂二头肌上棋盘方格状的刀疤也详细记载下来），还提供我的个人资料，以之将我绳之以法：我的全名、住所、电话号码、比利亚尔瓦汽车旅馆的位置，以及我藏身的房间号码。供词是事发当天十三点三十分于墨西哥市联邦法警总部做的，上头署名塔尼娅·拉莫斯·加西亚，页尾押了她一枚指纹。

这份指控书可不是凭空捏造的。塔尼娅的签名货真价实，和她好几十封情书上的是同一个签名，笔迹同样歪七扭八，朝右边倾斜。是塔尼娅本人没错。

塔尼娅画押的指纹复印了她右手大拇指上一道浅浅的疤痕。有一次，她用美工刀裁纸时，划了自己一刀。我记得那个晚上，塔尼娅在赶一份学校作业——设计一本小册子。鲜血汩汩不绝地涌出，将塔尼娅花了好几个小时画的插图全弄脏了。她来不及重做一份，绝望地哭了出来。她满腔怒火，开始将指头上的鲜血涂抹在剩余的纸张上。我总算制止住塔尼娅时，她已经搞成一团乱了。我紧紧按住她大拇指的根部，想替她止血，并用双氧水替她消毒伤口，再用纱布包扎。塔尼娅亲吻我，请我原谅她。我也被她的血染得全身脏兮兮的。

我将塔尼娅的供词重新读了一遍又一遍。她的指证丝毫不留情面，对于案发经过的叙述精简、冰冷，对于我的描述详细、准确，仿佛她希望确保警方可以顺利逮捕我。她把该交代的事全交代了，将所有信息全盘托出。我在文中看不出她有任何踌躇的迹象，或是任何与事实相抵触的矛盾之处，以及在用字遣词上有任何怜悯我的地方。塔尼娅从头到尾都表现得冷酷无情。

我拿起宣称我有罪的那份文件，想都没想便直接签了。我为了不要事后反悔，将文件塞回文件夹里头，从门缝底下扔出去。其中一名警察弯腰捡起文件夹，检查里头的文件，接着将文件夹带到隔壁一间办公室。

我关掉电灯，依偎在墙边。塔尼娅尿液的香气强度持久，尚未自我肚子上散去，令我感到非常心痛。我为塔尼娅哭泣。我为我自己、为格雷戈里奥、为我们曾经的一切和我们不再是的一切而哭泣。我为塔尼娅盖在指控书上的指纹的疤痕、为她的背叛和空缺感而哭泣。我为我们所失去的一切、为我们终将失去的一切、为我们曾经的一切，和我们不再是的一切，哭泣。

我躺在地毯上小睡片刻，被寂静惊醒。我从百叶窗边探出头，两名警察已不再继续监视我了。没有监视我的必要。我已经出于自己的决定签下判决书了，看守我又有什么意义？

我打开窗户。空气很暖和，夜晚黑漆漆的。我坐在窗框上，在那儿一直待到天亮。我看见身着西装的警察、女秘书、卖报人和擦鞋匠纷纷抵达，看见中学生走路上学，看见水泥工人吃篮子玉米夹饼当早餐，看见官僚从小巴士下车。

我听见办公室内有动静。秘书小姐们互相打招呼，电话铃声大响，档案柜开开关关，法警捧腹大笑。我听见飞机划破天际、垃圾车的钟声、商人打开店铺的铁卷门。

我被关进大牢已经是迫在眉睫的事了。也许我会因为自愿在认罪状上签名的缘故而获得减刑，但我不期望自己的刑期会低于五年。我排除自己会被保释的可能性。美洲豹之死引起各方人士的愤怒，我被关进监牢在所难免，躲也躲不掉，就像格雷戈里奥被关进精神病院一样。

指挥官上午十点钟来了。他还是一身完美无瑕的装扮，闻起来有薰衣草和薄荷烟的味道。他来到小房间，和蔼可亲地问候我一声，然后面对桌子坐下。

"恭喜你。"他说。

"恭喜我什么？"

"恭喜你终于肯说实话了。"

我耸耸肩——实话他妈的对他来说有什么好在意的？然后，我又再次看向窗外。一条仍是幼犬的野狗试着穿越马路，但没有成功。它先是和好几辆车子你来我往，才下定决心，朝对街的人行道狂奔而去。小狗差点就被一辆卡车碾死，但在最后一刻实时闪避而过。

"它运气真好，对吧？"

我没察觉到瘦皮猴已站起身，一面抽着烟，一面和我欣赏同样的光景。

"我不习惯。"他说。

"不习惯什么？"

"不习惯犯人那么快就招了。通常我最少得花三到四天才能够说服他们。"

他深吸了一口烟，从鼻子吐出，接着说："你为什么签了？"

"继续和您胡扯下去，还有什么意义？"我回答。

"你要不是很带种，就是不知道自己在趟什么浑水。"

"以上皆非。"

瘦皮猴又吸了一口烟，接着用食指指甲将烟头弹到马路上。烟蒂画出一道抛物线，落在其中一辆白色道奇小精灵的车顶上。

"我喜欢你。"

我从长裤口袋掏出钢笔还给他。

"谢谢。"我对他说。

他接过钢笔，收进外套内里。当他这么做时，露出了一把手枪枪柄。

"你的父母亲已经接获通知了。他们十二点会过来见你。"

"好。"

"马上会替你弄点早餐来。"他说。

瘦皮猴走出小隔间，从一张办公桌上拿起一部电话，摆到桌子上。

"一言既出驷马难追。你可以打电话，你爱怎么打就怎么打。你只要拨0，就可以接通了。"

"谢谢。"

瘦皮猴站在我面前，一副笑容可掬的模样。

"你真是我从天上掉下来的礼物啊，臭小子。"

"怎么说？"

"你那个小老虎事件闹得沸沸扬扬的。我因为逮到你，有机会升官，或至少可以加个薪。"

"加薪？笑死人了，您的功劳都被人家抢光啰。"我笑眯眯地说。

瘦皮猴做了一个鬼脸，仿佛很意外我会出此言论。

"你说得没错，我的功劳都被人家抢光了。"

我们两人微微笑着，瘦皮猴朝我走了过来。

"把你的手借给我，手指张开。"他要求我，"我想教你一个魔术戏法。"

他抓住我的中指，再次露出微笑，然后一个迅雷不及掩耳，将我的中指向后扳。我感到一股巨大的痛楚，一路扩散到我的前臂，痛得无法忍受。他松开我，温柔地捏了捏我的颈背。

"我喜欢你，曼努埃尔，但你不要太自作聪明了。"

瘦皮猴离开小隔间，再次用钥匙将我锁住。

疼痛无比剧烈。不一会儿的功夫，我手指的关节就肿起来了，指节附近冒出了一个紫红色的半圆形印子。一名警察拿着装着早餐的托盘，进入小隔间内。他将托盘放置在桌上。一个盘子里装了一些冰块。他取出三颗，用手帕将冰块包起来，然后递给我。

"指挥官下令拿这个给你敷手。"他说完便退下。我将冰块敷在肿块上，疼痛逐渐缓和下来。我用湿津津的手帕包扎手指，将手指固定住，然后坐下来吃早餐。他们替我弄来几份洋葱火腿炒蛋、一颗苹果和一杯牛奶。虽然有洋葱，我还是三两下就吃光了，但肚子仍旧很饿。瘦皮猴想必料到这点了，因为五分钟过后，另一名警察送来三块甜面包和一瓶橘子口味的哈力多滋汽水。

吃完早餐后，我拨了电话到塔尼娅家。劳拉接的电话。她告诉我塔尼娅前一晚也没有回家过夜，全家都不知道该上哪儿找她。

"你大概也想象得到吧。"她说，"我爸妈要发疯了。"

"我也一样。"我肯定地说。

"你人在哪里？"她问。

"在监狱里。"我把握十足地回答她。

"我是问你人在哪里，不是问你应该被送到哪里。"

"就说我在监狱里了。你为什么这样问？"

"因为我昨晚和前天晚上打电话给你，你爸跟我说你也没回家过夜。"

"你打给我做什么？"

"你知道我妈妈的，她想知道你有没有见到塔尼娅。"

"没有，我没有见到她。"

"我不相信你。"

"不要相信我。"

"你们两个现在到底是怎么样？"劳拉问话的口气让我听了很不爽。我不管三七二十一，便挂断电话。疼痛感再次一阵一阵地刺痛我。我摘下手帕。紫红色的圆印子已扩散到手背上了。我的手指完全无法弯曲。

我拨打哈辛多·安纳亚的号码，却转接到愚蠢的电话答录机。

"他妈的。"我小声对着话筒说，然后挂上电话。

一名警察进到小隔间内收拾托盘。我请他带我去上厕所，他立刻同意了，领着我蜿蜒地穿过一排又一排的办公桌。我们从好奇打量我的秘书小姐和心不甘情不愿让路的法警面前经过。

我进入洗手间，警察待在外头等我。洗手间内除了我以外，没有其他人，我将额头靠在墙上，尿个爽快。很快，等我坐牢时，就会失去日常生活的小小隐私了。我最大的烦恼莫过于此：和别人共享马桶和淋浴间，和陌生人同住一间牢房，身体检查，和亲友会面还得受人监控。监狱不仅将我与世界切割开来，也使我与自己切割开来，使我与我的癖好和我的习惯分离。

我脱下衬衫，盯着镜中的自己。我从脸颊和前臂注意到自己瘦了一圈。我打开热水的水龙头，用卫生纸塞堵洗手台，将受伤的那只手伸进去。光是碰到水，就痛得锥心刺骨。我强忍疼痛，将手浸在水中，直到感觉肌腱和韧带放松了为止，好似舒缓了些，但手才一动，又痛得要命。

我将肥皂抹在手帕上，擦拭肚子以摆脱塔尼娅尿液的余味。接着，我清洗左手臂、胸口和腋下。警察进入厕所，抗议我慢手慢脚。为了加快速度，我弯腰撑在洗手台上，直接探入水龙头底下冲洗身子。我将身体歪斜一边，好让水流可以淋遍全身。我搓搓脸颊，打湿头发。

我没有擦干身体，身上还滴着水，衬衫和长裤全湿答答的，就直接走出洗手间。监视我的警察一见到我，就露出了一个责备的表情，带我回小隔间。

× × × × ×

我父母准时在十二点钟抵达。指挥官带他们到小隔间，下令要人再多拿三把椅子来。他们面对我坐下。瘦皮猴简略解释我的法律情况：一名法官已根据塔尼娅的供词，发布了我的拘捕令，而且，鉴于此案攸关社会大众，并基于我的检察官担心这件案子的裁决结果，他们已经决定在我被移送到检察总署以前，将我拘留在法警的院区，接受他们的保护。"我们手上没有掌握所有证据之前，是不会有所行动的。"瘦皮猴主张。爸爸质疑拘留我是否合法，瘦皮猴强调他们尊重我的公民权，而且知道我"出身好人家"，已经给我特别待遇。爸爸一面听他说着，一面揪着自己的小胡子。妈妈则是泪眼汪汪的。"这孩子已扛下这起事件的所有责任了。"指挥官总结，"不管最后判决的刑罚为何，他都应该成熟地承担才是。"他一听见妈妈的哭泣声，便转身面向她。

"他已经不是小孩子了，夫人。"瘦皮猴对我妈妈说。

妈妈头压得低低的，双眼紧闭，就怕再次哭了出来。

"我先退下，让你们独自谈谈。"瘦皮猴彬彬有礼地说。

我们保持了几分钟的沉默。爸爸看起来疲惫不堪，仿佛情势已完全超越他生理和情感所能负载的最大限度了。他的下嘴唇微微发抖，眼神在物体间游移，不停吞口水。妈妈虽然不断啜泣，但看起来并不苦恼。显然她是勉强压抑住满腔怒火的。

爸爸开始用颤抖的声音说话。他告诉我，他不懂为什么我会犯下这种事，但他们是站在我这边的，会尽一切努力让我尽快获释。爸妈尝试与德韦斯律师联络。德韦斯律师是前财政部部长，曾是妈妈的上司，但他们没能和他取得联系。爸妈为了替我辩护，聘请了一位颇具威望的刑法律师——爸爸一个表哥的朋友。

"我认识一位很厉害的律师，专门把人从监狱里弄出来，搞不好比你找的那个还有本事。"我说，心里想的是塔尼娅父亲的同事。

"律师的事你又懂什么了？"妈妈严厉地责骂我。

"我只是提议而已。"我驳斥。

"我们对你的提议不感兴趣。"妈妈很恼怒，直接把话挑明了。

"我们信任这个律师。"爸爸插嘴，试着缓和气氛。

"随便你们。"我对他们说。

"当然是随便我们爱怎么做就怎么做。"妈妈放声大吼。

"那就好。"我以轻蔑的口吻回应。

妈妈怒气冲冲地瞪了我一眼。

"你是在开我玩笑吗？"

"不是。"

"最好不是。"

我闭上嘴，不想再向她挑衅了，但妈妈已气得火冒三丈，要她息怒简直比登天还难。

"你为什么要这样对我们？"她问。

"我没有对你们怎么样。"

"啊，没有吗？"

"没有。"

"你就是想要搞我们才干出这种事的。"

"妈，你有被害妄想症。"

"你就是不知礼数。"她说。

我被"不知礼数"这个字眼给激怒了，在我听来就像是娇媚的低能贵妇称呼仆人时的修饰用语，狗眼看人低。

"有其母必有其子。"我说。

妈妈起身试图赏我一个耳光，但我伸出前臂阻挡，止住她的攻击。

"我们全家都要被你害死了。"她大吼。

爸爸从我们中间穿过，抱住妈妈。

"你冷静一点，马莲娜，别把事情搞得更棘手了。"

妈妈为了挣脱，一把推开我爸爸，然后转身走出小隔间，将门用力摔上。门上的玻璃窗大肆震动，仿佛快要散架一般。

"你这样对待你妈妈，很不公平。"爸爸抗议道。

"抱歉。"我小声说。

"你妈和我神经全绷得很紧。我们从来没有想过有一天必须面对这种情况。"

"我也没想过。"

"你要是肯告诉我们发生了什么事，就好了。"

"没事，我什么事也没发生。"

"是因为格雷戈里奥的事才闹到现在这地步的，没错吧？"

"不是。"

爸爸坐回椅子上，双臂环胸。

"你真的是在一间汽车旅馆被警察逮捕的吗？"

"嗯。"

"你在那里做什么？"

"我租了一个房间。"

爸爸露出惊讶的表情。

"租房间做什么？"

"我和塔尼娅一起租的，我们想要独处。"

"多久了？"

"差不多有一两年了。"

他深深地吸了一大口气，吐气时吹了个口哨。

"我现在懂了。"他说，表情像是在将线索拼凑起来一般。但事情并非如此，爸爸永远也不会懂的。

我们之间突然一阵沉默，双方都挺不自在的。

"路易斯好吗？"我问他。

"很好。"

"他知道我人在哪里吗？"

爸爸点点头。我很惋惜哥哥知情。我干的好事，他会怎么向他没有特色的女朋友和哥们解释呢？

"你要我去找你提起的那个律师吗？"爸爸问。

"可以的话。"

"他是谁?"

"塔尼娅父亲的律师事务所里的一个同事。"

"塔尼娅父亲的同事?"他问,"她都这样对你了?"

我耸耸肩。

"听说他很有一套。而且他认识我,我想他对我的印象很好。"

"他叫什么名字?"

"我不知道他的名字,但大家都称呼他'小气鬼'曼里克。"

"我去找他。"爸爸站起身,走向我并抓住我的肩膀。

"我们会把你从这个难关中救出来的。"

"没区别。"

"什么?"

"你们救不救我,说真的,没区别。"

他向后退了一步,盯着我瞧。

"儿子啊,有时候我真不知道你是谁。"他喃喃地说,然后离开了。

一个钟头之后,爸妈聘请的律师抵达小隔间。律师年约五十来岁,身材高高的,有着一双蓝色眼睛,光秃秃的头顶上长了许多斑。他和瘦皮猴用同一款薰衣草乳液,身上散发出令人恶心的香气。"我是奥尔韦拉律师。"他自我介绍并递名片给我,接着扼要地解释他打算用什么策略替我辩护:他的一个朋友是精神科医师,将会评估我的精神状况，然后他们俩会篡改我的报告书，证明我是因为最好的朋友自杀身亡，导致暂时性精神失常。"虽然我们需要主张你已经有些疯癫了，但还是会以合法的手段替你减刑，尽量缩短你入监服刑的时间。"奥尔韦拉律师笑容可掬地提出结论，用力地和我握手，向我道别，便离开了。我将他的名片撕成碎片，扔出窗外。

三点钟，我吃了一些指挥官送来的古巴三明治[1]（里头依旧满满都是洋葱），然后再次获得上厕所的许可。回程路上，我从远处认出一个正和我爸妈交谈的男子。毋庸置疑，他就是奥尔韦拉律师推荐的精神科医师。他摆出同业之间常见的姿态：说话时歪着脸、不停摸着下巴、自视甚高地看着对方、头晃个不停，活像摆在出租车里头的摆头娃娃。更糟糕的是，他除了比较胖一点，根本和马西亚斯医师是同一个模子里刻出来的。

1　古巴三明治（torta cubana），用古巴面包夹火腿、烤猪肉、瑞士奶酪、腌黄瓜、芥末，有时夹意大利腊肠。现代古巴三明治一定要在三明治压板上烤到奶酪融化为止。这使三明治呈现独特的扁平形状，质地极其密实。但最初的古巴三明治并不烘烤。这种三明治最初始于大约1900年，主要见于佛罗里达州和古巴，在古巴它被称作米克斯托（mixto），是烟厂和糖厂员工最爱吃的午餐。20世纪60年代之后，大量古巴人涌入迈阿密。压片古巴三明治开始在自助餐厅和咖啡馆里盛行，现在仍然是迈阿密最受欢迎的三明治。

我进入小隔间，躺在地毯上酣然入睡，梦见格雷戈里奥和塔尼娅。我们三个人穿着初中制服，走在一条漫无止境的长街上。随着我们向前迈进，地面逐渐变得软绵绵的。我们越走越辛苦，靴子全卡在柏油泥塘之中。突然间，脚下的地面慢慢退开，我们向下陷到腰部的位置，三人牵着彼此的手，试着浮出团团围住我们的烂泥。格雷戈里奥和塔尼娅快溺毙了，而我则缓慢地灭顶。

瘦皮猴猛摇我的肩膀将我叫醒。我睁开双眼，好几秒钟无法辨认自己身处何方。瘦皮猴伸出手帮我爬起身。"你睡得好熟。"他说，"我花了五分钟才把你叫起来。"他走向桌子，拿起一个塑料袋，高举给我看。

袋子里装的是我朝美洲豹连开数枪的那把手枪。我很讶异瘦皮猴手下的探员居然找得到，八成是将下水道一段又一段地翻遍了吧。他将手枪拿给我看。

"你就是用这把手枪射死老虎的，对吧?"

"美洲豹。"我骄傲地纠正他。

"都一样啦，老兄。"

"是的，就是这把。"

指挥官打开房门，唤了一名部下。指挥官的部下在桌上放置几个黑色墨水印台，以及几张白色卡片。

"我们要替你采集指纹。"瘦皮猴的部下说。

他替我的每一根手指头盖了手印，甚至还强迫我受伤的那根手指也要盖。我才将手指撑在纸卡上，便痛得锥心刺骨，猛然收回手。墨汁在卡片上晕开，留下一大片歪七扭八的污渍。指挥官的部下摆出不悦的鬼脸，但指挥官用眼神命令他继续跑完流程。

结束后，指挥官的部下递给我一块吸饱酒精的粗麻布，让我清理清理。

"这样就可以了。"指挥官的部下说完便走出小隔间。

指挥官拿起卡片，在手中排好，像是拿了一副扑克牌一样。

"我们会将这些指纹和手枪上的指纹比对，看看是否吻合。"

"会吻合的。"我申明。

"该死！不要再抢我的工作了，可以吗？"

我俩微笑。瘦皮猴从裤子的口袋里取出一张纸，静静读着，然后折好放回。

"手枪是登记在阿努尔福·卡马里尼亚·伊格莱西亚斯的名下，你认识他吗？"

"嗯，他是你们逮捕我的那家汽车旅馆的老板。"

"你拿他的手枪做什么？"

"我偷来的。"

"目的是？"

"猎美洲豹。"

瘦皮猴放声大笑。

"你还真是夸张，混账。"他告诉我，等一下会带我到一间有独立厕所的办公室睡觉。我向他道谢。

"是检察官下的命令。"他澄清,"不是我下令的。"

妈妈和高层政要的交情渐渐发挥效用。坐牢大概是在所难免了,最起码我还享有某些特权。

我没有搞错。先前看到和我爸妈在一起的那个家伙,的确是奥尔韦拉律师推荐的精神科医师。他比我料想的还讨人喜欢,拿我的小隔间牢房和我扭曲的手指开玩笑:"你是到处对法警比中指,才会被整成这副德性的吧?"

医师向我提了好几个问题,话语中并不故弄玄虚:你最近曾感觉情绪低落吗?你曾经犯下其他罪行吗?你有前科吗?是否跟父母起口角呢?和女朋友相处有问题吗?对死亡感到恐惧吗?

起初,我回答的口气坚定,甚至还可以谈笑风生,但不知道怎么搞的,也不知道为什么,我开始言辞闪烁,自相矛盾,表现出就连我自己也没想象过的恐惧,且失去控制。我一慌张,脱口说出意味不明的字句,杂乱无章得令人头晕目眩,直到嗓子沙哑才住嘴。此刻,我感受到马西亚斯医师那句格言的威力有多强大:得精神病发疯比死亡还恐怖。

我一开始不知道胖医师的名字,现在也不知道。他从椅子上站起来,做出一个我猜一般精神医师绝对不会有的举动:他抱住我。这不是一个冷漠的拥抱,而是一个深情到心坎里的拥抱。我渴望告诉他暗夜水牛的事，告诉他水牛在我颈背上的鼻息，以及水牛在死亡草原上奔跑的意象。我渴望向他诉说格雷戈里奥的事情，告诉他吞噬格雷戈里奥的蟑螂，以及我们拿刀砍伤对方的那个下午。我想要告诉他自己有多讨厌洋葱，告诉他塔尼娅的背叛与爱，以及她不在身边时我哀伤得要命。我渴望告诉他，能够自己一人尿尿对我来说是多么非同小可的事情，想告诉他蕾韦卡的身躯，以及玛加丽塔不甚完美的肉体，告诉他我的朋友雷内在一场车祸中身首异处，告诉他小时候有一次我拿一把外科手术刀砍了我哥哥。我陷入麻痹，不省人事，一时之间什么话也说不出来。

胖医师等着我冷静下来，然后我慢慢地控制住自己。我感受到一股巨大的疲惫。我的肌肉松垮垮的，喘不过气，仿佛消耗了大量的体力。胖医师在我身旁蹲下。

"你好多了吗？"

我点点头。胖医师坐到另一把椅子上。

"你最喜欢的一道菜是什么？"他问。

我觉得他的问题简直不可理喻、不合时宜。

"火腿三明治夹奶酪丝。"我回答。

"就这样？"

"还有糖醋鸡、蒜酱虾和黑胡椒牛排。"

"嘿！你有媲美美食家的品味喔，而且还是富有的美食家喔。"他思索我的答案片刻，然后一手握拳，轻捶下巴好几下。

"你知道监狱里都吃些什么吗？"他问。

"不知道。"我不悦地回答他。

"菜豆、一块面包、煎得油腻腻的鸡蛋、咖啡，有时候会有肉丸子或马齿苋炒猪肉。你知道我怎么会知道吗？"

我摇摇头。

"因为我坐过牢，三年八个月十四天又九小时。"胖医师看来不像在说谎，也不像试着在安慰我，甚至也不是在博取我的同情。

"坐牢真是他妈的生不如死。出狱之后，我保证永远不要让自己身上发生的事也发生在其他人身上。"

他瞟了我的手一眼，指着我受伤的那根手指头。

"举例来说，我想要避免该死的法警再次将你的手指向后扳断，你知道我在说什么，对吧？"

他高举左手，露出两根扭曲变形的手指。

我们促膝长谈了一段时间。我从来没有如此信任过像他这样的人。胖医师要求我遵从他的指示，有必要的话，我必须演戏，并且不要没咨询过他就在其他文件上签名。他给了我一个拥抱，并向我说再见。

如同我这辈子所邂逅的许多人一样，从此之后，我再也没见过他。

×××××

"小气鬼"曼里克在黄昏时抵达。我已经不想再见任何人了。与精神医师会谈让我累瘫了。曼里克见到我时，我正倒在地毯上打盹。我昏昏沉沉地站起身，向他打声招呼。曼里克说话很俏皮，而且很好动，但我注意到这次他表现得很含蓄。

"谢谢你想到找我来处理你的案子。"他说，"但我不认为自己可以帮上多少忙。"

他表现出一副忧心忡忡的模样。我已经认罪了，要他辩论说我是受到强迫才在认罪状上签名的，实在很困难。他解释说我犯下的罪名罄竹难书，而其中最严重的几条不仅涉及美洲豹之死，也包括持枪攻击塔尼娅。

"我并没有攻击她的意图。"我忿忿不平地澄清，"这太扯了。"

"对，我知道，但塔尼娅的供词对你完全不利。"

曼里克考虑的辩护手段有四条。一、强迫塔尼娅重申她的供词。二、安排我们双方当面对质。三、否认所有指控，援引我是受到精神施压和威胁才认罪的。四、举证我有情绪困扰[1]的症状。在

1　情绪困扰（Perturbaciones emocionales）泛指儿童或青少年持续性地表现外向性攻击、反抗、冲动、过动，及内向性的退缩、畏惧、焦虑、忧郁等行为。

他看来，这个手段是最可行的选项。他已经与奥尔韦拉律师及精神
医师商量过了，他们三人一致同意准备共同辩护。

我反对这四个选项之中的任何一条。前两个手段意味着和塔尼
娅面对面，而我缺乏这么做的勇气。此外，我不能忘记"小气鬼"
曼里克——身为塔尼娅的父亲的同事——将不会涉入我的诉讼案。
另外两个方法代表说谎，而我现在只希望自己说话有凭有据，站得
住脚。

"随便你。"曼里克失望地表示。

他指出，很幸运的是，我的大名还未登上报纸头条新闻，虽然
拉米雷斯指挥官不久就会将消息走漏给某个记者，确保自己可以获
得加薪。另一方面，曼里克已经和检察官谈过我的案子了（"我的
拜把兄弟。"他自吹自擂地说），而且检察官向他保证自己绝对不会
妥协，不会释放我，也不会遵从退休公务员的意思——他这句话
很明显指的是前财政部部长、妈妈从前的上司。"我很尊敬他。"他
说，"但他已经日落西山，连一点点的政治势力也没有了，怎么向
我施压。"曼里克倒承诺，只要我的案子归他管，就一定会提供最
好的待遇给我。

"既然你不想帮我们，也不想帮你自己。"曼里克作出结论，
"那你只能放弃了，认命乖乖蹲苦牢去吧。"

我并不是放弃，只是认为所有的生路都断了。我觉得躲过牢狱
之灾的代价比入监服刑更高。曼里克离开小隔间时，想必对我严重

的情绪困扰症状感到深信不疑。

　　晚上八点钟来了两名警察，要将我移送到其他地方。我们走过十几条走廊，避开闲置在一旁的办公桌，以及堆积成山的废弃卷宗纸箱。我们来到一个宽敞舒适的办公室。办公室面对外头的一条大道开了一大片落地窗，一张深色原木办公桌和一张黑色皮革扶手椅占据了一半的空间。办公室有好几个电话线插孔，但没有半部电话。有人在角落搁了一个睡袋，以及我的枕头——从小睡到大的那个枕头。我的枕头厚厚的，里面满满都是羽绒，罩着人造纤维的枕头套。我破破旧旧的蓝色法兰绒睡衣也被拿过来。这两个熟悉且贴身的对象不但没有安慰到我，反而令我有种遭受侵犯的感觉。这些对象代表有人趁我崩溃混乱时闯入我家，是一个痛苦的备忘录，提醒我有一个已经回不去、也不愿回去的世界。我将睡衣塞进枕头内，将它们全部扔到档案柜后头。

　　如同瘦皮猴先前向我承诺的，这间办公室有独立的厕所。我关灯坐在马桶盖上。不断传出的潺潺流水声，表示马桶水箱里头一条管线的止水盖坏了，水箱里的水全流往下水道。墙壁散发出潮湿的气味。是何人于何时发明厕所的呢？谁创造了马桶、莲蓬头和洗手台？将热水和冷水混在一起，发明牙刷、肥皂、刮胡刀片和梳子，又是谁的点子？我觉得厕所是哀伤的场域。而我，身处这间办公室的厕所中，感受到前所未有的哀伤。

一日午后，在比利亚尔瓦汽车旅馆做完爱，塔尼娅和我说了一个关于一名八十七岁老翁的故事。老翁由于脑溢血住进加护病房。他是法国人，二十岁时和一位名叫玛丽的女人结婚，来到墨西哥安家落户。他全心奉献给工作和家庭，是个谨慎细心有条理的男人。老翁住进医院两天后，开始用出生地的方言说话。他已经超过七十年没有说方言了，甚至也从没和他来自另一个省份的妻子说过。

老翁在命危之际不停地念着一个名字——"韦勒利"——并向所有探望他的人打听她的消息。老翁的妻子听闻此事，拒绝继续探望他了，喃喃地发着牢骚："让他烂掉算了。"他的儿子和孙子纳闷这个名字究竟有何意义，居然可以挑起老夫老妻的对立。两个月后，玛丽死了，老翁则继续老年人的疯言疯语。他逐渐认不出围绕在自己身边的人，认不出他的儿子、媳妇和朋友。他只是呆板地反复念着"韦勒利"。直到老翁一个堂弟从法国来到墨西哥，全家人才成功解开这个谜团。韦勒利是老翁从前女朋友的名字。他因为父母强迫他和玛丽成亲，才和对方分手。老翁当年不得不抛弃韦勒利，连带的挫败感一拖就是六十七年。他再也没见过韦勒利，也没有任何她的消息。他只曾经为了处理一笔遗产的法律事务，回过法国巴黎一次。

我想象老翁在医院病房内，在虚空中抚摸一名十五岁少女的乳房，亲吻她的脖子，用方言在她的耳边悄悄诉说自己有多爱她、多思念她，直到咽下最后一口气为止。

塔尼娅说完故事后，躺在我的胸膛上睡着了。当时，我想她之所以向我述说这则故事，是要我理解自己就是她生命中的男人。现在——要我自己承认可是非常心痛的——我认为她当时心里想的人是格雷戈里奥。

寂静是这间办公室仅剩的东西。听说监狱里最糟糕的事之一，就是缺少寂静。老是听得见吼叫声、说话声、水滴声、脚步声、打呼声。这么看来，我该好好把握今晚，今晚极有可能是我最后一夜的寂静。

我睡得非常沉，疲惫到根本没发觉自己的脸躺在一个图钉上。清晨时分，瘦皮猴带着三名警察来到办公室。他打开电灯，用鞋底推了我几下，把我叫醒。我坐起身，揉揉眼睛。一股恐惧感突然袭来。我害怕自己会被凌迟。我问他们发生什么事了。

"你可以走了。"指挥官回答。

我猜我要被移送到禁闭室了，或是直接关进大牢。

"去哪里？"我忐忑不安地问。

指挥官微笑，脸上挂着冷酷紧绷的表情。

"回你家去，老兄。"

"为什么？"

指挥官在我面前蹲下身子。

"我他妈的不知道你是何方神圣，但你有些很有能耐的朋友在替你撑腰，这点倒是毋庸置疑。"

"您在说什么？"

"内政部部长请检察官，或者应该说命令检察官释放你，你怎么看？"

我不知道该回答什么。

"老大现在他妈的气炸了。"他接着说，"但是他也只能乖乖听命行事，所以你现在马上给我站起来，趁楼上那些家伙反悔之前，滚吧。"

我从睡袋里爬出来，坐下来穿鞋子。指挥官递给我两个文件夹。

"都是给你的。"他说。

这两个文件夹里装的是塔尼娅和我的供词原稿。

"好好收着作纪念吧，不然就把它们撕毁，或是塞到屁股里去吧。"瘦皮猴嘲讽道。

他看起来很不爽。我获得释放，在他看来可是一点都不有趣。我站起身。瘦皮猴替我拍掉粘在衬衫上的地毯绒毛，然后指着我的脸颊。

"你流血了。"他提醒我。

我被图钉刺伤，但不觉疼痛。

"我们走吧。"他下令。

我们摸黑走过数条走廊，来到先前囚禁我的小隔间附近的一张办公桌前。指挥官打开一个抽屉，取出一个包着卡马里尼亚先生送我的手枪的塑料袋。

"我把手枪还给你。"他说。

他拿起几张纸，将它们撕成碎片。

"这几张是你的供词副本，还有那个小妞对你所做的指控书的副本。"

他也一并销毁我的指纹拓卡。

"这全是检察官下的命令。"他澄清，"你从没来过这里，你懂我的意思吗？从来也没有……"

他闭上嘴，看了我受重伤的手指一眼。

"……还有，你的伤当然不是我干的，对吧？"

我摇摇头。我们在数名警察的护送下走向电梯。他们看起来全都彻夜未眠，心情糟透了。我们进入电梯，其中一个警察按了一楼大厅的按钮。

电梯门开了。大厅内有更多警察守着，其中几人狐疑地盯着我手中袋子里的手枪。瘦皮猴做了一个手势，命令其中一个手下打开大门。之后他抓住我的肩膀，一把将我推向外头的马路。

"滚吧。"他说。

我步下阶梯。一辆巡逻车亮着警示灯，飞也似地朝着地下停车场的方向而去。我问一名在外头徘徊的法警现在几点钟。"四点二十分。"他回答。

我坐在人行道上，不知道该做什么才好。我身上连一比索也没有，甚至连自己该上哪去都不清楚。

我回到大楼去找指挥官。一名法警在入口处将我拦下。"您要去哪里？"他唐突地问。我指着还待在大厅的指挥官。"去和他谈谈。"我回答。

法警知会瘦皮猴一声。瘦皮猴前来会会我。

"你想念我，对吧？王八蛋。"他说，脸上不见笑容。

我向他解释自己没办法回家去。

"关我屁事。"

"您不能就这样把我赶走，然后就没事了。"我向他抗议。

"我已经这么做了。"他嘲笑我。

瘦皮猴转身回到大楼内。我跟上前，挡住他的去路。

"至少载我一程吧？好吗？"

他上下打量我，然后继续走他的路。我再次拦住他的去路。

"喂喂喂！"他大喊，"我放你出去才不到两分钟，你就以为自己很了不起啦？"

"现在是早上四点半，我要怎么回家？"我坚持。

他瞄了手表一眼，摇摇头。

"你搞错了，是四点二十五分才对……"

"可是我……"我开始抗议的同时，瘦皮猴转身握住我的左手无名指。

"可是我的卵蛋啦……"他说，然后开始将我的手指向后扳。

我试着挣脱，但瘦皮猴用另外一只手牢牢抓住我。

"你不滚蛋的话，我可以把你的烂骨头一根一根全打断。"他警告我。

瘦皮猴松开我。几名法警来势汹汹，将我团团包围住。

"滚吧。"他一面说，一面折着手指，发出噼啪作响的声音。

我走向门口，在踏出大门前瘦皮猴叫住我。

"还有啊，你不要再哭哭啼啼了。"他说，"我们已经通知你的律师了，他很快就会过来。"

我坐在阶梯上，等我的律师到来。我将手枪藏在衬衫里，免得启人疑窦。起先法警们还监视我的一举一动，之后他们就把我抛到九霄云外去了。

曼里克在早上七点钟抵达法警院区。

"你还真好运。"他一见到我便开口说。

曼里克搀扶我的手臂，帮我站起身。他看起来不像前一天那么紧绷。

"你是我这辈子处理过最简单的案子了。"他开玩笑。

他请我到附近一个路边摊喝杯橙汁，然后向我解释内政部部长下达的命令太斩钉截铁了，检察官只能立刻乖乖地听命行事。

"你不是说他不会照着任何人的意思走吗？"我用开玩笑的口吻说。

"是啊，可是军令如山……"

我问曼里克，内务部部长是不是受我妈妈的影响才做出此决定的。"你母亲一点儿影响力也没有。"他笑着说，同时喝了一口果汁。他向我解释，替我说情的人是部长的继子——哈辛多·安纳亚。

"谁？"我问道，整个人呆若木鸡。

"哈辛多·安纳亚。"曼里克笑眯眯地重复着。

我难以置信。

"为什么他会这么做？"

曼里克惊讶地看着我。

"怎么？他不是你很要好的朋友吗？"

我摇摇头。

"应该是吧。"曼里克作出结论，"因为他可是帮了你一个天大的忙。"

我感觉自己毫无防备，感觉哈辛多之所以动用关系让我获释，目的是能够在一个空旷的场所朝我恣意猛攻。格雷戈里奥遥远的意志再一次干预我的命运。他什么时候才会放过我？什么时候？

"你看起来不是很开心的样子。"曼里克说。他拍了一下我的大腿，然后付清果汁的钱，"走吧，我载你回家。"

我们上了车。时间还不到八点钟，已经隐约热得令人窒息。曼里克启动冷气，将一卷古典乐的录音带放到卡式录音机里。

"让你放轻松一点。"他提议。

他告诉我，我的父母还不知道我获释了。

"你会让他们大吃一惊的。"他肯定地说。

我领着曼里克开向比利亚尔瓦汽车旅馆，而不是开往我家的方向。我在汽车旅馆两条街之外的地方，向他指了一个红色大门的灰色房子。"我住在那里。"我对他说。曼里克没有停车，反而继续前进，绕过街道，然后将车子停在汽车旅馆门口。

"你别忘了我是你的律师。"他说，"我们干律师这行的，对客户的事情可是了如指掌。"

我觉得自己真是个笨蛋。

"没事的，老兄。"曼里克说，"只是啊，下一次相信我吧。"

我们讲好由他去通知我爸妈一声，且不要向他们透露我身处何方。他借了我两百比索。"先记在酬金的账上。"他以开玩笑的口吻说道，然后在他的一张名片上写下他家的电话号码。

"有急事再打给我。"曼里克一边将名片递给我，一边如此提醒我。

我进到比利亚尔瓦汽车旅馆。潘乔远远就看见我，连忙走了过来。

"你还好吗？"他问。

"还好。"我回答。

"我和老板都十分担心呐。"他说。

潘乔告诉我法警来了三四回，质问他们我是谁、做什么工作、都和谁上汽车旅馆、多久来一次等等。潘乔和我说，他们甚至还采集了卡马里尼亚先生的指纹。

"你到底捅出了什么天大的娄子啊？"他好奇地问。

"他们把我和另一个人搞错了。"我对他说。

"我想也是。"

我从衬衫底下掏出手枪，将手枪递给潘乔。

"请您将手枪还给卡马里尼亚先生，麻烦您了。"我请他帮忙。

我走向房间，打开房门，里头闻起来有地板清洁剂的味道。所有一切看起来整整齐齐的。床铺、窗帘，镜子、梳妆台。我坐在床垫上。鲁瓦尔卡瓦的书从床头柜上消失了。我感到一股巨大的空虚感，仿佛我和塔尼娅之间最后的联系被破坏了。我走出房间，问潘乔塔尼娅是不是来过。

"她前天晚上在这边过夜。"他说，"昨天下午离开的。"

我回到房间。当我脱去衣物准备洗澡时，在梳妆台一角发现一张救生圈糖的包装纸。我将包装纸捡起来，小心翼翼地折好，塞进我的皮夹里头。

我洗好澡，躺在床上睡着了。

× × × × ×

我接连好几天把自己锁在房间，不想踏出房门一步，也不想和任何人说话，绝大部分的时间都在打瞌睡。有时候，我会被手指上的剧烈刺痛惊醒，然后狂奔到洗手台，用热水冲手。每次都得过好一阵子，待我一口气吞了五六颗阿司匹林后，蛰痛感才逐渐缓和。

我也常被无形水牛的鼻息声惊醒，整个人从床上弹起来，大口换气，直到冷静为止。有一次我真的吓坏了，水牛的呼吸声持续了整整一天。我听着呼吸声在房间回荡，永不间断、怒气凌人。我从未如此濒临疯狂过。

我很需要塔尼娅，比我之前认为的还需要她。我确信塔尼娅一定更需要我。她八成和我一样快要发疯了吧，大概正拼命摆脱她的罪过、她的恐惧、她的谎言。摆脱她的背叛，他妈的该死的背叛。随着时间一分一秒流逝，我更加思念塔尼娅。

我很清楚哈辛多·安纳亚正暗中窥伺我，而格雷戈里奥则透过哈辛多继续纠缠着我不放。哈辛多的手法比我聪明多了，他和我先前想象的大老粗形象差了十万八千里。他心思缜密、捉摸不定，实在很难推敲他下一步会做什么。

我身上很快就没钱了。我把曼里克借给我的两百比索全拿去叫外卖，点了好几份意大利腊肠口味的比萨。外卖小弟们将比萨交给我后，在我面前赖着不走，等着小费，但我直接把门关上，什么话也没对他们说。

最后我只好向潘乔调头寸。他勉强凑出五十比索。我花了其中一半的钱，在街角的药局买了一盒多拉克[1]（阿司匹林已经对我没效了），剩下的钱全挥霍在路边摊的小吃上。十五分钟之后，我再次连填饱肚子的钱都没有了。

卡马里尼亚先生每个早上都会带给我《改革报》和《至上报》。他或许觉得我真的卷入一桩大麻烦了，猜想我大概会想知道一些消息。或者他送报纸给我，单纯只是要让我有东西读，让我不要那么无聊。起初，各家报纸上还有动物园事件的后续追踪报

1　多拉克（Dolac）是一种"非固醇类止痛及抗发炎"的药物。其主要作用是阻止体内一种"前列腺素"的产生。"前列腺素"通常是造成疼痛和发炎的主因。此药能解除中度至严重的疼痛，如手术后的疼痛、癌症引起的疼痛、产后痛、头痛、牙痛，及肌肉扭伤所引起的疼痛等。

道，甚至提及警方锁定了两三名嫌疑犯。警方再次公布格雷戈里奥的口述肖像画，并恳求社会大众通力合作、协寻犯人。检察官在一篇访问中保证不逮到"如此凶残行径的罪魁祸首"绝不善罢甘休。他大胆承诺，最多只需要一个月的时间，就可以将元凶绳之以法。

一个星期后，报章媒体几乎把动物园案件忘得一干二净了。有个晚上，一名流浪汉跳到地铁轨道上自杀身亡。虽然无法辨认自杀死者的身份，但警方仍迅速将死者认定是他们所追查的犯人，并宣告全案侦结。各家报纸在头版大幅报道，之后便不再谈论这桩案件了。几天过后，报纸上有一则报道，公开声明马丁·拉米雷斯指挥官因解决了一件"无比棘手的侦查案"而获得晋升。我想象瘦皮猴做着彬彬有礼、娇滴滴的手势，举杯祝我身体健康。

我已经请潘乔和卡马里尼亚先生帮忙，不管任何人来找我，都跟他们说我不在这儿。前三天完全没人上门找我，但第四天我父母来到比利亚尔瓦汽车旅馆。根据潘乔的说法，他们看上去都一副忧心忡忡的模样。爸妈知道我获释了，但完全不知道该上哪儿找我（他们也找不到塔尼娅）。潘乔向我爸妈保证没有在汽车旅馆见到我。他们变得更加苦恼，心烦意乱地离开了。潘乔向我坦言后悔对我爸妈撒谎。"说真的，曼努埃尔，见到他们这副模样，我很难过。"他和我说。

当晚我打电话给我爸妈，安抚他们的情绪。妈妈向我道歉，我也向她道歉。"我非常非常爱你。"她边哭边对我说。听得出来妈妈真的吓坏了，我向她解释自己之所以没有回家，是想要好好地把事情想清楚，并不是因为他们。我跟她说我离家出走了，很快就会回家。妈妈给了我一个飞吻，然后挂上电话。我的妈妈。

我也拨了通电话给"小气鬼"曼里克。他一听出是我，便用开玩笑的口吻问候我。警方将动物园枪击案的责任全嫁祸给那名自杀身亡的流浪汉，把他逗得可乐了。

"他八成长得跟你很像。"他取笑我。

我问他能不能借我一些钱。

"先记在酬金的账上。"我解释道。

"不行。"曼里克无耻地回答我，"我身为律师的工作已经完成了。现在你得靠自己了。"

这王八蛋一边笑得半死，一边和我说再见。

卡马里尼亚先生从他的办公室听见我和曼里克的对话，朝我走过来，给了我四百比索，完全不让我有拒绝的机会。

"之后再还我钱。"他说。

他注意到我的手受了重伤，将我的手检查了一遍。他告诉我，有一回他试着拦截一头脱缰的母骡，也搞得一根手指头脱臼。卡马里尼亚先生拿出一只急救箱，先替我的手指抹上虎标万金油，再装上夹板固定。

"三个星期以内都不要拆掉包扎。"他指出。

多亏卡马里尼亚先生，我终于第一次不再痛得要死，得以安然入眠了。

隔天早上潘乔叫醒我。

"有人送这个给你。"他说，接着拿出一封信给我。

我立刻在信封上头认出哈辛多·安纳亚的字迹。

我接过信，没拆开就直接撕成碎片。潘乔惊愕地看着我。

"你怎么把信撕了？"

"因为我已经知道里头写什么了。"

"所以里头写些什么？"

"没什么重要的事。"我回答。

我问他信是谁送来的。

"不知道。"他回答，"一大清早有人放在柜台上的。"

隔天来了另外一封信，我照样直接撕毁。这封信和前一封一样，有人趁着接待处无人接应时留下的。那晚我拨了哈辛多的电话。他没有接听，也没有转接到电话答录机。我反复打了好几次，一点结果也没有。找不到哈辛多令我感到挫败。他现在可能在任何地方，我却拿他一点儿办法也没有。现在，我甚至不能在录音机里头问候他老母以自我安慰。

两天过后，潘乔交给我一个透明塑料袋，袋口用杜蕾斯保险套绑死。袋子上方贴了一张小纸条，写着："803号房，曼努埃尔·阿吉莱拉收，一份纪念品"。我认不出纸条上的笔迹。这笔迹很奇怪，显然是出自女性之手，字母与字母之间靠得太近了，字母e和l几乎写得一样大。现在他妈的又是谁加入这场游戏了？哈辛多的一个女性友人？他的女朋友？还是格雷戈里奥的新信差，其行动与哈辛多毫无关联？

袋子里装着两张塔尼娅的相片。相片是用立即显影的拍立得相机拍的。塔尼娅在其中一张相片背面写下"二月四日，又一次"。相片里的她坐在一张床上，身处一个我认不出来的房间，但看起来非常像是一家汽车旅馆。塔尼娅望着镜头，神情憔悴，头发遮着半边脸庞，两只手肘撑在膝盖上。她看起来好像刚从嘴里吐出一个字，嘴唇还是张开的，眉毛翘得高高的，表情似笑非笑。

另一张相片里，塔尼娅站在一个我同样认不出来的公园小路上（为什么我们所爱的女人，会认识对我们而言如此陌生的场所？）。她望着另一侧，双手交叉抱胸，一副若有所思的模样。摄影者的影子投射在小路上。拍照时若不是黄昏时分，就是一大清早，因为影子朝着邻近一张长凳的方向拉得长长的，隐约可以看出是一个男性的轮廓。毋庸置疑，轮廓的主人肯定是格雷戈里奥。

我已经失去塔尼娅，已经失去我最好的朋友，以及我最好的敌人。我已经失去自我。格雷戈里奥如此一而再、再而三地揭开我的伤疤，到底赢得什么？他操他妈的到底赢得什么狗屁？

我将相片放到枕头底下，躺在它们上方，睡着了。

× × × × ×

过了好几天，我没有再收到信或相片。或许格雷戈里奥的库存枯竭了吧。好几次，我打电话给爸妈，但每次通话他们听起来都很焦虑不安，我就不再打了。他们开始害怕我，让我觉得很受伤。

我打电话给塔尼娅的好姐妹们，向她们打听塔尼娅的消息，但她们大部分的人最近两个星期都没有见到她。只有莫妮卡·娅宾最近和塔尼娅说过话。塔尼娅突然到她家登门拜访，向她借了几件上衣和裙子。塔尼娅举出了许多荒谬的理由，莫妮卡则不想再追究。

"我星期一还给你。"塔尼娅对她说，便一溜烟地消失，无影无踪。

我更加妥善地管理卡马里尼亚先生给我的钱，不再将钱随意浪费在披萨上，而决定购买便宜且不易腐败的粮食，像是谷片、杀菌乳、宾波牌（Bimbo）面包、鲔鱼罐头、沙丁鱼罐头、一篮家庭号的可口可乐、果汁、水果，甜点则是嘉宝牌苹果和芒果口味的婴儿水果泥。

三月简直热到了极点。待在房间里非常令人难受，但我不喜欢出远门。在比利亚尔瓦汽车旅馆内令我感觉受到庇护，离开汽车旅馆则令我焦虑不安。每天早上我就坐在走廊上，和卡马里尼亚先生一起看电视，尽看些无聊透顶的节目。节目因为卡马里尼亚先生辛辣的评语才变得有趣。他尤其爱开一名美艳女司机的玩笑，年纪都四十好几了，还执意要穿迷你裙大秀她的静脉曲张。"呦呼！"每回这位女士跷起二郎腿，卡马里尼亚先生总会大声吆喝，"蓝色蚯蚓又要出击啰！"

中午，卡马里尼亚先生会将自己锁在办公室里对账，并将电视机收起来。所以我就靠在房间外的墙上，观察光临汽车旅馆的男男女女。几乎每一对爱侣都履行同样的仪式。女人将头压得低低的，或用衣物盖住自己，男人直直盯着前方，停好车以后，假装坚定，一副"这我干过千百次"的模样，下车付钱。男人一离开车子，大部分的女人会趁这个时候照照遮阳板上的小镜子、补补妆。当然也有例外，有些女人豁出去了，跑去支付房间的费用；有些男人整个人陷在副驾驶座，或用报纸遮住脸；也有些男人花很多时间对着后照镜整理头发，或是再三确认他们的衬衫领子没有留下口红印。

晚上我会点灯，一丝不挂地躺在床上，忍受炎热的天气，等待青色水牛来袭。

　　某个夜晚，差不多十一点钟，卷发少年敲响我的房门，告知我接待处有一通电话找我。

　　"你不知道对方是谁吗？"我质问他。

　　他一面回答，一面耸肩。

　　"你好吗？"我一接起电话，哈辛多就问我。

　　"热死了。"我立刻认出是他的声音，回答他。

　　"你知道我是谁，对吧？"

　　"嗯。"

　　"还真是他妈的讨厌死了，没错吧？"他停顿了一会儿，接着说。

　　"什么东西？"

　　"那个啊，热得要死的天气。"他加重语气强调。

　　我们沉默了好一会儿。

　　"你要什么？"我问哈辛多。

　　"我们从来没有机会说上话。"

　　"你孬了，临阵脱逃。"我对他说。

　　"我从不临阵脱逃。"他反驳。

　　"我想，上回动物园那次就是吧。"我向卷发少年打了一个手势，告诉他一切都很好，他可以离开了。卷发少年一直站在我身旁，我和哈辛多的对话都被他听光了。

"老兄，你搞不清楚状况啊？"哈辛多断言。

"我搞不清楚状况？"

"对，你根本什么也搞不懂。"

"你为什么不替我解释解释？"

"这就是我打电话给你的目的，来给你解释解释。"

"你要在电话里说，还是当面说？"

"当面。"

"什么时候呢？"

"你要的话，现在。"他说。

"你才没那个种。"

"我当然有种，如果不相信我的话，不妨转身瞧瞧。"

我慢慢地转过身。哈辛多一手拿着手机，在接待处的落地窗外直盯着我。

"这会儿你可看见我有种了。"

我挂上电话，哈辛多微笑着。他用双臂作了一个手势，怂恿我走到外头。我在哈辛多面前穿过大门。他比我先前想象的还来得高大壮硕。

"我们早该认识认识了，你说是吧？"哈辛多嘲弄地说。

"认识要做什么？"

"聊聊许多事情呀。"

"说吧。"

哈辛多用下巴指向卷发少年。少年站在距离我们五公尺的地方，观察着我们的一言一行。

"你不介意他听见我们的谈话吗？"他问。

"我无所谓。"我回答。

哈辛多摇摇头。

"不，我们到别的地方去吧。"他命令道。

"好吧，我们去我的房间。"

哈辛多露出微笑。

"这样还差不多……"

我们来到我的房间。我一屁股坐上没铺好的床。哈辛多走向梳妆台的凳子。

"我可以坐这儿吗？"

我点点头。哈辛多重重地跌坐上去，凳子像要被拆了一般。他坐定后，环顾了房间一周。

"所以，这就是大名鼎鼎的803号房啰。"他说。

哈辛多的言论惹毛我了，但我还没来得及抗议，他就再次站起身来。

"我可以用厕所吗？"

"去吧。"我伸长手，对他说。

哈辛多进入浴室，并将门闩锁上。我爬起身，在可口可乐篮子里取三只空瓶，并藏起它们，以防事情演变成暴力冲突。我将一只空瓶藏在床底下，另一只藏在窗帘后方，第三只则藏在床头柜下方。

哈辛多一边走出浴室，一边扣上腰带，然后重新坐在凳子上。他直盯着我不放，从裤子口袋里取出一条大手帕，擦拭额头上的汗水。

"所以这里就是你之前常和塔尼娅见面的地方啰？"他问。

"对，为什么这么问？"

"这个小地方还挺差的，你不觉得吗？"

"你不要跟我说这些有的没的。"我对他说，"还有，如果你有话要对我说，不必如此拐弯抹角，就直说吧。"

哈辛多无动于衷，小心翼翼地将大手帕折好，收回口袋。

"你别发火，我不过是灵机一动，然后就说了蠢话。"

"你寄格雷戈里奥的信给我也是灵机一动，是吗？"

"有可能喔。"

"你都几岁了？还在玩传话游戏？"

"这不是游戏，没有人在玩。格雷戈里奥没有，我也没有。"

"格雷戈里奥已经死了，都没有人跟你说吗？"

哈辛多摇头否认。

"别再满嘴狗屁胡扯了，告诉我你要什么。"我对他说。

哈辛多双手一摊，一连"啧"了好几声。

"说真的，我什么也不要。"

"那你就不要再一直搞我了。"

他瞪了我一眼，眼神带有恐吓的意味。

"你不喜欢别人搞你，对吧？但你自己又是怎么搞别人的？王八蛋！"

我偷偷将手塞入先前在床底下藏空瓶的地方。

"你倒是说说看我搞谁了？"我质问。

"举例来说，格雷戈里奥。"他回答。

"格雷戈里奥？谁敢动格雷戈里奥一根汗毛，就等着被他干爆吧。"

"我就不会。"

"算你好运。"

哈辛多突然站起来，指着一盒一升装的牛奶。

"可以借我喝一点吗？"他问，"我必须吃个药。"

我用一次性杯替他倒了一杯牛奶。哈辛多从一个蓝色盒子里取出两粒药片，灌了一大口牛奶，将药片一口气全吞下肚。

"谢谢。"他说。

他将杯子放在梳妆台上，再次坐下，并将身子向后躺。

"你从来没有被关进精神病院过吧？还是有过？"

"没有。"

他叹了一口气，眼睛直盯着地板，好似在回忆什么事情。

"人在那里，"他接着说下去，视线回到我身上，"只能靠着细细的丝线支撑自己。一旦丝线断了，所有的一切便成了一个漩涡，没有东南西北上下前后左右。你懂我的意思吗？"

"不，我不懂你的意思。"

哈辛多双手放到头上，将头发向后梳，然后清了清嗓子。他的声音听起来更低沉了。

"你知道支撑格雷戈里奥的丝线叫作什么吗？"

"不知道。"

"叫作塔尼娅。"

我被他的挑衅逗得笑了出来。

"其实啊，"我补上一句，"我的丝线也叫作这个名字呢。"

"是啊。"他说，并用左手食指敲了好几下太阳穴，"但你这里头可从来没有迷失啊。"

"你不要太有自信了。"

"不，你不知道那是什么感觉。我以过来人的经验告诉你，你他妈的什么也不知道。"

"我当然知道，只是我们有些人比其他人来得坚强。"

哈辛多咬下大拇指指甲上的一根倒刺，摇摇头。

"然后你又要说是格雷戈里奥毁了一切。"

"他毁的可多啰。"我断言说，"多到连自己都毁灭了。"

"或是有人助他一臂之力。"

　　"你听好了。"我对他说，"格雷戈里奥是我最好的朋友，我认识他很久了，我亲眼目睹他是如何自己孤零零地一步步瓦解的。外人可是无能为力，帮不上他什么忙，这点我可以向你打包票。"

　　"你才不是格雷戈里奥的朋友。"他恼怒地谴责我，"你害死他了！"

　　"我们之间所有的一切害死我们俩了，老兄，我们之间所有的一切。"

　　"那是谁输了呢？"

　　"这不是谁输谁赢的问题。"

　　"谁输了？"他坚持。

　　"我们俩谁也没输，该死！"

　　"他死了，而你人在这里，老天在上。"

　　我开始一面挥舞双手，一面反驳他。

　　"他自杀是因为他乐意，他妈的关我屁事？"

　　"你没发现，对吧？"

　　"没发现什么？"

　　"没发现毁灭一切的人其实是你自己。不然你以为为什么塔尼娅一直不断从你身边逃开？"

　　我一度差点忍不住想拿起床底下的瓶子，将他打个头破血流。

　　"不准再把塔尼娅扯进来了，否则我要你吞下自己的卵蛋！"

　　"唉唷！吓死人喽！"他说。我们陷入沉默，彼此互相打量、试探对方有几斤几两。哈辛多是个彪形大汉，但我确信自己能够用瓶子击倒他。

"我是因为塔尼娅才来这里的。"哈辛多突如其来地说。

"什么？"

"她害怕你，曼努埃尔，非常怕。"

"塔尼娅对我有什么感觉，或对我没有什么感觉，都是我自个儿的事。"

"她怕你怕得要死喔。"

"好、好，还有呢？"

"格雷戈里奥也怕你。"

我不再回嘴了。哈辛多的言语和眼神已不如先前饱具威胁性，反倒变得闷闷不乐。

"你不应该和塔尼娅交往的。"他肯定地说。

"事情是自己发展到这个地步的。"

"不，你大可以避免的。"

"这会儿你倒成了圣人啊。"我说。

哈辛多默不作声，不时皱起眉头。

"我和塔尼娅是自然而然相爱的。"我补充说，但哈辛多的注意力没放在我身上。

他再次拿出大手帕，擦拭颈背上的汗水，接着低声说起话。

"好几年前，我去了非洲的一个地方，那里天气之炎热，湖泊都开始干涸了……"

他暂停了一下，将手帕收好，接着说下去。

"……湖泊干涸到只残留着肮脏的水渍，里头有成千上万条死鱼，鱼肚翻白、臭气冲天。你不知道那有多臭。"

哈辛多语毕，陷入沉默。

"然后呢？"我问他。

他吞了一口唾液，瞪着我的双眼。

"我想你的内心闻起来八成就是那个味道。"哈辛多回答。

他没多说什么，起身走向房门。我拦在他的路中间。

"塔尼娅人在哪里？"我问他。

"我不知道。"他回答。

"你明明就知道她跑哪去了，不要当我是白痴。"

"说真的，我不知道。"哈辛多闪到一旁，想要继续走。我再次挡下他。

"你还有很多事情没和我说。"

"我就只有这些事要告诉你而已。"

我拿起上星期收到的塔尼娅的相片给他看。

"这又是怎么一回事？"哈辛多接过相片，巨细靡遗地检视一遍。

"我从来没看过这些照片。"他肯定地说，然后将相片还给我。

"那么，又是谁送来给我的？"

"不是我，我份内的事已经完成了。"

"那你份内的事又是什么？"

他深深地叹了一口气，抿了抿嘴唇。

"让你知道你并不安全。"哈辛多从我身旁闪开，走出房间，没有将通往中庭的门关上。

我坐到床铺上，惊慌到不知所措。突然间，我意识到从前格雷戈里奥爱我有多深，以及自己到现在仍然多么爱他。该死，现在谁才是毁灭万物的迈达斯国王？

夜晚剩余的时间我全坐在床上，房门敞开，我一动也不动，心中想着遥远非洲平原上的腐败空气，想着想着，天就亮了。

我没有回家，而是在比利亚尔瓦汽车旅馆住了下来，靠着替卡马里尼亚先生干活维持生计、付房间的钱。我负责会计的账目事务，并监督客房的经营与管理，甚至还替汽车旅馆做了些建筑翻修。汽车旅馆现在看起来更加时髦，功能更加齐全。我可以拍胸脯保证，从此之后，来客数也涨了，虽然幅度不大，但再怎么说也还是涨了。

卡马里尼亚先生全盘信任我，每三天只挑一个傍晚来趟汽车旅馆。我向他呈报的账目井然有序、一目了然，同时附上详细的收支平衡表，甚至连每日香皂的消耗量也做成报告。卡马里尼亚先生保证，如果我继续这样好好地干下去，之后就要找我合伙。

　　我在我的房间拥有一台彩色电视机、一个摆满书的书架、一套音响，和一部连接卡马里尼亚先生私人专线的电话。我替自己买了一本《宫女乐师》，总摆在床头柜上。我依旧把这本书当成我个人专用的《易经》，大小疑难杂症都靠它指点迷津，而它几乎从未有不灵验的时候。

　　自从我不住在家里，我和爸妈的关系改善了，尤其是我和老妈之间。我们每逢周六会一起吃午饭。我爸仍旧抱怨隔壁人家的小姑娘音乐放得太大声；路易斯没有特色的女友一个接着一个换，而我妈还是会在鸡肉三明治里加洋葱。妈妈又开始工作了，现在在贝尼托·胡亚雷斯市辖区[1]的公民行动联盟担任专员。她现在不待在家里，也不会不知道做什么好，也不再觉得愧疚了。

　　玛加丽塔之前撒了谎。华金也好，她的父母也好，没有人知道我俩的关系。她向我坦承，之所以骗我，是为了要保护自己不受我伤害。玛加丽塔同样也害怕我。我觉得她这么做很不公平。我们曾经是朋友、共犯、知己。玛加丽塔对我的了解之透彻，要伤害她是很不容易的事情。尽管如此，我还是伤透了她的心。

　　我又和玛加丽塔做了三次爱。一次在她家，一次在803号房，

1　墨西哥市共由十六个市辖区和三百多个区所组成，贝尼托·胡亚雷斯（Benito Juárez）市辖区正是其中之一。

最后一次是某次凌晨在大马路上做的。这三次我们都匆忙了事。她有些恼怒，也有些害怕。我则是做得很随便，态度冷淡，几乎是为了做而做。从此之后，我们变得疏远，彼此之间的联系缩减成偶尔通电话而已。我知道玛加丽塔有一个男朋友，她不爱他，但可能最后会和对方结婚。

我从曼里克的口中得知，哈辛多又再次住进精神病医院了。他患有非常严重的躁郁症。哈辛多的继父——内务部部长——为了不要招惹他，满足他许多无理取闹的要求，其中之一正是应他的要求将我释放。但部长又找个无关紧要的借口，把哈辛多关回去了。哈辛多又再次活在百忧解锭[1]、癫通锭[2]和蓝色病袍的世界里。

塔尼娅消失了。时间已经超过一年，没有人有她的消息。她的父母跑遍各个停尸间、医院和监狱，跑到心力交瘁。他们痛苦至极，游遍一个又一个城市，追踪错误的线索。老是有人会跳出来信誓旦旦地说在什么地方见到塔尼娅，然后她的父母就跑到那儿去找，但没几天就回家了，满心希望全扑了空。

1　　百忧解锭（Prozac）在临床上用于成人忧郁症（Major depressive disorder）、强迫症（Obsessive-compulsive disorder）和神经性贪食症（Bulimianervosa）的治疗，也用于治疗具有或不具有广场恐惧症（Agoraphobia）的惊恐症。

2　　癫通锭（Tegretol）用于治疗癫痫。

　　我知道塔尼娅安然无恙，知道她想念我、依然爱着我。路易斯告诉我，有时凌晨家里的电话会响起。电话的另一端无人答话，只听得见呼吸声，然后就挂断了。电话是塔尼娅打的，我确定。

　　我忘不了塔尼娅，整夜整晚地思念着她。我赤裸身子入睡，冀望有一天她会穿门而入，到我身边躺下。因为我是不可能停止爱她的。我试过了，但我办不到。我和其他八个、十个女人做过爱，每回我进入她们体内时，都回想起塔尼娅温热的肚皮贴在我身上的感觉，然后我会闭上双眼，想她。

　　我回动物园去过，每次总会走到美洲豹的兽栏前，观赏孤零零的雌豹，一看就是好几个钟头。有几次雌豹打盹时，我可以听见它柔和的呼噜声。那是一道悲伤且远古的声音。我想象动物也会做梦，想象雌豹梦见失去的雄豹，伴随着前来围观、挤得水泄不通的学生人潮，伴随着自它头顶上掠过的飞机所发出的噪音。

　　雌豹呼噜呼噜地做着梦。

　　格雷戈里奥给我的最后一则信息是一个信封，里头装了一张被他的鲜血溅污的白色卡片、三只蟋蟀，以及一句话："暗夜水牛梦见我们。"我永远也查不出这句话是谁寄给我的。

　　有一次我去看电影。电影描述一对兄弟年轻时非常叛逆。长大成人后，一个做了警察，一个成了罪犯。当警察的那位选择平淡恬适的家庭生活，做坏蛋的那位则成了个黑暗且漂泊不定的存在。

一日下午，在一间酒吧内，罪犯弟弟严厉地指责他的警察哥哥，说他已失去心火，已经屈从了，脸都丢光了，成了一副滑稽的模样。他怂恿哥哥重新点燃心火，要哥哥舍弃他担负责任的无聊男子的身份，以及他一成不变的生活。做警察的哥哥没有响应弟弟，他只在吧台上砸破一只酒瓶，然后用玻璃碎片割破自己一边前臂。"心火全在里头燃烧。"他一面淌着血，一面对弟弟说。弟弟看着他，整个人吓傻了。警察哥哥气定神闲地将血淋淋的玻璃碎片交给弟弟。弟弟拒绝接下，飞也似地逃离现场。

好几次我从睡梦中醒来，在颈背上感觉到暗夜水牛的蓝色鼻息。那是死亡与我擦身而过，我知道，它诱惑我朝自己脑门上开一枪，诱惑我替所有一切做个了断。那是我内在熊熊燃烧的心火。

那是死亡，我知道。

CAST

Jaime Aljure ················· 海梅·阿尔胡瑞

Julio Derbez del Pino ················· 胡利奥·德韦斯

Eusebio Ruvalcaba ················· 欧塞维奥·鲁瓦尔卡瓦

Charles Bukowski ················· 查理·布考斯基

Martín Luis Guzmán ················· 马丁·路易斯·古斯曼

Gregorio Valdés ················· 格雷戈里奥·巴尔德斯

Tania Ramos García ················· 塔尼娅·拉莫斯·加西亚

Margarita ················· 玛加丽塔

Manuel Aguilera ················· 曼努埃尔·阿吉莱拉

Joaquín ················· 华金

Marta ················· 玛尔塔

Luis ················· 路易斯

Pancho ················· 潘乔

Camariña ················· 卡马里尼亚先生

Arnulfo Camariña Iglesias ···· 阿努尔福·卡马里尼亚·伊格莱西亚斯

Pilar ················· 皮拉尔

Rebeca ·· 蕾韦卡

Macías ·· 马西亚斯医师

el Tommy ·· 汤米小子

el Pony ·· 小马哥

el Castor ·· 暴牙仔

el Carita ·· 花美男

Trompo ·· 陀螺

Busi Cortés ·· 布西 · 科尔特斯

Ricardo Galindo ·· 里卡多 · 加林多

René ·· 雷内

Fernando Martínez ·· 费尔南多 · 马丁内斯

Antonio ·· 安东尼奥

Sancho ·· 桑乔

Mónica Abín ·· 莫妮卡 · 娅宾

Alarid ·· 阿拉里德

Nayeli Osio ·· 奈耶莉 · 奥西奥

Denisse Cooley ·· 丹妮诗 · 库雷

Sonia Aranda ·· 索尼娅 · 阿兰达

Rafael Hernández ·· 拉斐尔 · 埃尔南德斯

James Zapata ·· 詹姆斯 · 萨帕塔

Joel ·· 霍埃尔

Carlos ························· 卡洛斯

George ························· 乔治

Rosa Silva ························· 罗莎·席尔瓦

Mónica Márquez ························· 莫妮卡·马克斯

Giselle ························· 希塞列

Gina ························· 吉娜

Ada ························· 阿达

Rosa María Butchfield ························· 罗莎·玛丽亚·布切菲尔德

Gaby Ricoy ························· 加夫·里科伊

Carlos Samaniego ························· 卡洛斯·萨马涅戈

Vera ························· 贝拉

Luis García Kobeh ························· 路易斯·加西亚·科韦

Jaime A. Bastos ························· 海梅·安东尼奥·巴斯托斯

Jacinto Anaya ························· 哈辛多·安纳亚

Vanessa ························· 瓦妮莎

Roberto Donneaud ························· 罗伯托·唐内奥

Laura Luna ························· 劳拉·卢纳

Pánfilo ························· 潘菲洛

Francisca ························· 弗朗西斯卡

Molina ························· 莫利纳

Jack Kerouac ························· 杰克·凯鲁亚克

William Burroughs ·············· 威廉·巴勒斯

Allen Ginsberg ·············· 艾伦·金斯堡

William Faulkner ·············· 威廉·福克纳

James Joyce ·············· 詹姆斯·乔伊斯

Juan Rulfo ·············· 胡安·鲁尔福

The Doors ·············· 大门乐队

Guillermo Tell ·············· 威廉·退尔

Luis Barragán ·············· 路易斯·巴拉甘

Agustín García Delgado ·············· 阿古斯丁·加西亚·德尔加多

Luisa ·············· 路易莎

Rentería ·············· 伦特里亚

Irma ·············· 伊尔玛

Laura ·············· 劳拉

Claudine Longega ·············· 克劳汀娜·隆杰加

Oralia ·············· 奥拉莉亚

Martín Ramírez ·············· 马丁·拉米雷斯

Luis Vives ·············· 路易斯·比韦斯

Rolossi ·············· 罗勒西

Derbez ·············· 德韦斯律师

Malena ·············· 马莲娜

El Tuercas Manrique ·············· "小气鬼"曼里克